三倉信一郎
Mikura Shinichiro

Yは AHOU

風詠社

目次

装幀　2DAY

YはAHOU

一章　弱虫塾と前科者

あだ名をつけられたり、あるいはつけたりすることは誰でもある。親しみやすい良いあだ名だと気分がいいが、これが反対に印象の悪いものだと後々までずっと引きずったりする。

ある出来事の後、初老に差しかかっていた鵜頭修平《うがしらしゅうへい》はＡＨＯＵ（エーエイチオーユー）というあだ名をつけられた。自分ではこれを気に入っていた。できることなら本名を隠し、あだ名のほうで暮らしていきたいと思ったほどだ。

その理由は四十八歳のときに妻のみゆきを殺害し、一審で刑期十二年の判決を言い渡されて服役し、六十歳を越えてから出所した苦い経験を持っているからだ。

事件を起こしたときは兵庫県尼崎市の某中学校の教員で、社会を教えていた。当時は二年一組の担任で学年主任でもあった。クラブ活動ではテニス部の顧問を任され、ごく普通の暮らしを送っていたのに、まさかの転落人生を歩まなければならなかった。

このＡＨＯＵという奇妙なあだ名は、大阪の刑務所に入って十日ほど経ち、同じ部屋になった服役者の一人に就寝前につけられた。

「嫁はんが他の男と抱き合っていたのを見て、家に帰ってから包丁でやってしまったんやて……。先生といえばみなから尊敬される立派な仕事でっしゃろ。この先も安定しているのにあんたもアホなことをしましたんやな。ほーっ、尼崎の出身でっか？　これがほんまのアマのアホでんな。それじゃあ、あだ名はアルファベットのA・H・Oがええ。待てよ名前が鵜頭修平やから後ろにUを付けたほうが今風でぴったりかもしれへんな」

幼い頃を振り返れば、これまでいろんなあだ名をつけられてきた。

実家が鮮魚店だったので、まず童謡の『かわいい魚屋さん』に絡めて、〈今日はまだまだ売れません〉とか、二枚目ではなかったので〈コブダイの修ちゃん〉とか……。

このAHOUというあだ名を考えた彼の意外な才能に驚いた。というのも顔つきは穏やかで、とても犯罪者には見えなかったからだ。

「聞いたところによるとおたくも、仕事の帰りに一杯ひっかけて通行人と喧嘩になり、殺してしまったらしいですな。あだ名を聞いてもよろしいですか」

「ある寺の三男やったもんで、山寺の和尚さんとか言われたりしてましたんや」

鵜頭修平は刑期を終えてからは、あだ名で呼ばれることはなかった。ただ自身では本名よりもAHOUのほうを意識していた。

出所した当時、尼崎の実家はもうなかった。服役してから二年後に阪神淡路大震災が発生して実家の鮮魚店は全壊し、半年後に親から手紙が届き、家は再建しないという内容だった。妻のみゆきと暮らしていたマンションはすでに親が処分していた。

娑婆に出てからは行くところもなく、地元の尼崎近辺では人の目が気になるので、それを避けて全国を放浪することにした。

三年ほど経ったある日、ＪＲ大阪駅近くのガード下で「弱虫塾」の講師募集の貼り紙に目が止まり、少し興味が湧いてきたので応募し、この仕事にありついたのだ。

この塾は進学塾ではなく、不登校などの問題児を立ち直らせるために、著名な企業篤志家が設立したもので、後にＮＰＯ法人に組織変更して現在に至っている。塾長は元大学教授で、今は病気のため通ってはいない。彼が事務員を二名雇い、運営は大阪府からわずかの補助金と企業などからの寄付により賄っている。

ここに通っている生徒もさまざまだ。いじめを受け登校拒否となったり、あるいは家出を何度も繰り返したり、家庭内で暴力をふるう者や素行の悪い者などもいて、女子生徒も一割ほど混ざっていた。

昨今の学業成績のみを重視する風潮は生徒や親のどちらにとっても不幸で、それに順応できない者は行き場を失い、いわゆる落ちこぼれのレッテルを貼られてしまう。周りの者も他人事だと思わず、できる範囲で手をさしのべなければならない。

この弱虫塾の講師になっている人たちもいろんな経歴を持っている。

ＡＨＯＵのような変わり種としては、元南極越冬隊員なども混ざっていた。その他にも元オリンピック選手とか某商店主とか……合わせると十人ほどが日替わりで話をするのだ。

授業は昼間コースと夜間コースに分かれており、昼間に通ってくる生徒は一日当たり五、六人ほどで夜間はそれより多い。

弱虫塾は大阪市北区茶屋町にあり、最寄りの駅は阪急電鉄梅田駅だ。ここから歩いても五分もかからない。

塾が入居している四階建ての雑居ビルは敷地も八十坪ほどで、戦後すぐ建てられたらしく壁も傷み、ところどころに小さなひびも走っている。今は三、四階の入居者もなく、一階は会計士事務所と喫茶店となっており、二階が塾の教室で占められていた。

高層ビルなどがひしめき合う大阪・キタの繁華街からは取り残されている一画で、このビルも再開発の区域に含まれており、数年後には時代の波にのみこまれる運命にあった。

ＡＨＯＵが出所したときは、行き倒れになることも覚悟していた。

しかし、好運にも講師の仕事を見つけると同時に塾の事務員から助言があった。年金を受け取れることもわかり、すぐに手続きをし、運良く安いアパートにも入ることができたのだ。

住んでいるアパートは吹田市豊津になり、塾まで通うには阪急千里線の豊津駅を利用し、途中の京都線淡路駅で梅田行きの急行に乗り換える。

今日は七月十五日の金曜日。夕方六時半過ぎの電車に乗った。

おおよそ二十分ほどで阪急梅田駅に滑り込む。三階の改札口から茶屋町のほうのエスカレーターと階段を使う。道路を横断し、狭い路地を突き進むとその雑居ビルに到着する。

ＡＨＯＵの受け持つ曜日は月、水、金で、授業は午後七時から午後九時までだ。都合が悪いときは他の講師に代わってもらい、その日までに話すテーマを決めていた。

日付や曜日によって出席者も増減し、昼と夜でもその数は変わるのだ。

塾の事務室のドアを開け、一人留守番している男性の事務員に連絡事項や新人の生徒が入っていないかを確かめ、教室のドアを開け、教壇に上がる。

出席者の人数を確認する。全部で九名だった。

見慣れた生徒の顔を見回して、「こんばんは」と挨拶をすると四名ほどが返事をした。

出席している九名の内訳は、女子生徒二名と残りの七名が男子生徒だ。

目立つのは何といっても前列の女子生徒で、マユカとマーサだ。だいたいみんなあだ名で呼ばれることが多い。

マユカの本名は真崎ゆかり。マーサは塩谷麻里沙。どちらも茶髪で睫毛も一センチは超えていて、アイシャドウも墨のように濃く、イヤリングも耳に噛みついているように大きかった。

マユカの服装はデニムのショートパンツとアイドルの顔をプリントしたＴシャツ。マーサのほうは細い肩紐の派手な花柄のワンピースを着ている。

男子にも各自あだ名がついている。女子生徒二人を囲むような席順で、向かって左からモント（門前雄《もんぜんゆう》斗《と》）、ドンチ（土井健治）、力士（山崎圭吾）、葬儀屋（三田裕敏）、トミやん（富田勇馬）、伸ちゃん（古溝伸一）、それに後ろの席には北島弘司が座っていた。

このなかの北島弘司は二週間ほど前にここに通いはじめた。だから、まだあだ名はついていない。それというのもやや強面の二枚目なので近寄りがたいのだ。

今晩出席している九名の生徒はいずれも大阪府内の高校に通っていて、学校になじめない者や不登校をくりかえす二、三年生だ。

見た目は普通の高校生で、むしろ登壇しているAHOUのほうが病んでいるように見える。頭髪の七割ぐらいは白髪が混ざり、全体的に少ない。しかも小柄で両の頬肉が削げ落ち、目は栄養失調のように窪んでいた。ハンサムとは程遠い容貌だった。

いかにも初老という感じがするのは、痩せこけた体躯で顔色も悪く、身に着けている服も灰色のポロシャツと薄いベージュのズボンだから若さがない。

AHOUは出欠を取り終えると、

「今日のテーマは、唐突かもしれへんけど『怒り』や……」

黒板に向かい合うと、「怒り」という言葉を大きく書いた。

講義の内容はそれぞれの講師に任されている。教科書もなく、授業は自由に進められるのだ。

AHOUはチョークを置き、生徒のほうに顔を向ける。

「ちょっと刺激が強いかもしれへんけど、昨日のあの残酷なニュースを知っているやろ。子どもが騒いで言うことを聞けへんから、母親が八階のベランダから投げ落としたというんや。いくら何でもこれは酷《ひど》いわな」

彼には子どもはいない。

この教室にいる生徒はみな、先生が何故こんなテーマを取り上げたのか理解できないような目つきをしている。

ＡＨＯＵは順繰りに生徒の顔を見つめる。

すると高校三年生のモントと視線が合い、彼がそれに応じた。

「先生、近所の人の話やと、母親のほうは子育てに悩んでいたらしいと……。当然同情が集まるけど、父親がもしこんなことをしたとすると相当非難されていたと思うんや」

ＡＨＯＵが取り上げた事件というのは次のような経緯であった。

犠牲になったのは幼稚園児だ。昨日の昼前、その子が室内で騒ぎだし、母親がベランダに連れ出し静かにさせようとしたが、箒《ほうき》やプラスチックのバケツを外に投げはじめたので発作的に激昂し、体を抱え上げ外に放り投げたという。

伸ちゃんは、前の席にいる二人の女子生徒を気にしながらつぶやいた。

「母親なのに怖いよな。自分が産んだんやで……」

彼の実家はクリーニング店で、いつも夫婦仲良く仕事をしているのを見ており、この事件の夫婦はどうやったんやろと気を揉む。

他の生徒も新聞やテレビのニュースなどで知っているようだが、この内容が事実なのか、あるいはかなり歪曲されているのか、そこまではわからないのだ。

　ＡＨＯＵはその信憑性について、自分なりに説明したかった。

「前にも話したことがあるかもしれへんけど、わたしの場合も過ちを犯したときは、マスコミが一方的にこちらを叩き、妻の浮気については一行も書かれていなかった。わたしの犯行であることには弁解の余地もないが、出所してから当時の新聞を見てみると、ほとんどが出鱈目な記事で埋まっていた……。特にスポーツ新聞などは、真面目そうな先生やったけど、テニス部の女子選手を熱心に指導していたとか、練習をさぼったりすると怖かったとか、やたらに体に触れてくるとか……。こんな記事を読めば誰だって、わたしを変質者と決めつけてしまうだろうな」

　ケータイの画面に視線を落としているマユカは、クールな口調で言う。

「そんなのは普通やんか、テニス部の顧問やったんやし……」

　隣のマーサは、少し皮肉を込める。

「でもさ、先生だって当時は若かったんやから、若い子に全然興味がなかったなんて言えないじゃん。それに先生はそんなにイケメンやないし、人気があるとは思えへんやんか」

　ＡＨＯＵはすぐに笑い飛ばした。

「おいおい、わたしだって若い頃はもっと髪もあったし、意外と人気があったんやで。それに女子選手の動きを絶えず観察していなければ、アドバイスもできないやろ」

　知ってもらいたいのは、ニュースになる内容と事実は異なる場合があり、普段の暮らしや人格などは当人の一部分しか書かれていないことだ。

出所してからある図書館に行き、当時の新聞の縮刷版を開き、愕然としたことがあった。

一般紙なら比較的冷静な見出しを並べ、読者に媚を売ることはないが、これが週刊誌やスポーツ紙の場合だと、『酒乱の中学校教師、妻をめった刺し！』などと大きな文字が踊っていた。


もう十八年前の出来事で、五月の連休前だった。

鵜頭修平は元から酒に強いほうではなく、その日も同僚と新任教師の歓迎会を終え、自宅まで帰ってきた記憶があるので、意識ははっきりしていた。

結婚してからは実家とは一駅離れたマンションで妻と暮らしていた。子どもはできなかったけれど、暮らしはほぼ順調と言えた。

いつも阪神電車で通勤していて、この歓迎会の翌日は休日なので、多少の羽目は外すことを妻のみゆきに伝えていた。もしかしたら二次会に参加する可能性もあるので、帰りは遅くなると念を押していた。

しかし、宴会の途中で気分が悪くなり、早々に離脱し、自宅に戻ることにした。

午後八時は回っていたと思う。いつもは駅から自宅のマンションまで歩いて十分ほどの帰路を辿るのだが、今日は途中の公園に立ち寄り、いくらかでも酔いを覚まそうとした。

薄暗い園内の水飲み場に行き、顔を洗い、ハンカチで拭く。そして近くのベンチに腰を下ろし、ズキズキする頭を冷し、吐き気が治まることを期待した。

しばらく夜風に吹かれ涼んでいると、前方の暗がりのなかに水玉模様の服がわずかに確認できた。二十メートルぐらいは離れているかもしれない。座っている位置をずらしてみると、何と男女が木陰で抱き合っているのだ。

おっ！　酔いが一瞬で吹き飛んだ。それは妻のみゆきが着ているワンピースの柄と同じで、背中をこちらに向けているため顔はわからない。でも、小太りの中背なので区別はつく。妻のみゆきだ。度肝を抜かれるとはこのことだ。

相手は誰なんや？

ぼやけた街灯に浮き上がるすらりとした体型や頭の形に見覚えがあった。

あいつか……。福祉施設せせらぎの介護士・三上俊也のようだ。

みゆきは、その施設に事務員として勤めており、鵜頭修平もこれまでそこへ立ち寄ったとき、彼とは挨拶を交わしていた。

その光景に酔いも覚めてしまった。夢や幻覚ではない。不思議なことに、奇妙な冷静さも生まれ、彼らに詰め寄ることもなく、いったん家に帰った。

十五分ほど待っていると玄関のドアの音が響き、みゆきがダイニングに入ってきた。

「何よ、こんなに早く……。でも、夕食は用意していないわよ」

入り口でわたしの靴を見ているので、みゆきに慌てた様子はなかった。四十半ばの主婦の顔をしている。

鵜頭修平は早速、公園で見かけた光景を問い詰めた。

ところが、みゆきは覚悟をしているのか、悪びれた様子もなく、

「まだ深い関係ではないの。信用してくれないかもしれないけど、ほんまのことよ。さあ、どうするの？　殴りたいの、それで気が済むんなら殴ってもいいわよ」

開き直っているみゆきよりも、怒りの矛先は三上俊也に向かった。

確か彼は三十代後半で、みゆきのほうがかなり年上になる。だが、男女の結びつきは年齢の差はほとんど意味をなさない。

「頭にくるのは三上のほうだ。あいつ、ぶっ殺したいくらいだ」

みゆきの顔はやや引きつっていたが、それがゆっくりと緩んだ。

「何言うてんの。やれるものならやってみせてよ。金魚だって握りつぶせないくせに」

鵜頭修平の実家が鮮魚店で、子どもの頃からいじめられてきたため教職に就いたのを知っており、喧嘩になると必ず魚に絡めてくるのだ。

例え、それが金魚であっても怒りの炎は勢いを増して燃え上がる。

何やと、こいつ！　みゆきに挑みかかる。

「やめてよ！」

みゆきは首に巻きついた手を払いのけ、体を激しく突き放す。

鵜頭修平は体のバランスを失い、一度食卓にぶつかると、床にひっくり返る。

卓上に載せてあった食卓塩や七味などが、飛び跳ねて落下した。

「やったな……」

みゆきを見上げると、その顔が歪み、別の生き物のように巨大化していた。

天井に届くほどの高さで見下ろす。

「どうしたの？　まだ妬く気持ちは残っていたの……。でも、あんたが焼くのは、店頭の鯖《さば》や鯵《あじ》なのよ」

普段の食卓には、みゆきが気を利かせて肉類が頻繁に並び、たまたま魚が献立に入る場合は、ツミレやコロッケなどに形を変えるのだ。そんな思いやりがあるのに、喧嘩になるとこのように持ち出してくるのだ。

教員という職業柄、いつもは冷静にふるまうよう心掛けているが、酒を呑んでいたせいか、今晩は怒りの感情が全面に出てしまった。

これまで幾度となく夫婦喧嘩をしてきた。その原因で一番多いのは子どもができないのは鵜頭修平のほうにあるからで、その際よく話し合い離婚だけは何とか回避してきた。

しかし、今回の不倫はこれまでにない出来事だ。どこまで進んでいるのか問い詰める前に、頭のなかは熱く煮えたぎって、理性さえも溶けだしていた。

「そうやって、からかうんか、くそっ」

立ち上がるなり、流し台の抽斗を開け、包丁を摑み出していた。

勤めている中学校関係者の誰に訊ねても、鵜頭先生は温厚な人です、と返ってくるほど信頼されており、これまでも生徒に体罰を加えたことは一度もない。

だが、このときは全身が異常に興奮し、女房を許さないという感情が、その凶器の一点に凝結したかと思うと、ありえない行動を起こしていた。

あっ！　みゆきは腹部に激烈な熱い痛みを感じていた。そして驚愕の目に哀しみの色を滲ませ、体を折り曲げるようにずるずると床に崩れ落ちていた。

鵜頭修平はいろんな魚を三枚におろしたり、刺し身などを皿に盛りつけたりする技を父親から教わっていたが、結婚してからはよほどのことがないかぎり料理はしなかった。

妻のみゆきに包丁を突き刺した感触は、少年のときの思い出の一部を蘇らせていた。

父親はいつも見ていて、魚を見事にさばきおえると、目を細めて褒めてくれたものだ。

修平もすじがいいな、いつでも商売を継げるはずや……。

血のついた包丁を握っていても、その言葉は鮮明に記憶を掘り起こしてくれる。

その血の臭いが鼻孔の奥に触れたとき、急速に酩酊状態から現実に引き戻される。同時に床上に横たわるみゆきの姿に息が止まり、自分の行為に愕然となった。

もう終わりだ……。身体中が凍りついてくるのを抑えることができなかった。

ＡＨＯＵの記憶からは、あの忌まわしい過ちは永遠になくならない。

それはそれとして、母親がベランダから自分の子どもを投げ捨てた行為を、生徒らはどう思っているのか聞いてみたい。

「残酷な事件やが、こんなことがときどき起きてしまう……。特に今回は母親が容疑者らしいので、女性にとってはショックやろ。マユカはどう思うんや」

同じ犯罪でも、男と女では捉え方に微妙な差があるのは当然だ。

マユカはケータイから目を離さずに口を開いた。

「うちな、どっちか言うとカッとするタイプやねん。将来ちょっと心配やねん」

マーサは彼女とは違い、ややおっとりしている。

「え、ほんまに……。でも、結婚して子どもができたら育てていくしかないやんか」

「子どもは嫌いではないけど、どうかな」

ドンチはそれを聞いていて、

「マユカは外見は派手やけど、内面は気配りするタイプなんやな。おれなんかこの体やから気が短そうに見えるやろ。それに警官にしょっちゅう職務質問されるんやで」

夜中などは特にコンビニの前に座っていたりすると、三十過ぎの浮浪者に見られる。顔も貧相で体もひょろりとしているからだ。

彼とは対照的にその横にいる力士は、体重は百キロ近くある。

「おれはこの前、怖い兄ちゃんに絡まれたことがあるんや。でも、相手に近づいていったら金を出せとは言わなかった。ドンチよりは強そうに見えたんやな」

それを聞き、葬儀屋はニヤリとして探偵みたいなことを言った。

「今度の事件は子どもが室内でぐずっていて、それに母親が腹を立てた。たまりかねて子どもをベランダに連れていき、それでも静かにしないから発作的にやってしまった……。でも、何かすっきりしないのはどうしてやろ」

ＡＨＯＵは彼の意外な一面を知り、

「マスコミの流す内容は尾ひれがついたりして、事実とかけ離れていることもあるんや」

葬儀屋は得意顔になる。

「事件の起きたのが昨日の午後三時頃……。高校野球の予選も始まって暑い盛りやし、母親がイライラするのもわかるが、ちょっとわからんこともあるんや」

疑問は三つもあるという。

それは隣の住人の話によれば、子どもが騒いでいたのを知っていたけど、いつも同じで特別にうるさかったわけではない。

同じマンションの下に住んでいる人も、上から何か落ちてきたのを見ていたが、子どもが直接投げているのを確認してはいない。

それと最も大事なのは、母親だけの言い分が取り上げられていることだ。素人でさえこんな疑問が出てくるのだから、事件をもっと詳しく調べていけば、新しい事実が見つかるかもしれない。

他の生徒もこの事件に興味が湧いてきたようだ。

モントは葬儀屋の推理に付け足す。

「まだ事件から、日にちは経っていないから、謎が多いのは仕方ないやん。警察もこれからいろいろ調べるやろうし、後で目撃者が現れるかもしれへん」

昼間とはいえ、街中のマンションで起きた事件ならば、その可能性もある。

ＡＨＯＵは母親の心理を知りたい。

「普通の親子ならば、子どもが騒いだくらいで、こんな残酷なことはでけへんやろ。よっぽど何か不満があったとしてもや。みんなはどう思う」

伸ちゃんは黒板に書かれた「怒り」という文字を見つめる。

「確かに子どもがきゃーきゃー騒いでいたら、頭に来るかもしれへん。母親は子育て期間中やから、ちょっとしたストレスでも引き金になるかもな」

ＡＨＯＵは少し首を傾げる。

「その日はたまたま虫の居所が悪かったんかな。それとも積もり積もった悩みが一気に爆発したとか」

ＡＨＯＵは自分自身の苦い経験を思い起こした。妻のみゆきが職場の同僚と仲良くしていたが、一線を越えていたという証拠もなく〝その場の成り行き〟で殺害してしまったのだ。

モントは元ヤンキーだったので、すぐに暴力をふるうと思われがちだ。

「おれは見た目は怖そうやけど、カッとするタイプではないんや。トラブルになってもすぐにどついたりせえへんからな、ほんまやで……」

伸ちゃんの場合は、同じ学校の不良グループに何度も脅かされ、それが元で登校しなくなった。

「カツアゲされても歯向かう勇気はないし、相手に従ったほうが楽やと気づいたんや。だから、親の財布から金を盗ったり、小遣いを節約してそれを充てたりしたんやな。でも、いつまでも続くわけがないから、学校には行っていないんや」

両親にこのことを相談して、いじめる相手の家に抗議しようと乗り込んでも、お宅の躾《しつけ》がちゃんとしていないからだとか、変な言いがかりをつけてうちの子を陥れるのと違いまっかなどと論点をすり替えてくるので、結局は泣き寝入りをすることになる。

ＡＨＯＵは伸ちゃんの親にも言いたい。

「こんな場合はもっと怒ったらええねん。一度引き下がってしまうと不良は味を占めて次々と無茶なことを要求してくるからな。この塾も学校とか警察と連携して、絶えず情報交換しているんやが……」

実際にＡＨＯＵが問題解決に乗り出すと、相手の親もちくりちくりと彼の古傷を持ち出し、反省するどころか逆襲してくることが多い。

伸ちゃんと似たような境遇にいるのが、トミやんだ。

「でもな先生。どつかれたら傷が残るし、そんな顔で家に帰れないやんか。親も心配するし、取り敢えず金を渡しとけばそれで済むやん」

母親がフィリピン人なので、幼いときから顔が日本人らしく見えなかったため、小学生のときからすでにいじめられてきた。

葬儀屋は少し顔を前に出し、同情の眼差しで伸ちゃんとトミやんを順に見つめる。

「どっちも気の弱そうなタイプやから、怖い先輩なんかに脅されたら逆らえないんやな」

トミやんは金ばかりでなく、別のことで脅かされた経験がある。

「おれなんか中間テストや期末テストのときなんか、答えを教えろと鉛筆で背中をつつかれたりするんや。金を取られるよりはいいかなと思って、小さな紙に答えを書いて先生にわからんように、そーっと手渡したりするんやで」

二章　生徒それぞれ

ＡＨＯＵも少年期を振り返れば、彼らの境遇と似た部分もある。

「わたしも中学のときはいじめられたな。実家が鮮魚店やったから魚の臭いが移るから近寄るなとか、学校の帰りなんか水路に何度も突き落とされたんや。当時は言われっぱなしで何もできなかった……。ここにいるみんなの偉いところは反抗もしないで我慢していることや。傷害事件なんか起こしたらこの先の人生狂ってしまうからな」

モントはいじめるほうの立場だった。

「おれが言うと反感を持たれそうやが、いじめられたら必ず復讐してやると思って生きていくな。いじめられるだけでは男として情けないやろ。弱い者は弱い者なりに相手に対して、おまえみたいなアホにおれの人生を決められてたまるか、覚えておけ、と言い返す。口に出せないなら心のなかでもいいから断言するんや」

マユカはケータイをいじっていても話には加わる。

「でもな、シャイな奴は絶対に言い返せないやんか」

それを受けてマーサが、

「そんな場合、良い友だちがいてたら真っ先に相談すんねんな」

マーサは授業についていけないから学校にはたまにしか行かない。家は時間通りに出るがいろんな友だちと遊び歩いている。

巨体の力士は手に顎を載せる。それだけでも椅子がきしむ。

「そこが難しいところや。おれの経験から言っても、友だちも巻き込まれることもあるからな。ちょっと前になるけど話が合う友だちがいてたんや。こんな体形だったので、二人が並んでいると、関取、今度の地方巡業は九州ですかなどとからかわれたりするんや」

力士の家の商売が惣菜屋なので自然と大きく育った。でも、その丸々とした体格から小学校の頃から、このあだ名で呼ばれていた。性格は臆病なのでいじめの対象になる。

その右横のドンチは栄養失調のように痩せているので、力士を羨ましいと思うこともある。

「でも力士は温厚で頼りがいがありそうやから、まだマシや。ちょっと鍛えたら強くなりそうな気がするやん。顔も優しそうやし……」

土井健治がドンチというあだ名で呼ばれるようになったのは、ある日みんなでカラオケに行くことになり、それぞれが持ち唄を披露した。彼の順番が来て平井堅の曲を歌いはじめたのだが、それを聞いた途端みんなが笑い転げたのだ。ほとんどの音程が外れ、何の曲かわからないほど音痴だった。

そこではモントが一番腹を抱えて笑いころげ、土井健治はどえらい音痴やとからかい、それを短縮してドンチとつけたのだ。

ＡＨＯＵは話を変えることにした。

「みんな、もうすぐ夏休みやろ。唐突やけどな、このなかで予定のない者は、東北のほうへボランティアに行けへんか。前々からそういうことを考えていたんや。まあ、きざな言い方をすれば、自分探しのボランティアや。何か手伝いをすれば、今まで見えていなかったことが見えてくるかもしれへん……」

生徒の反応はいまいちだった。

ＡＨＯＵが生徒の意志を探るように視線を動かすと、初めにトミやんが目を輝かせた。

「母ちゃんが許してくれたら、それもありかな……」

トミやんのところは母子家庭なのだ。高校二年の頃からいじめを受け、三年になってから不登校になった。

ＡＨＯＵは少し脈があるなと思い、

「帰ったら、聞いといてくれへんか。伸ちゃんのとこはどうや？」

隣の席にいる彼にも誘いの声をかける。

伸ちゃんは丈夫そうな体つきをしているのだが、

「無理無理、おれはバイトがあるんや」

その返事に一抹の不安がある。もしかしたら稼いだ金を不良に巻き上げられるかも、と余計な心配をする。そういう噂が流れているからだ。

「みんなもそれぞれ予定があるから強制はしないけど、いろんな体験をしておけば後々役に立つこともあるんや……」

ＡＨＯＵがボランティアを勧めるにはわけがある。

夏休みから二学期にかけてのこの時期、一部の生徒が悪い誘惑にそそのかされ、後先を考えずに非行に走ったり、あるいは軽い気持ちで家出などをしたりする。

その他にも女子生徒がむやみに風俗のほうに流れたり、出会い系サイトなんかで騙されたり、もっと極端なのは性別に関係なく脱法ドラッグにも手を出したりする。

従ってこれらの悪事から生徒を遠ざけることと、ボランティアに参加することによって、いじめを克服できるヒントが見つかるかもしれないと期待したのだ。

ＡＨＯＵは、特にモントに行ってもらいたいと思い、どうや、と彼を直視する。

彼は元ヤンキーなので、この療法も有りかなと閃いたのだ。

モントはすぐに、おれには性が合わへんと断った。

これまで発言しなかった北島弘司が後ろの席で同調した。

「おれもモントといっしょや。ボランティアのリーダーから指示されても、多分他のことをやりはじめると思うんや。だから参加せん」

北島は、この塾に入ってきたときから口数は少なく、きっぱりと拒否したのは彼の生い立ちからきている。この春、高校三年生になったとき広島県の尾道市から大阪府の四条畷市《しじょうなわて》に引っ越してきた。父親の転勤でこちらに住むことになった。暴走族のリーダーをしていたらしいが、浪速区のカミコウ（上方工業高校《かみがた》）に転校してきてからはおとなしくしている。

四月いっぱいはまじめに登校していたが、五月初めのゴールデンウィークが終わった途端、欠席するようになり、六月からは一日も通ってきていない。

弱虫塾のみんなは、彼が元暴走族のリーダーだとは知らなかった。

ただ、彼の髪は短く、両方のさかやきも鋭く剃り上げ、一重の細い目で睨みつけてくるので、この塾で生徒と初対面したとき、みんなが目を逸らし、口を利く者もいなかった。

ところがある日、北島弘司が尾道の友だちに電話しているのを葬儀屋が聞いてしまい、暴走族との正体がばれてしまったのだ。ある程度の予想はしていたものの、教室に来ても親しくしようとする者もおらず、みんなからは少し距離を置いていた。

夕方、この塾に通ってくる生徒のなかでは、モントがいちおうのリーダーなので北島弘司にライバル心を燃やしているようだが、まだ二人は衝突していない。

ＡＨＯＵは北島弘司の母親から、彼の性格などを聞いていた。

「自分のことがわかっているからたいしたもんや。でもな、若い者が夏休みにブラブラしていてもつまらんやろ」

次にモントのほうに視線を向け、

「おまえもな、ヤンキーでないことを証明するのにええ機会やないか。生まれ変わった気持ちで行ってくれれば、親御さんも見直すぞ」

モントは両手で×の形を作った。

「おれは上からあれこれ指示されるのは好きやないんや。それにボランティアと喧嘩でもしたら洒落にもならへん」

自分のことを良く知っており、協調性など微塵もないようだ。

北島弘司は滅多に笑わないが、ニヤリとしてモントを茶化す。

「可愛い彼女がいるから、東北なんかに行かないんやろ」

授業が終わる頃、弱虫塾の入っているこの雑居ビルの下で、同世代の清楚な女子高生が長い黒髪をなびかせながら待っている。

モントは、まあな、と微笑む。

ＡＨＯＵの目線は、北島弘司のほうに向く。

「北島、おまえはどうなんや。尾道には彼女はいてたんか」

「おったのはおったけど、やっぱし田舎の娘《こ》や。大阪の高校生から見れば、きっとイモ姉ちゃんと言われる水準やけん」

ＡＨＯＵは彼の過去をもっと知りたい。

「ずばり聞くけど、あっちでは警察に何回お世話になったんや」

「先生、なんぼ田舎者でもそんなにのろくはないけん。代わりに母ちゃんのほうが学校や警察に何度も呼び出されとったんじゃ」

「今登校していないのはどういうわけや」

「自慢じゃないけど、尾道では万引きはしていないんじゃ。おれは小さいときからバイクが好きやったけん、ダチに誘われて暴走族に加わったんじゃ。性に合っていたこともあるし喧嘩のほうも強かったけんな、そのグループのリーダーを殴り倒してトップになったんや。こっちに来てからカミコウ（上方工業高校）で大暴れするつもりやったけど、上には上がおるのを知って、これからどうしようかと迷っているんじゃ」

転校してきたカミコウにはまだ馴染んでいないように聞こえる。

ＡＨＯＵは北島弘司が気になる。以前と同じ道に進んでほしくない。

「ま、これから何をするにしても両親の気持ちも少しは考えんとあかんで……。ニュースになるような大きな事件を起こしたら、おまえだけでなく家族全員が隠れるようにして暮らしていくことになるんや……」

世間一般からすると、暴走族に入っていた若者はルールを無視し、忍耐にも欠け、とても真面目に仕事をするとは思われない。また高校中退や犯罪の片棒を担いだ者もひとくくりにされ、雇うほうも二の足を踏む。それぞれの個性は尊重するといっても、行き場がなければ胡散臭い風俗関係とか、あるいは詐欺グループなどの美味しい餌に引き寄せられてしまう。

モントは元ヤンキーだったので、北島弘司に自身を重ね合わせる。

「北島さん、どこか行くあてでもあるんかいな」

今考えているんや、と北島弘司は短く言った。

力士は体全体で大きく息を吸い込み、

「おれらに比べ北島さんは二枚目やし、ヘアスタイルなんかちょっと変えればホストクラブなんかに行けると違いますか」

ＡＨＯＵは苦虫を噛みつぶしたような表情で、

「おい、おまえら十七、八の分際で何を言っているんや。まだ酒の飲める歳ではないぞ。北島もこの時期が大事なのはわかっているよな。……勉強についていけなくても、学校行事に参加したり、文化祭なんかで何かを手伝うこともできるんや」

協調性や人間性もこれらによって磨かれる。このことを伝えようとしても生徒が理解してくれるかどうかわからないので、話していてももどかしい。

伸ちゃんには気掛かりなことがあった。

「北島さんは、こっちに来てからも暴走族には入りたいと思っていたんですか」

他の生徒は、それにはあまり触れないほうがいいと会話には出さなかった。

北島弘司はあっけらかんとしていた。

「友だちをバイクに乗せていたとき、事故《じこ》って死なせてしまったけん」

えーっ！　教室内に気まずい緊張感が生まれた。

教室の時計の刻む音が異様に大きくなった。

ＡＨＯＵは、北島弘司のわずかな説明に、妄想をかきたてられた。

多分、かっぱらったバイクをマフラーを外したりして改造し、無免許のまま友だちを後ろの席に乗せ、尾道市内を走っていた。パトカーに追いかけられて事故を起こし、バイクが転倒したときに、その友だちが犠牲になってしまった。

この弱虫塾に通ってくる生徒のなかにも暴走族のメンバーだった者もいた。彼の場合は赤信号で交差点に突っ込み、他の車と衝突し、同乗者が命を落としてしまったのだ。

「それはショックやったやろ。こっちに来て同じように暴走族に入ったら、その友だちも悲しむはずや。大事なのはこれからやで、毎日何をしているんや」

「ゲーセンとかマンガ喫茶かな……」

その金の出所が気になる。カツアゲや万引きなどしていなければ健全だが、彼の親は普通のサラリーマンと聞いているので、その小遣いも桁外れではないはずだ。

ＡＨＯＵはここでは深く突っ込まなかった。

「もったいないな。でも、そろそろ将来のことを考えてもいいんと違うか。親御さんとは話し合ってみたんか」

北島弘司の口からは、冷めた言葉しか出てこない。

「昨年の夏休みに友だちを死なせてしまったときから親子関係は切れたけん。親もな、今すぐいなくなってくれたほうがええと思ってるんじゃ」

「いや、それはないいな。親にしてみれば子どもはいつまでも子どもや……。それに情まで無くなることはない」

モントは、北島弘司の暴走族当時の暮らしに関心があるようだ。

「北島さん、こっちでは数十人規模の淀川エンペラーとか泉州爆風隊なんかが有名なんやけど、あっちではどれくらいの人数を束ねていたんですか」

「田舎やけ、おれも含めて六人じゃ……」

いつも三組で行動し、バイクの後ろには木刀や金属パイプを振り回す仲間を乗せ、パトカーとじゃれ合っていたものだ。

ＡＨＯＵは耳障りになってきたので、もうその話は止めろ、とその会話を中断させた。

そして、授業を続ける。

チョークを握りなおし、黒板に〈喜怒哀楽〉と書く。

人間の感情のなかでも、怒りという感情が最も厄介で、ときには暴力と結びつき、これが収まらない場合は衝突してしまう。

ＡＨＯＵはいじめられていても、怒りを鎮める能力が備わっていれば、喧嘩まで突き進まないと話す。

今日ここにいる生徒のなかで、トラブルに巻き込まれ、警察に捕まったのはモントだけだ。彼が三回ほど補導されたのは、自ら相手に殴りかかったわけではなく、仲間をかばったり、相手が先に手を出してきたからで、言わば正当防衛の状況だった。

ＡＨＯＵがモントを信頼しているのは、なるべく穏やかな解決方法でその場を収めようとするからだ。

人間の性格としてまず怒らなければ評価も高く、柔和な人物として認知されていれば親しみも増し、自然と人も集まってくる。

生徒には、このことを強く言う。

ただ、ここの生徒からすればひたすら我慢せよと言っているのと同じで、そんな方法ではいじめなど解決できないと思っている。

そもそもいじめる方といじめられる側の間に大きな溝ができてしまっているので、これを埋めるのは容易ではない。

また、周りの人間も根拠のない噂を信じてしまったり、無関心を装いながらそれを躊躇《ためら》いもなく言いふらしたり、いわゆるぶりっ子になってしまうのだ。

ＡＨＯＵはいったんチョークを置き、自戒を込めて話を続ける。

「自分のことを棚にあげて言うわけやないが、どんな家庭でも夫婦喧嘩はするよな。それが勘違いから始まったり、考え方の違いから大きくなって取り返しのつかないことになったりする。

早いうちにどちらかが引き下がれば衝突は避けられるが、意地を通そうとすると収拾がつかなくなる。それに普段から口にしていない不満などを持ち出してくると、火山のように大爆発するんや。とにかく、喧嘩になりそうな気配がしたら早めに謝ったほうがいい……」

葬儀屋はふと思いついた。

「先生、このなかでは誰が一番気が短いと思いますか」

その質問で、ＡＨＯＵは真っ先にモントに視線を合わせる。

「ただな、怒りっぽい人間でも訓練して変えることもできるんや。客観的に善悪を区別し相手を傷つけたら損すると判断すれば、ある程度は気持ちを切り換えられる。モントも初めの頃は、喧嘩っ早い生徒だったが、ようやく落ちついてきたというか、大人の自覚を持つようになった……」

モントは褒められて気分がいい。

「先生、授業が終わったらコーヒーをおごりますよ」

ＡＨＯＵは次にマユカとマーサの顔を注視する。

「女性の場合は、元々から怒るようにはできていないんや。かなり我慢するようになっていないと子どもができて育てることはできないからな。穏やかな性格でないと子どもにも影響するし、家庭崩壊にもつながりかねないやろ。だが、いったん怒りだすと手がつけられなくなる」

伸ちゃんは二人の女子生徒を観察する。

「今の女は自己主張するから、よけい怖いんや……」

マーサは、ふふふ、と軽く笑ってから、

「伸ちゃん、もしかしたら女性恐怖症と違うん。案外、水商売に向いているかもしれへんな」

と、この場に相応しくない微妙な言い方をした。

男子生徒をからかうのには、彼女の実生活に基づいている。実家がＪＲ新大阪駅近くの東淀川にあり、両親がアルバイトの女の子を一人雇い、店舗兼住宅で小さなスナックを営んでいて、お客の醜態や本音などを絶えず見聞きしているからだ。

マユカはその間もずっとケータイをいじっている。

「それって何なん。わからへんわ」

マーサが自分なりまとめると、夫婦で水商売をしていくコツは、意外と女性嫌いの夫のほうが経営が上手くいくということだ。もし夫のほうが博打や女にうつつを抜かすようになると、稼いだ金を使ってしまい、結果として店をたたむことになる。

ＡＨＯＵはその洞察力に納得させられる。

「どうや伸ちゃん、女性にのめり込むタイプやなかったら、この先いけるんと違うか。将来を考えて、いっぺんその店を見学してきたら……」

伸ちゃんは慌てて、いやいや、と手を横に振り、

「おれは話すのは下手やし、それにこんなひょっとこみたいな顔をしてたら客も寄りつきませ

んよ」

　それを聞いていた葬儀屋は、常識的に考える。

「水商売のほうに行くなら、もうちょっと人生経験を積んだほうがええと思うんや。そやろ？　その気があるんやったら、ホテルのバーテンダーになるとか、ワインなんかを勉強してソムリエなんかを目指したほうが恰好ええやんな」

　トミやんも賛成する。

「その方が今風で聞こえがええやん。でも、伸ちゃんは長男やろ、クリーニング店はどうすんねん」

　伸ちゃんは実家の商売を継ぐ気ではないようだ。

「店の規模は小さいし、将来を考えたらまだ迷ってんねん……」

　このとき、ＡＨＯＵは閃いた。

「いっそのこと葬儀屋のところで世話になったらどうや？　これから団塊の世代がどんどん高齢化するから、かなり有望と違うんか」

　当の葬儀屋は、自身の将来を決めていないから困惑している。

「うちは平野区の小さな業者やから、どうかな……。今度聞いといたろか？」

　モントは悪いイメージしかない。

「でも、正直言っておれら若い者が勤めるところやないな。何か定年まぎわのおっさんが喪服を着て動き回っている感じがするやろ」

伸ちゃんも同じような見方をしている。

「そうそう、それに早く老け込む気がするし、仕事のパターンも決まっているからおもろないな。……坊主の読経が長いときなんか、退屈でもたないと思うわ」

ＡＨＯＵは、それはそれで立派な仕事や、亡くなった人がどんな人生を歩んできたのか想像することもできるんやと言った後、二人の女子生徒に顔を向ける。

「マユカもマーサもいちおう週いちぐらいで学校には行っているんやな。マユカのほうは期末テストの成績はどうやったんや」

マユカはケータイから目線を外し、壇上のＡＨＯＵを仰ぎ見る。

「どの教科もだいたい三十点か四十点ぐらいやねん。いつもこんな調子やから気にならへんけど、友だちとは話がしたいし、親もうるさく言うから仕方なく行ってんねん。それにたまにおもろいこともあんねんな。この前のテストのとき、退屈やったから解答用紙に——司《つかさ》先生、大好き——と書いて出してやったやんか。数学の担任やけどな、かなりのイケメンやねん」

マーサはマユカとは違う高校なので、その先生の容姿は知らない。

「それでどないなったん？」

マユカはあっけらかんとしている。

「司先生な、うちのこと気になるくせに、後で職員室に呼びつけて説教するんやで。男として許せへんわ」

大勢の先生の前で、生き恥をさらすようにやり込められたらしい。

マユカの指は再び、ケータイの上で動きはじめる。

モントは前から彼女が気になっていたので、話にちゃちゃを入れる。

「マユカ、学校の先生にまで色目を使うなんてまずいやろ。それに今の彼氏は、お好み焼き屋のバイトをしているんやったな」

マーサは含み笑いをして、代わりに答える。

「その子は翔馬《しょうま》くん……。うちの感触ではな、まだ他にいてる気がしてんねん」

AHOUは自分の高校生の頃と比較し、羨ましいと思った。

「マユカ、おまえ今何人とつきあっているんや。確か二ヵ月ほど前やったかな、阪急三番街のスポーツ洋品店の店員と仲良くしていると言ってたぞ」

マユカはいったんケータイから指を離し、

「その子とはもう別れたやんか。まあまあのイケメンやったのに、何かやたらと見栄を張るばっかりでついていかれへん……。うちのことはともかくおもろい話があんねん。あんな、うちな、司先生の彼女知ってんねん。名前が河本つかさって言うやんか。ある病院に勤めているって聞いたけどな。みんなよう考えてみ、もしもこの先二人が結婚するとしたら、名前が司つかさになってしまうんやで」

その発言のすぐ後、教室内に笑い声が広がった。このときばかりは、それぞれの生徒が問題を抱えているとは思えないほどリラックスしていた。

やがて授業も進み、午後九時近くになった。

AHOUは、一人ひとりの生徒の顔を順繰りに見つめなおす。

「今日はまだ十五日の金曜日でちょっと早いけどな、来週水曜日の外での授業のことや……。台風が近づいているからどうなるかわからんけどな、予定としては阪急庄内駅に集まることにしているんや。時間が空いていたら西口に七時に集まってや……。今日欠席している生徒には事務員やサプリ先生にも言づけておくからな。よし、今晩はこれで終《しま》いや、みんな気いつけて帰りや」

弱虫塾ではAHOUだけが塾外での授業を実施していた。大阪府内のいろんなところに出かけ、働いている人を直に観察するのだ。

いじめや不登校の特効薬はないと言われる。それぞれのケースが異なるからで、教室でいくら人生訓や範を垂れたところで、生徒の心に響かなければ意味がない。

それならば現実の人間の生き方を見せたほうが効果があると思ったのだ。

尚、サプリ先生という講師は、船岡敏夫と言う名前で、AHOUと同年代の元南極越冬隊員だ。いつもサプリメントを持ち歩いているらしく、塾の事務員がこのあだ名をつけたという。

教室から生徒が出ていくと、ＡＨＯＵは黒板消しで黒板を綺麗に拭きおえた。

弱虫塾はこれまで、東北のほうから大阪に避難している被災者に頼んで、地震の体験や苦労していることなどを話してくれないかと交渉したことがある。残念ながらそれはまだ実現していない。彼らからすれば生活が変わってしまい、それどころではないのだろう。

ＡＨＯＵは土日の授業はない。

翌週の十八日（月）と十九日（火）は台風６号が大暴れをし、弱虫塾は休みになった。

二十日の水曜日の晩は、天気も回復しそうなので、塾と連絡を取り、生徒にも校外授業ならぬ塾外授業があることを電話やメールで伝えてもらった。

三章　風の授業

庄内の町は豊中市の南部に位置し、阪急電鉄宝塚線の庄内駅を中心にして広がっている。

この地域が発展したのは大阪市に隣接し就職口にも恵まれ、また戦前から伊丹飛行場の軍需関連部品の下請け業者が点在しており、自然と労働者も集まってきたためだろうと思われる。

駅の西側は特に繁盛し、庄内本通商店街（ＷＥＳＴ）と西本町商店街が並行するように尼崎市方面へ伸びていて、人通りが絶えることはない。目立つのは学生の姿だ。これはこの駅から北西方向に十分弱ほど歩くと大正の初め頃に創立されたＯ音楽大学があるからで、ラッシュ時には駅前の道路が彼らや近隣の通勤客でいっぱいになることもある。

庄内駅は宝塚線開通の後にできたのでバスやタクシーが何台も停まるロータリーもなく、線路のすぐ近くまで四、五階建ての雑居ビルが迫り、それらの周辺には古い文化住宅やアパートが密集し、路地の複雑さはまるで毛細血管のようだ。

駅の東側には建物の間を縫って国道一七六号線が池田・川西方面へと伸び、その傍には生鮮食品が安いことで知られている豊南市場と庄内銀座商店街も並び、威勢の良い店員の掛け声が響き商売を競っている。

初めてこの町を訪れた人は、方向音痴でなくても迷ってしまうかも知れない。

それはさておき、昨今ではご当地自慢のゆるキャラやB級グルメなどがブームとなっている。これより数十年前は各地の景勝地や町並みなどを歌い込んだご当地ソングというのが流行った。今でもカラオケなんかで選曲されるが、面白いことにこの庄内の町を歌ったものが残っているのだ。

曲名は『庄内ブルース』と言い、飲み屋がつらなる町と人情を歌った。作詩したのはあの上岡龍太郎（旧芸名・横山パンチ）で、歌手は小松おさむとダーク・フェローズだ。

これを出すきっかけは、藤田まことが『十三《じゅうそう》の夜』を発売し、その歌調のなかに「♪姉ちゃん、姉ちゃん、十三の姉ちゃん……」が入り、関西ではテンポのいいコミカルな歌い方が受けてかなり有名になった。また曲のなかで「♪庄内離れて、三国を過ぎりゃ……」と歌われているように、庄内駅と十三駅は途中に三国駅を挟む近い位置で、曲名もそこから閃いたのかも知れない。

どちらの町も遊技店や飲食店などが多く軒を並べ、その賑わいや人情なども似通っていた。いずれの曲もムード歌謡で、なかなか良い曲であったが、庄内のほうはもうひとつパンチに欠け、大ヒットにつながらなかったのだ。

二十日の水曜日、午後七時前の阪急庄内駅西口である。

駅舎の南側は白い鉄板で被われ、構内の一部で工事が行われているようだ。

この時刻、大阪方面からの下り電車が着くたびに、西口前では乗降客がごった返す。AHOUは道路を隔てたコンビニの前で待っていた。

ここからだと通行人の邪魔にはならず、雑踏全体が見渡せるからだ。

時間を気にしていると、顔見知りのがっちりしたガードマンが近づいてきた。

彼は弱虫塾が探してきてくれたボランティアで、AHOUや生徒が住民や歩行者に絡まれたりすることもあり、それを防ぐための付き添いなのだ。

塾外授業は一週間に一回の割合で実施していた。初めの頃は勝手がわからず、焼鳥屋や和菓子店などの店頭を観察し、店主にその苦労話を聞いたりした。

またコンビニやスーパーなどの店内を見てまわり、従業員に客とのトラブルや商品の売れ行きなどを訊ねたこともあった。生徒には自分にはどういう仕事が向いているのか、よく観察して将来の参考にするように言い聞かせたりした。

これまで大阪府内のいろんな市や町を訪れた。

あちこち出向いたなかで、これも地域性なのか住民や通行人などが、親しげに話しかけてくる。

こんな例があった。生徒を五人ほど引き連れ、ミナミのある通りを進んでいるとき、黒のスーツを着込んだ男が近づいてきて、

「おっちゃん、近くにええ娘《こ》がおんねや、ちょっと顔を見ていってえや」

と、影のように体を密着させ、遊びの値段をささやき、堂々と勧誘してくる。

今は客引き行為は禁止されているはずなのに、そんなことはおかまいなしだ。

またある日などは、西天下茶屋銀座商店街を流していると、豹の顔をプリントした上着のおばちゃんが、髪を紫色に染めた姿で知人のように顔を寄せてくる。

「あんた、だいぶ前、テレビに出とったな。刑務所帰りってほんまかいな。不登校の生徒を連れて社会勉強してるんやて？　なかなかでけへんけど立派やな。もしかしたら次のその次の知事選を狙っていると違う。きっとそうやわ」

ありえない話をふっかけくるので、それは絶対にない、と逃げ出したこともあった。

今秋には、大阪府知事選と大阪市長選が予定されており、某有名人も出馬する。

ＡＨＯＵの活動はこれまで数回、在阪テレビ局と一般週刊誌に採り上げられていた。

そのこともあって見知らぬ人からたまに、プリズン先生とか世直し先生とか、尊敬と嘲笑が入り混じったあだ名で呼ばれたりする。

集合時間が来ても生徒の集まりが悪いので、ガードマンと話をしながら待つ。

やがて夕闇が濃くなるにつれて、一人、二人と姿を現すようになった。

全部で六名集まった。モント、北島弘司、マーサ、マユカ、それに若旦那（中坊寿人《なかのぼうひさひと》）と夕ライ・ラマ（福井翔）で、人数としては多いほうだ。

先週の市内大正区の千鳥《ちどり》公園では、わずか三名だったので落胆しなくてもいい。

金曜日の授業に出ていなかった若旦那の家は、西成区の飛田新地で小さな旅館を営んでいる。俗に言う連れ込み旅館だ。

彼がまだ保育園に通っていた頃のあだ名のひとつが、盆ちゃんだった。連れ込み旅館はその昔、別称で盆屋と呼ばれた。その由来というのが男女の秘め事が終わってから、湯飲みを置く盆のうえに利用料金を入れて帰っていく、そこからそう呼ばれたようだ。小さいときは、その意味と家の商売がわからなかった。午後になると知らない男女が玄関から入ってきて、すぐに二階に上がっていき、二時間ほど過ごしてから顔を隠すように降りてくる。それが夜中まで続き、土日などは何組も入れ替わるのを不思議に思っていた。

玄関脇の看板には休憩料金が記してあった。小学校に入学してまもなく、悪がきにその内容をからかわれ、恥ずかしい思いをしたものだ。

日本の経済が二桁成長期を迎え、引き続きバブル期に突入すると、男女が密会したり、デートなどに使うのは洒落《しゃれ》たシティホテルやラブホテルなどに移っていった。

近辺でもこのタイプの旅館はほとんど姿を消し、家では廃業する話も出ている。若旦那というあだ名は中学生のときにつけられ、高校に通いだしてから家に寄りつかず、友だちや親戚の家を渡り歩いている状態だ。

もう一人のタライ・ラマは塾にやってきたときは丸いメガネをかけ、表情の暗い人相だった。初めに彼につけられたあだ名は苦学生だった。しばらくして力士が別の言い方をした。チベット亡命政府のトップであるダライ・ラマ十四世にそっくりなことを発見し、それをもじったのだ。

彼は昨年の秋、東京の武蔵野市から親の転勤で大阪市内に引っ越してきた。ところが関西弁に馴染めず、高校二年になってから数えるほどしか登校していない。

ＡＨＯＵはコンビニの前で、六名の生徒の顔を順に見つめた。

「これまでも注意しているけど、誰かに絡まれても絶対に手を出すなよ。よし行こうか」

一行が少しばかり移動すると、庄内本通商店街のアーケードを上に見ることになる。その入り口にはＷＥＳＴの大きな文字が並んでいた。

ここは昔からの通りで、道幅は自転車が二台がすれ違うときぶつかりそうになるほどの狭さだ。

その理由は、各店舗の前には看板や商品が山積みされたワゴンが道路まで迫り出していて、買い物客や歩行者にとってはかなり注意しなければならないからだ。

この町の住民の気質は、北摂《ほくせつ》（大阪府北部地域）ではあまり良くない。近隣の箕面や吹田、あるいは豊中市内を含めてもガラが悪いほうだ。駅から三百メートルほど南下したところにある豊中庄内警察署では、いつもパトカーの赤色灯が回転しているらしい。

ＡＨＯＵがこの町を塾外授業に選んだのは、尼崎に住んでいた高校時代、ときおり遊びに来ていて、その雰囲気も風景も似かよっており、道順も諳《そらん》じていたからだ。

彼を先頭にして次に生徒が続き、最後にガードマンがつく形でゆっくりと進んでいく。

どの町でもそうだが、駅前には銀行や消費者金融の店舗が並び、それに隣接する商店も似たような構えになっている。違うのは個々の店舗名と並び方だ。

通りはすでに店舗のネオンや看板が輝き、帰宅を急ぐサラリーマンや学生などがいろんな表情で行き交う。もちろん主婦やＯＬなども混ざっている。

一行が歩きはじめて三十メートルほどの地点で、ＡＨＯＵは偶然に知人と遭遇した。

在阪の某テレビ局のディレクターで、一年ほど前、弱虫塾の取材を受けた。その内容は不登校やいじめの実態について、現場の声を聞くというドキュメンタリーだった。

今晩の彼は三名から成る取材クルーの一員で、リポーターは先に帰ったらしい。

彼らは三十分ほど前、テレビの生中継を終え、カメラマン、音声と照明係を兼ねたＡＤとしばらく喫茶店で過ごし、社に引き返すところだった。

その番組は関西エリアで放映される夕方のワイドニュースで、そのなかに、〈関西うまいもん自慢〉というコーナーがあり、あちこちの町から有名店を選んで採り上げるのだ。その取材だった。

ディレクターはＡＨＯＵの顔を思い出すと、チャンス到来やと目を輝かせた。

もしかしたら何かの事件が発生する前兆で、上手く撮ればスクープになるかもしれないとときめいた。彼は愛想よく近づくと、

「先生、御無沙汰しております。その節はたいへんお世話になりました……」

挨拶もそこそこに抜け目なく同行取材を求めてきた。

ＡＨＯＵはちょっと迷ったが、断る理由もなかった。

「そやな、わたしを映画のようなヒーローにしないと約束してくれたら、ついてきても構わないよ。その代わり生徒の顔は絶対に出さないように頼むよ」

マスコミを毛嫌いしても得にはならないので、最低の条件だけは伝えておく。

ディレクターは好意的に受け取り、笑みを返す。

彼の勤めるテレビ局の系列では、十月の番組改変時に合わせて特番を組み、好評である〈列島激撮24時〉を放映していた。その主な内容はインチキ商法やオレオレ詐欺、あるいは暴走族の取り締まりや交通機動隊の活躍などを採り上げていた。

ＡＨＯＵを先頭に一行が歩きはじめ、それにタイミングよく合流した取材クルーが追いかける形ができた。

しばらく進んでいくと道が分かれていた。左手の狭い路地の奥から工場の機械が作動しているようなザーッという音と、女性歌手の歌声が混ざり合って流れてくる。

この先にパチンコ店が営業しているのだ。それは国道脇の広い駐車場のある巨大店舗ではなく、地元民に昔から親しまれている小さな店だ。

ＡＨＯＵはパチンコはしないいし、予め順路を決めていたわけでもないが、体がその方角に向いていた。

元々からこの通りは狭い。店舗の前には、十数台の自転車やバイクが停めてあった。その向かい側も雑居ビルが迫っていて道幅が極端に狭くなり、赤色の三角コーンと黒と黄色の縞模様のロープでそれらがはみ出ないようにしてある。

駅周辺の駐輪場は限られ、自転車を利用している通勤客などは少しの空き地でもあると、早い者勝ちで自転車を押し込んでしまう。

この時刻、帰宅を急ぐ通行人はひっきりなしに、その道を行き来する。

パチンコ店の前は派手なネオンの色が飛び跳ね、パチンコ玉や歌謡曲などの音が混ざり合い、お客の遊興心をくすぐっていた。

AHOUの足は、その店の脇で止まった。

生徒たちは素直に、何をするんやろ、と不思議に思った。

テレビ局の取材クルーは、その位置から十メートルぐらい離れて撮影の準備に入った。カメラマンは撮影カメラを点検し、それを肩に乗せ身構える。

AHOUは直感でこの場所を選んだ。

普通に考えても、生徒は店内に入れないのだ。

生徒に賭け事を教えるつもりはない。せっかく稼いだ金をドブに捨てるような遊びは得るものが少ないうえに悪くすれば習慣となり、資金が足りなくなるとサラ金や家庭の蓄えにも手をつけ、極端な場合は暮らしが成り立たなくなる。

近頃では主婦や高齢者などの一部が取り憑かれ、現代病のひとつとしてギャンブル依存症と呼ばれたりする。

ＡＨＯＵがこれらの例に絡めて、賭け事の危険性を説明しようとした。

というのも、高校生でも年齢を偽ってプレイしているという情報を得ていたからだ。現代の子は体格も大きく、大人びた人相の者もいる。

そのとき、ケータイをいじっていたマユカが叫びに近い声をあげた。

「ヤバいやんか！　信じられへん、つーちゃんが万引きで捕まったんやて」

隣のマーサは瞬時に記憶を探り、その画面を覗き込む。

「誰なん、つーちゃんって？」

「淡路《あわじ》の友だちやねん。中学で同じところやったやんか。いっしょにいるミッチーからのメールやねん」

マユカは市内都島区の高校に通っている。友だちのつーちゃんとミッチーは城東区の学校だ。

マーサのほうは東淀川区の高校なので、二人の顔は知らない。

話に出てきた淡路は、ＡＨＯＵが通勤時に乗り換える急行停車駅を核にして発展してきた。

十三駅から京都方面への三番目の駅になる。

十字路となっているこの駅で、もし千里線を利用し北上すれば吹田市北千里方面へ、また南下すれば市営地下鉄へつながり、天六《てんろく》（天神橋筋六丁目）へと足を伸ばせる。

マユカの目は、ケータイの画面に吸いつけられたままだ。

「今いてるのは上新庄《かみしんじょう》駅前やて……。えっ、店の人が警察を呼ぶつもりになっている？」

上新庄駅は阪急京都線で、淡路駅の次になる。

マーサも同じ画面から目を離せない。

「警察はマジでヤバいと違う。きっと親も呼びつけられるわ」

マユカの指の動きは止まったままで、ミッチーへの返信に困っている。

「どないしょ……」

周りにいる男子生徒だって、事の重大さがわかっていた。

AHOUは部外者なので関与しなくてもいいが、他人のふりはできない。

「その友だちは初犯なのか？　何度も捕まっていたらまずいことになるな」

マユカは心配顔でAHOUを見つめ返す。

「先生、聞いて。つーちゃんはほんまにええ子やねん。これまで一回も補導されたことないやんか。絶対に何かの間違いやわ……」

ケータイを再び覗き込むと、どないしょ、村越書店やて、と店名を口にした。

マーサは、マユカの友だちが困っている状況を頭に描く。

「そのつーちゃんって子、淡路に住んでいるんと違うの？　今時分どうして上新庄にいてるんやろ」

　マユカは顔を挙げて、事情を説明する。

「あそこの駅前でな、よく路上ライブやってるやんか。けっこう人が集まるとこで有名やねん。だから、うちもな、ときたまミッチーと行ったりすんねんな」

　駅前近くの銀行のところで、夕方から素人バンドが演奏しているらしい。

　マーサは自分の友だちのように心配する。

「マユカ、今から行ってみいへん」

　上新庄駅は、十三駅で乗り換えがスムーズにいけば、二十分くらいで着く。

　マユカの顔は曇っている。

「間に合えばいいけど……。警察に連れていかれたら何もでけへんと違う」

　ＡＨＯＵは、上新庄の書店と聞いて、思い出したことがあった。

「村越やったかな……」

　服役して以来、上新庄駅には縁がないので、わざわざ寄ることはない。けれども町は変わっているだろう。その訳は阪急電鉄ではあちこちで高架化工事をしており、さらに駅前再開発事業が重なっていれば、書店が移転している可能性もある。

　ＡＨＯＵはケータイを取り出す。

「ちょっと待ってや。わたしの知り合いかもしれへんな」

まず弱虫塾に電話をし、上新庄の村越書店の電話番号を調べてもらった。それを入手すると早速そこへつないでみた。

記憶に間違いがなければ、店主は丸っこい顔をした人物で、ＡＨＯＵと同年代のはずだ。尼崎の教員時代だから二十年くらい前、ミナミのデパートで古書即売会が開催され、たまたまそこを訪れたとき、どちらからともなく話しかけ、親しくなったのだ。

その店には数回訪れ、何冊か単行本を購入したことがあった。出所してから足を運んだことはないので、覚えてくれているかわからないが、この際連絡をしてみることにした。

「警察が来る前だったらいいけどな」

周りの生徒の目がＡＨＯＵに集まる。

「あ、もしもし、いきなり電話をして申し訳ありません……」

すぐに本名の鵜頭修平を名乗り、尼崎に住んでいた元中学校教師で、昔お世話になったことなどを伝え、今は梅田で弱虫塾の講師をしている事情などを説明した。

店主は思い出したらしく、五分ほど話し合いが続いた。内容は万引きした生徒はわたしの知り合いで、何とか許してもらうわけにはいきませんか、強く言い聞かせますからなどと、親のように誠意を込めて何度も頭を下げる。

傍で、北島弘司は尾道での暮らしを思い起こす。

「おれのダチも警察に捕まったことがあるけん。ごくつぶしと言われるほど悪い奴やったんじゃ。でも、その子の親が市会議員やったんやけん、すぐに警察署長に電話をかけ、引っ張られることはなかったんや……」

マユカは聞き耳を立て、先生と店主の会話の内容を要約し、ミッチーには《知り合いの先生が何とかするから心配せんといて》とメールで励ます。

「つーちゃんとこは確か普通のサラリーマンやんか、その手は通じへんわ」

若旦那はこそっと漏らした。

「もうすぐ夏休みやろ。みんなの気が緩む時期や。誰かが言ってたけど、夫婦仲が悪いと子どももぐれるらしいやて」

モントは自分の家庭を振り返ってみる。

「そうかな、おれのところは夫婦仲はええんや。でも、おれはマジで悪やし、これまでも万引きやカツアゲはしてきた……。やっぱし友だちの影響があると思うんや」

あまり発言しないタライ・ラマも、このときは控えめに言った。

「友だちがいるだけでも幸せや。おれは東京からこっちに来ても、まだ一人もいないんやからな」

少し離れたところにいるテレビ局の取材クルーは弱虫塾の一行を監視していたが、パチンコ店の騒音で彼らの会話までは聞き取れなかった。

ＡＨＯＵは耳にくっつけていたケータイを離すと、マユカの顔を見て言った。

「今回は初めてやから、何とか許してもらえそうや……」

その優しい言葉で、マユカの曇っていた顔は生気を取り戻した。

「先生、ありがとう。きっとつーちゃんもミッチーも喜んでいると思うわ。こんなときはやっぱり大人は頼りになるなあ。庄内にいるうちらだけでは何もでけへんやんか」

ケータイを操作している指は高速で動いていた。

《ほんまに良かったな。ミッチー、うちらの弱虫塾の先生、案外顔が利くやろ。つーちゃんに何かお礼の品を弱虫塾に届けたほうがええと伝えてな。じゃあね、バイバイ》

マーサも他人事とは思えず、ＡＨＯＵのほうを頼もしく見つめる。

「やるやん、先生、見直したわ。今の場合、学校に知られたらこれを内申書に書くはずやねん。そうやな」

ＡＨＯＵは答えにやや詰まる。

「いや、最近はどうなんかな。その友だちも警察には連れていかれてないし、もしそうなった場合でも滅多に書かへんと違うか……。担任の指導力を問われることになるからな」

若旦那の通う高校でも万引きをする生徒がいる。

「今は先生よりも親が怒鳴り込んでくるんや。暴力事件ならいざしらず、万引きぐらいで警察に連れて行かれるのは、やりすぎということや……」

北島弘司は薄笑いをする。

「それってモンスターペアレントと言うんやな。それに今は何と言ってもケータイやネットの時代やけん。むしろそっちの影響のほうが怖いやん」

ＡＨＯＵはケータイをポケットにしまう。

「これからはスマホが主流になるから、万引きなんかも動画で流すようになる……」

モントは元ヤンキーだったので、万引きは何度もしていた。

「マユカの友だちもな、地元の本屋を狙うなんて、まだ素人の域やな。おれも初めの頃は度胸試しにやれと言われ、結構やったほうやけど捕まったことはないんや。もしやる場合でも仲間と連携し、隣の町まで行って監視カメラの位置を頭に入れて、何冊もかっぱらうんや。それを古本屋に持っていく者は別の者が担当するんやで……」

ＡＨＯＵはモントに向かって叱責した。

「やめろモント、自慢することか……」

ちょうどそのとき、パチンコ店から一人の男が勢いよく飛び出してきた。危ういところで入店しようとしていた他の客とぶつかりそうになったが、反射神経が良いらしく上手いことに相手をかわした。

その男の髪はボサボサで、細めの目には何やら危険な光が宿り、口の周りにはうっすらと髭がまとわりつき、着ている物は上下とも鼠色の作業服だった。

どこかの労務者だろう。チッと舌打ちすると並んでいる自転車の列に近づき、ちょうど真ん中あたりを思い切り蹴飛ばした。

そこが起点となり、自転車などがドミノ倒しのように一方向に次々と倒れていく。

「あっ！」ＡＨＯＵもガードマンも生徒も小さく声を漏らした。

これは一瞬の出来事だった。それらが倒れていくのを間近に見ていても止めることができず、連鎖反応のほうがかなり早く十台ほどが犠牲となってしまった。

テレビ局の取材クルーも通行していた数人も思わず顔をしかめ、乱暴なおっさんやな、と不快感を現す。

その労務者ふうの男はパチンコに負けたらしく、その鬱憤を晴らしたようだ。

ところがこの騒ぎに合わせたかのように、狭い通りの奥から三十ぐらいの男が進んできた。

「おい、おっさん、何すんねん！」

離れたところから自分の原付バイクが倒れていくのを、しっかりと目撃していたのだ。

その車体はネオンを反射してかなり新しかった。ただ、車列の端のほうに挟まれていたので持ち堪えられず、今はガラクタ置き場に放置されている物と同じ姿になってしまった。

登場した三十ぐらいの男は、短めの茶髪でメタリックのサングラスをかけ、白地にＬＯＶＬＹ・ＭＡＣＨＩＮＥと黒く書かれたＴシャツを着て、下は洗い晒しのジーンズだった。素足にサンダルをひっかけ、右手にはレジ袋を下げていた。

呼びかけられた労務者ふうの男は、声の飛んできた方向にちらっと頭を向けたが、何食わぬ顔で立ち去ろうとする。

茶髪男のほうは相手が逃げると思ったのか、早足で近づきその肩を左手で捕まえた。

「こら、待たんかい！」

誰だって自分のバイクが手荒に扱われたら腹も立つはずだ。

この辺りでは駐輪に関してのトラブルや自転車などの盗難が多く、被害に遭った物が尼崎市内で発見されることもあるらしい。

パチンコ店の前の狭い通りは、茶髪男の発した声で、通行人の流れが止まった。

この事態を待ち望んでいたように、テレビ局のディレクターは傍のカメラマンに小さな声で、回してと指示した。長年の経験からハンターのような勘が働いたのだ。

ＡＨＯＵらの一行は、パチンコ店の前で足止めになったままだ。

労務者ふうの男は自分の肩を摑まれてムカッとし、それを乱暴に払いのけた。

「何か文句あるんかい。言うとくがな、ここら辺りは全部駐輪禁止なんや。見てみい、そこにも書いてあるやろ！」

四章　名演技

強気な態度の労務者ふうの男は、自分が優位な状況を作ろうと機転を利かせ、十メートルほど離れたところに立つ電柱を指さす。

その根元には次のような文言の長方形の板がくくりつけられていた。

〔駐輪禁止地区――豊中庄内警察署・庄内地区交通安全協会〕

さらに今度はパチンコ店のほうに体を向け、顎をしゃくる。

その出入口の左側には、赤い文字ではっきりと書かれた看板が立てかけてあった。

（この前には、自転車・バイクなどは停めないでください）

労務者ふうの男はこれらの警告を盾にし、これまでの行為を正当化しようとする。

「なあ、兄ちゃん、どっちの日本語も読めるやろ。ちゃんとした教育を受けていたら、ここには何も置かんほうがええ……」

打って変わって声の質を穏やかにし、いかにも大人の対応を心掛けているようだが、パチンコ店の周りは一瞬で険悪な空気が張り詰め、通行人が六名ほど立ち止まる。

野次馬根性が顔を出すのはどの町でも同じらしい。それでも家路を急ぐ者は、その狭い通りを息を殺し、身をかがめて、忍び足で通り抜ける。

茶髪男のサングラスには絶えず店舗の派手なネオンが明滅し、顔色も一定のリズムで赤や青色に変化していた。

「おい、おっさん。わざと自転車を蹴飛ばしておいてその言いぐさはどういうこっちゃ」

自分の原付バイクが気になるのか、視線はそちらにも動く。それは排気量も小さく、ミニバイクと呼ばれたりする。

労務者ふうの男はまったく謝罪する気持ちはないようで、

「ふん、何や、そのサングラス、恰好つけやがって……。わしはおまえみたいなアホにつきあっている暇はないんじゃ、どけい！」

相手を完全に舐めてかかり、立ち去ろうとする。

茶髪男のサングラスに真紅の光が炸裂した。

「何やと、もういっぺん言ってみい！」

素早い動きで労務者ふうの男の前へ回り、その胸ぐらを掴む。

だが、彼も素直さが欠けているらしく、それを邪険に払いのける。

「触るな！　悪いのはおまえやないかい。小学生でも駐輪禁止の意味は知っとるぞ」

茶髪男の眉がぴくりと動く。

「おっさん、屁理屈言うな。みんなここに停めてるやないかい」

自分だけが悪者扱いされるのが納得できないようで、まだきちんと立っている他の自転車のほうへ目線を向ける。

　労務者ふうの男は、ふん、と鼻で笑う。

「言うことはそれだけか。わしは忙しいんじゃ、いんでワンちゃんに餌をやらんとな」

「はあ？　何やそれ……」

　茶髪男は右手に持っていたレジ袋を、近くの自転車の前カゴに入れ、再び相手の胸ぐらに摑みかかる。

　一触即発の緊迫感がさっと張り詰め、もう衝突寸前となった。

　ＡＨＯＵは、その空気を察知し、隣のガードマンに目配せした。

「止めさせようか。みんなは自転車を起こすんや」

　生徒に指示し、二人のほうへ歩み寄る。

　マユカとマーサの顔は引きつり、立ちすくんだままだった。モント、北島弘司、若旦那、タライ・ラマはお互いに合図を送り、それらを起こしはじめる。

　ＡＨＯＵとガードマンはいくらか警戒しつつ、二人に歩み寄る。

「まあまあ、ここは落ちついて話し合われたらどうですか」

　茶髪男の感情には、すでに怒りの火が点いていた。

「何や、おまえは……」

　割り込んできたＡＨＯＵやガードマンの姿を見ても、相手の胸ぐらを離そうとはしなかった。

労務者ふうの男は両足を踏ん張ったまま、一歩も後退はしていない。

「話し合うことなんかあらへん。マナーを知らんこんな奴に、何を言うても無駄や」

険悪な空気が漂っているなか、モントが原付バイクを起こしていて異変に気づいた。

「あれ？　このミラー割れているやん……」

若旦那とタライ・ラマもそちらに目を向ける。

「ほんまや、真っ二つやんか……」

「当たりどころが悪かったんやな、マジでヤバいやん」

そのバックミラーの支柱も少し曲がり、鏡面には斜めにすじが走っていた。

北島弘司は尾道時代に暴走族で暴れまわっていたシーンを思い出す。

「やっぱしな、ミニバイクはよう壊れるけん」

茶髪男の耳は敏感にその会話を察知し、一度バイクのほうへ顔を向けてから、

「おっさん、見てみい。どないするんじゃ！」

労務者ふうの男の胸ぐらをさらに締め上げる。

壊れた箇所がミラーだけとは限らず、それ以外のライトなども気になるようだ。

労務者ふうの男は、秘めていた力を出し、それを振りほどく。

「わからんやっちゃな。どないもこないもマナー違反のおまえに、文句を言われる筋合いはないんじゃ。このボケ、何べんも言わすな！」

「ええ加減にせえよ、おっさん」茶髪男はついに手を振り上げた。

労務者ふうの男は素早い動きでそれをかわした。

それを見ていたガードマンは機敏な動きで茶髪男に接近し、後ろから羽交い締めにすると二メートルほど後退させた。

「おい、おまえ、何をするんや。悪いのはこのおっさんやないかい！」

こいつ放さんかい、などと喚き、ガードマンの手から逃げようとする。

しかし、体格のよいガードマンは職業柄ツボを心得ていて、暴れる相手をがっちり摑まえていた。そのとき、茶髪男のサングラスが落ちた。

労務者ふうの男は、相手の素顔を間近に見て、口の端でクスッと笑い、

「何や、垂れ目の兄ちゃんやないかい。強面《こわもて》と思ったら伊達のサングラスやったんやな。偉そうにしやがって、傑作や……」

AHOUも生徒らも周りの野次馬もテレビの取材クルーも、いっせいに彼を好奇な目つきで見つめる。

労務者ふうの男が揶揄したとおり、茶髪男の眉も目尻もはっきりわかるほど下を向いていた。

パチンコ店のなかから、♪それがどうした文句があるか……、と演歌が流れてくる。

茶髪男の腹のなかは煮えくり返っていた。

「畜生、放せ、こいつぶっ殺してやる！」

ガードマンに拘束されているため、身動きできないまま怒りをぶちまける。

ＡＨＯＵは、茶髪男の面貌とその哀れな姿に滑稽なところを感じつつ、再び労務者ふうの男に顔を向けた。

「おたくもね、あまりにも一方的で、ちょっと大人げないと違いますか」

労務者ふうの男はそれでも、自分の主張を曲げるつもりはないようだ。

「アホ抜かせ。そんなふうにして甘やかすから、次にまたここにバイクを置くんやないかい。ええか、わしのやっていることは人助けにもなるんや。この通りがもっと広くなれば車椅子なんかもすいすい行き来できるようになるやろ。みんなそう思っていながら、誰も注意しようとしないんや。そうやろが」

ＡＨＯＵは、同世代に見える理屈っぽい相手に向かい、

「その気持ちはわかります。確かにここに停めたほうが悪い。しかしですな、バイクを壊しておいて知らん顔するわけにはいかないでしょう。おたくも同じような目に遭えば、きっと文句を言いますよね」

労務者ふうの男は、ＡＨＯＵの頭から足元まで視線を這わせ、

「ええか、わしはな、自転車やバイクには乗っていないんじゃ。だから、ここら辺にはいっぺんも停めたことはない。それに誰が考えたってマナーを守らん、こっちの垂れ目の兄ちゃんのほうが悪い。言うことはそれだけや」

ＡＨＯＵもここまでこじれてきたら、仲裁役を降りるわけにはいかない。

「おたくの考えも、筋が通っていて間違いではない。だけど、ミラーを壊した分はきちんと弁償したほうがいい。それが大人の対応や」

身動きできない茶髪男は、予想外の心強い味方が現れたので嬉しくなった。

それでも労務者ふうの男は、自己中心の考えに固執する。

「それを話のすり替えと言うんや。もしかしたらおまえも駐輪しているんか？」

茶髪男も黙ってはいない。

「おまえのほうがごねて話をすり替えているんやないかい。そこまで言うんなら、通行する人のために、ここの自転車を全部片づけたらいいんや。それに一度でも、市役所に文句を言いに行ってきたことがあるんか」

労務者ふうの男はまだ引き下がらない。

「そんな暇ないわい。わしも忙しいんじゃ」

ＡＨＯＵは皮肉を浴びせる。

「パチンコ店に出入りしている者が、忙しいとは思えんな」

労務者ふうの男は目を鋭くしてＡＨＯＵに詰め寄る。

「おまえもしつこいやっちゃな。わしは、おまえの誘導にかかるほど惚《ぼ》けてはいないんじゃ。どけっ、帰る」

ＡＨＯＵは体を張って、相手の進路をふさぐ。

「ちょっと待ってください。ここはですね、時代劇の遠山の金さんみたいに一件落着したほうが、おたくの株も上がるんと違いますか。それにどう見ても、こちらの兄さんよりもだいぶ年上のようだし、いろんな人生経験をされているはずですから、歳相応の対処の仕方もご存じですよね。このまま帰るなんてことはできないはずだ」

パチンコ店からは、女性歌手のこぶしの利いた歌声が流れてくる。

♪どあほーう、はーるうだんじーっ。

労務者ふうの男は、正攻法で説教する初老の男が癪にさわるようだ。

「さっきからおまえは何やねん。まずマナーやろが」

ＡＨＯＵの胸を押しのけて帰ろうとする。

茶髪男は身動きできない姿勢で、こらっ、逃げるんかい、と鋭く叫ぶ。

ＡＨＯＵは無理に首を突っ込まなくてもいいが、ここまでもつれてきたら、「そんなら公平な見方ができる人を、今すぐ呼んでもいいですか。そんなにマナー、マナーと主張されるなら、きちんとした人に連絡しますよ」

ズボンのポケットからケータイを取り出す。

労務者ふうの男は聞く耳を持たなかったが、

「おまわりでも呼ぶっちゅうんかい……」

「そうするのが手っとり早い。こちらのお兄さんもそのほうが……」

ところが茶髪男のほうは、意外にも良い顔をしなかった。

「あかん、あかん。そんな大げさにすることないやん。あいつらを呼んだら面倒やし、根掘り葉掘り聞かれるのがオチやん。なあ、おっさん、ここで手を打とうやないかい。パチンコをして金がないんやったら、住所か電話番号でも教えてくれや」

身に傷があるような口ぶりだった。

労務者ふうの男は少し考えた後、次に周囲の野次馬とテレビ局の取材クルーの一団に視線を浴びせた。

「おい、お前ら何撮ってんねん。見せ物やないぞ、止めんかい！」

彼らの存在に気づくと、頭のほうもいくらか冷めてきた。これまでの口論もきっと撮影されているはずで、自分の言い分も通らないのは明らかだった。当初は逃げられると判断し屁理屈を並べて打ち負かすつもりだったが、ガードマンを連れた初老のやさ男が登場し、いっぱしに仲裁に出てくるとは思いもしなかったのだ。

茶髪男のほうは、事態が良いほうになってきたと勘違いし、テレビカメラのほうに顔を向ける。

「ええか、おれも悪いがこのおっさんのほうがもっと悪いやろ。きっちりと撮って証拠を残してくれや。そうや、そのバイクも撮ってくれ」

周りの野次馬も味方につけようと、元気な声を張り上げる。

労務者ふうの男はしかし、まだ謝罪するつもりはないようで、

「ふん、一文なしのわしから、どうやって金を取るつもりや。このとおりすっからかんやからな」

上着のポケットから煙草とライターを取り出し、大げさに両手を広げた。

そんな態度でも茶髪男は許すわけにもいかず、

「そうやな、よし、それなら家まで行こう。今持ち合わせがないなら、自宅のほうに押しかけよう。どこに住んでいるんや？」

彼を羽交い締めにしていたガードマンは、状況が落ち着いてきたようなので、拘束していたのを解いた。

茶髪男はすぐにサングラスを拾い、汚れていないか確認しかけなおす。

「この近くに住んでいるんやろ。庄内西町のどこや？」

自転車に乗っていないからには、この町内の者だろう。

労務者ふうの男は、自宅まで押しかけられたくない。

「家にも金はない……」

便宜上そう答えたのか、実際に暮らしに困っているのか、周りの誰も知らないようだ。

もじもじしている彼の姿を見て、すかさずＡＨＯＵは助け船を出す。

「確かに、誰でも知らない者が家までついて来られると嫌なもんだ。そうだな、それならわたしがひとまず立て替えておこうか、後で返してくれればいい……」

へえ！　と労務者ふうの男は瞠目した。

対して茶髪男のほうは、おまえが、という驚きの表情となり、

「そうか……。そのほうがおれも助かる。案外気の利くおっちゃんやな、ありがとう」

ミラーの代金だけは、どんなことになっても持ち帰るつもりのようだ。だが、近くにいる生徒やガードマン、それに野次馬やテレビクルーもみな、その提案に疑問を持つ。

まったくの他人にそこまでするか。

労務者ふうの男のこれまでの態度から想像できるのは、初めからミラーの代金を弁償する健気な気持ちなどを持っておらず、屁理屈で相手をやり込め、すぐにでもこの場から立ち去りたいのだ。

周りでこの様子を見ている者も、例え誰かがそれを立て替えたとしても、後で返ってくる可能性はないと思っている。

ＡＨＯＵ自身も内心、でしゃばりかなと迷った。ただ、側でテレビも撮っているし、生徒も野次馬も傍観しているので、猫ばばはできないだろうと計算していた。

生徒たちは倒れた自転車などを整頓した後、純粋な心で大人の対話を眺めていた。

先生は、少しはいいところを見せて、美談にするつもりなのかな。

でも、こんなおっちゃん、絶対信用でけへんわ。

ＡＨＯＵは生徒らの心の声が聞こえたような気がした。そこで労務者ふうの男に告げた。

「警察を呼ぶよりいいやろ。それともこれからみんなで家に押しかけるか……」

労務者ふうの男の目には、明らかに困惑の影が過ぎった。

「家に来られても金はない……」

茶髪男は舌打ちする。

「おい、おっさん、所帯は持っているんか。もし独りだとしても借りた金はきっちりと返せよ。周りにはこんなに多くの証人がいるんだぜ」

ＡＨＯＵはこの場を収拾することを優先する。

「おたくも大人やからトンズラすることないやろ。名前と電話番号を教えてくれないか」

労務者ふうの男は観念したらしく、ＡＨＯＵにそれを耳打ちした。

こんな場合はいくらなんでも嘘はつけないだろう。

被害者の茶髪男は満面に笑みを浮かべると、ＡＨＯＵに向かって高飛車に言う。

「ほんなら慰謝料込みで一万円や。おっちゃん、すぐに払ってもらおうかな」

苦笑するＡＨＯＵは、彼を睨みつける。

「調子に乗るな、ぼったくりやないか」

そうは言うものの、バイクのパーツの値段など思い浮かばない。

横にいるガードマンの顔を見つめたが、彼は首を横に振った。

このとき、北島弘司が自信ありげに、

「先生、このタイプのミラーは三千円でも出せばええのがあるけえ……」

と、はっきり声を挙げ、参考価格を助言してくれた。

レア物の高価な大型バイクなら、パーツのひとつひとつに価値があり、驚くような値打ちになることもあるが、壊れたミニバイクのミラーは安っぽく見えた。

ところがこのとき、労務者ふうの男と茶髪男は、その弁償金額よりも、高校生ぐらいの男が発した〈先生〉という言葉の響きに、別の興味を示していた。

「先生?」「誰や、このおっさん……」

二人とも、白髪混じりの貧相な初老の男が、先生には見えないようだ。路上に倒れている浮浪者と言ったほうがぴったりくる。

AHOUは、ズボンのポケットから財布を取り出し、三千円を茶髪男に手渡した。

「兄さんもこれで懲りたやろ。もうここには駐車せんほうがええ……」

茶髪男はやや不満顔でそれを受け取り、ジーパンのポケットに押し込む。そしてAHOUの顔をじっくりと観察する。

「ああ、そうか、思い出した……。あんた世直し先生やな」

ある週刊誌の記事で、この冴えない風貌の男を見たことがある。不登校の生徒を立ち直らせるために奮闘している内容で、写真も載っていた。

労務者ふうの男は、記憶を探っていた。

「有名な先生なんか？」

茶髪男はサングラスのずれを直し、白い歯を覗かせた。

「今は確か塾の講師や。ええな、おっさん、こちらの方は昔刑務所に入っていたんや。一見すると風に飛ばされるような体やけどな、怒らせたら怖いで。だから、あんまり逆らわんほうがええ。借りた金もなるべく早くきちんと返すことや……」

そう脅しておいて、傍の自転車の前カゴに入れておいたレジ袋を手に取り、自分のバイクに歩み寄り、座席を上げてヘルメットを取り出す。そしてレジ袋を前カゴに放り込むと、それを頭に装着し、座席に跨る。鍵を回してエンジンをかけ、狭い道を野次馬を掻き分けながら帰っていった。

労務者ふうの男は、ＡＨＯＵの行為とテレビ局の取材クルーを結び付けていた。

「ああ、そういうことか、わかったぞ。名前の知られた先生が、撮影スタッフを引き連れてネタを探していたんやな。わしも迂闊やったわ」

勝手な解釈をした上で、如何にも残念そうな目をする。

ＡＨＯＵはきっぱりと否定する。

「彼らとはさっき、商店街の途中で出会ったんだ。こちらのガードマンや生徒たちに聞いてもらえば、でたらめでないことがわかる」

ガードマンは了解しているように無言で頷く。

もちろんテレビ局の取材クルーも、今回のような住民同士のトラブルを予見することはできないし、仮にそんな企画があり、長期の密着取材をするにしてもたいていは下請けのプロダクションに持ち込むはずだ。

労務者ふうの男に事情を汲み取る才能はない。

「ほんまか、気に食わんな」

AHOUと労務者ふうの男が対峙しているところへ、件のディレクターが歩み寄ってきて、大阪の人間らしくはっきりとダメだしをした。

「先生、ひとまず収拾したようなので、われわれは引き上げます。でも、今回は番組では使えるかどうか微妙ですね。ガードマンが目立っちゃって……」

彼が想像していたシーンは、この場が大阪らしく派手な乱闘になり、茶髪男と労務者ふうの男が路上で取っ組み合いを始めることだ。そこへ先生が止めに入る。ところが彼も突き飛ばされる。

仲裁どころではない。そのうちどちらかが負傷する。それでも先生が体を張って二人の間に割って入る。このとき、パトカーのサイレンが遠くから聞こえてくる。

ドラマや映画でよく見かける映像の一部を頭に思い描いていたディレクターは、盛り上がりに欠ける平凡な出来事に失望していた。

悪いことに先生が茶髪男に金を手渡したときは、カメラマンの位置がガードマンの陰に隠れてチャンスを逃し、撮ることはできなかった。それに彼らの会話もパチンコ店から流れてくる騒音にかき消され、すべてを録音するには不向きだった。帰社して編成会議に持ち込んだとしても、おそらく九分九厘お蔵入りとなってしまうだろう。

このとき、労務者ふうの男はディレクターの様子を見て目の色を変えた。何か閃いたらしく彼の側に詰め寄った。

「ちょっと待てや。腐ることあらへんがな。あんたらはスクープみたいなおもろいシーンを撮りたかったんやろ。な、ここは相談や、撮りなおしせえへんか。意味はわかるやろ。どや？」

この意外な提案にAHOUもガードマンも取材クルーも、もちろん生徒も唖然とした。

まさか、やらせをしようというのか！

芝居の舞台は整っており、大阪人ならば転んでもタダでは起きないつもりのようだ。

ディレクターはしかし、目つきを冷やかにし、きっぱりと断った。

「それはできません。社内のコンプライアンスに抵触します」

労務者ふうの男は、ふん、何がコンプラや、と軽蔑した。彼が法令順守という意味がわかっているのか疑問だ。

それでもAHOUとガードマンのほうに向き直ると、別の一手を提案した。

「そんならこうするか。今は高校野球やな。大阪府の代表がどこになるか予想せえへんか。来月には年金が入るから心配せんでもええ。今年の本命は何と言ってもカミコウやろ。穴はあそこや、河内長野の半井《なからい》高校や。どや、一口千円で……」

悪びれる様子はまったくない。周りの人の目などどこ吹く風だ。

高校野球大阪大会は野球関係者に限らず関心が高く、それが災いして一部の者にとっては賭博の対象となり、闇の金が行き来する。

AHOUは呆れて、嫌悪感を現す。

「塾で教えている者が、そんなことできるか」

こんな男にミラーの代金を立て替えてやったことへの悔いが生まれる。

側のガードマンも険しい目つきで睨みつける。

労務者ふうの男はそれでもAHOUに誼《よしみ》があるように近寄る。

「それはまあ冗談として、あの垂れ目のアホが言うとりましたけど、刑務所に入っていたというのはほんまでっか？　どんな悪いことをしましたんや。真面目そうな顔をしているのに、人は魔が差すこともありまっさかい、若い頃は何をやっていましたんや」

相手が喋る性格のようなので、AHOUはこのとき精いっぱい凄味を利かせた。

「人を殺しているんや。ええか、もしおたくが金を返さなかったら家まで乗り込んで、天井に吊るし上げたるからな。よう覚えときや」

労務者ふうの男は顔を引きつらせた。

「わ、わかってまんがな」

ＡＨＯＵは快感を味わいながら念を押す。

「おっちゃん、さっきの電話番号はちゃんと合っているんやろな。嘘やったら承知せえへんで」

その声音の鋭さに、生徒もガードマンも笑いだしたいのを懸命に堪えていた。

それからの授業は特別なことは起こらず、町中を巡回して時間通りに終わった。

五章　ボランティア

ＡＨＯＵが豊中市庄内で塾外授業を実施した翌日は、府内のほとんどの高校は一学期の終業式だった。

弱虫塾に通ってくるかなりの生徒が、それぞれの学校の式に出席している。

形だけでも在校生と認めてもらうつもりか、あるいは親御さんの叱咤を受けて仕方なく登校したのか知らないが、少なくともまだ高校生との認識は持っているようだ。

夏休みに入ると特に中学、高校の三年生はこれからの進路を決め、就職を希望する生徒は会社や職種を選ばなければならない。

進路指導を担当する先生が困るのは、いわゆるドロップアウトした生徒の対応である。

正直、不登校や落ちこぼれなどの生徒に時間を割きたくないのが本音なのだ。各々の学校には生活指導の担当を置いているところもあるが、夏休みの期間中、自主的にコンビニやゲームセンターなどの周辺を見回るにしても、すべてを網羅するには限界がある。

ＡＨＯＵがたまに先生方の話を聞いたりすると、その悩みが出てくる。特に進学校を標榜するところは問題児を抱えていては、有名大学への進学率ランキングに大きく響く。

一方、親側からすると事件を起こしそうな子は、家に閉じこもっていてくれたほうがいい。

外に出て不良などに絡まれ、傷害事件でも起こされては家族が迷惑する。気持ちはわかるのだが、それでは監禁になり、社会性や協調性が育たない。

ＡＨＯＵの考えは、今回の震災直後から決まっていた。不登校の生徒は転校しても解決に結びつくことは少ない。それならば早く仕事に就かせたらどうかということだ。

それには手始めとして、ボランティアに連れて行くべきだと塾に提案した。

六月頃から、塾内でも会議を何度か開き、検討を重ねた。

その結果として一定の方向に落ちついた。単独では何もノウハウがないので大阪市に相談を持ちかけ、市が派遣する一団のなかに加えてもらえないかと交渉した。

良い結果をもらったので、もし実施する場合は八月の初旬の四、五日間はサプリ先生が引率し、下旬にはＡＨＯＵが連れていく予定を組んだ。

詳しい日程や仕事先の内容は、市のボランティアセンターが決める。

もちろん被災地との折衝などもすべてやってくれるので、弱虫塾としては参加者をなるべく多く集めなければならない。

その日の夕方、弱虫塾の授業はサプリ先生が行った。出席した生徒は、男女合わせて九名だった。みなが軽めのストレッチができる服装で来ている。

彼の前職が南極越冬隊員だったこともあって、体に関した話が多い。ときおり僻地での面白い雑談が混じる。

隊員によっては、私物のなかに精巧な日本製ダッチワイフを持ち込むこともあるそうだ。長い期間極寒の基地で過ごすにはやりきれないらしく、寂しさを紛らすためにもエロ本なども荷物のなかにしのばせるらしい。

現在ではインターネットも整備されているので、情報の入手は国内とあまり変わりないようだ。彼の前歴からして、この塾に通う生徒には厳しい指導をするかと思っていたら、スパルタ教育や体罰などは論外という立場を貫いていた。

今日の授業の前半は、食べ物や生まれた環境についてだった。

黒板に書き出していく要点は、現代人の食事は押し並べて油脂や糖分を摂りすぎる。栄養分の摂取においては完全にバランスが崩れている。特に小さいときからアレルギー症状が出たり、大人が罹るような病気になる。体格にしても極端に細い生徒とか、あるいは肥満になっている生徒もいる。

そして次に取り上げたのが、環境によって人間の成長も左右される、ということ。

例えば、さまざまなＩＴ機器などに囲まれている暮らしでは、自己主張が強く、変に落ち着きがなく、少しでも気に入らないことが持ち上がるとすぐに逆切れする。

建物ひとつを見ても、昨今の住宅は初めから床の間などは設計に組み込まれておらず、家族のつながりを断ち切るような間取りになっている。かつては、家のなかには一定の立ち入り禁止の空間があり、自然には超えてはならない領域が存在することを教えるのに役立ってきたのだ。

サプリ先生がこれらの話をしても、生徒はあまり興味を示さなかった。

授業時間が半分ほど経過すると、全員が机と椅子を教室の後ろのほうに移動させた。エアコンを十分に効かせ、ストレッチをする。ヨガのポーズも混ざるのが特徴だ。

小一時間ほど体を動かし、生徒らはそれが終わると汗を拭く。

これが終了すると、サプリ先生はボランティア申し込み用紙を出してきた。

「前々から話が出ていたから知っていると思うけど、塾としても何か協力できないかと議論していたんや。高校生の本分は勉強やけど、あの東日本大震災の現場を見ておくことは決してマイナスにはならへんからな。みんなもそれぞれ悩みを抱えているのはわかるが、あっちではもっと酷いことが起きたんや……」

その用紙を受け取ったのは九名のうち四名だった。彼らには親御さんとよく相談し、参加する気持ちがあれば用紙に捺印してもらい持参するように伝えた。

弱虫塾に通う生徒は、昼間コースを合わせても二十数名だが、どれだけの参加者が集まるのか、サプリ先生の期待値だけが上がっていた。

明くる日の金曜日の授業は、ＡＨＯＵの受け持ちだった。

夕暮れの七時前だというのに、阪急梅田駅から弱虫塾までのわずか五分あまりの移動でも、粘り気のある生暖かい空気が全身にまとわりつき、額や首回りには汗が滲み出る。

冷房の効いた塾に着くとほっとする。事務員に連絡事項がないかを確認し、教室に入る。

今日の出席者は八名だった。男子生徒はドンチ、若旦那、北島弘司、タライ・ラマ、ぞろめ（目加田純一《めかたじゅんいち》）、女子生徒はマユカ、マーサ、そしてともりん（橋田友代）だ。

最前列には女子生徒が三名着席し、男子生徒が彼女らを取り巻く形だ。北島弘司はいつもの後ろの席に腰を下ろした。

ぞろめは高校中退で、体に障害がある。

二年生のときに交通事故に遭い、一命を取り留めたが後遺症として左足を引きずるように歩く。車椅子を使うほどでもないが、その歩き方が異様に映り、いじめの対象になる。

また同じような時期に不幸が重なった。父親が繊維卸の会社を経営していたが、業績が悪化し、多額の負債を抱えたまま倒産してしまった。そのため家計も苦しくなり、授業料も払えなくなったのだ。退学してアルバイトしようにも、体が機敏に動かないため仕事も見つからない。

この塾を知ったのは、無料で進路相談に乗ってくれるからだ。

このぞろめというあだ名は、彼の住所が市内城東区関目《せきめ》であり、名前が目加田純一だったので、葬儀屋が目の字が並んでいるのを発見し、このようにつけたのだ。

ともりんは摂津市千里丘から通っている。実家は小さなパン屋で、場所はＪＲ東海道線千里丘駅近くだ。高校一年のときにクラス全員から無視されるといういじめを受けて休むようになり、二年に進級する前に退学し今は店を手伝っている。

弱虫塾に通うようになったのは、若いのに友だちも少なく、同じような境遇の若者と話ができることと、将来は店を継ぐつもりで彼氏を捜す意味も含まれていた。

ここの生徒が楽しみにしているのは、ともりんがときおり賞味期限が切れそうな売れ残りの商品を持ってきて食べるように勧めてくれるからで、その日はみんな笑顔になる。

今晩の授業で、ともりんが紙袋に入れてきたのは、ジャムパンとあんパンだった。

じっとしていても汗が吹き出すこの時期は、どこのパン屋でも売上げは落ちる。日によってはクロワッサンやコロネが一個も売れないこともある。店ではその代わりにアイスクリームやかき氷なども揃え、客を引きつけるために努力していた。

ＡＨＯＵが壇上で出欠を録りおえると、ともりんは即座に紙袋を開け、机の上にそれを広げた。

「今日がぎりぎりセーフやねん」

ＡＨＯＵはそれを見下ろす。美味しそうやな、と呟き、ポケットから財布を取り出す。

そして教室の出入り口の一番近い席に座っているタライ・ラマにお金を手渡した。

「何か適当に飲み物を買ってきてくれ。全部で九本や……」

タライ・ラマは要領を心得ていて、事務室に行ってポリ袋を借り、階段を下りて雑居ビルから出た。少し離れたところに自販機が設置してある。

しばらくしてから炭酸飲料やお茶などを買いそろえて教室に戻ってきた。

ともりんがみんなにパンを配り、各自が好きな飲み物を選ぶ。

パンの数には余裕がある。生徒全員がともりんにお礼を言った。

AHOUは授業中でも飲食することを許していた。行儀は悪くなるが、飲み物がぬるくならないうちにそれを賞味するほうがいい。

「今日のテーマは、一昨日の庄内の出来事や。みんなの考えを聞こうか」

その出ばなをくじいたのはマユカだった。

「先生、その前にボランティアのことで……」

今晩の彼女は夏休みに入ったのを機会に、頭髪をすべて金髪に染め、アイシャドウも赤が入り、口紅も血の色と同じで、とても女子高生とは思えなかった。着ている服は黒のタンクトップと洗い晒しのジーンズだった。自慢のネイルも七色に輝いている。机にはケータイとポシェットを並べ、その横にはジャムパンとお茶が置いてある。

マユカの右横に座っているマーサも、前髪の一部を赤く染め、化粧もどぎつく、着ている服も臍だしルックで、まるでリゾート地で楽しんでいる観光客だった。

これが今風のファッションならば、とやかく批判することはできない。

ともりんはマユカの左側に着席している。服装は目立たないTシャツと短パンで、頭も飾り気のないおかっぱだった。

マユカは話を続けた。

「うちの親は、夜遊びしているんやったら、あんたも行ってきたらええねん、と勧めてくれるけど、マジでその気にならへんやんか」

ＡＨＯＵは、あ、そやそやと呟き、

「昨日、ボランティアの申込書をもらったんやな。このなかで参加していいと思う者はいるのか。親の承諾をもらったなら、今提出してもいいんやで」

それに応じたのは、ドンチと若旦那だけで、その用紙を教壇まで持ってきた。

ＡＨＯＵはそれを受け取ってため息をつく。

「そうか、二人だけか……。後、電話があったのはトミやん一人で合わせて三人か……」

ついでながら、昼間コースの申込者は二名だった。

だいたいボランティアに参加する人は、すでにリタイアした人とか、夏休みに入ってからは大学生などが中心となり、思うように集まらないらしい。

それならば弱虫塾のようなフリースクールなどが積極的に参加してもよさそうなのに、それぞれ事情があるので強制はできない。

ドンチは席に戻ると、

「おれは貧相やから、現地に行けば被災者に見えてしまうかもしれへんな。でも、何かの足しにはなるやろ」

若旦那のほうは、連れ込み旅館の実家に寝泊まりすることがないので、気分を変えるためにも好都合だと思い、参加することに決めた。

「おれはどこでも寝られるから、向いているかもな……。暑かろうが寒かろうが、枕が変わっても気にならへん」

今日顔を見せないトミやんは、後で聞いた話だが、フィリピン出身の母親に薦められたらしい。

「いじめられていることとは別やから、あんたもちょっとでも力になれるんやったら、行ってき」

本人も素直にその言葉を受け入れたという。

AHOUの視線はどうしても前列の女子生徒に注がれる。

マーサはボランティアの話が出ていたときから、家族で旅行に出掛ける予定があることと原発の放射能が気になると、参加しない理由を伝えた。

ともりんは、初めからその気がなかった。

「うちは店を手伝わんとあかんし……」

これが言い訳だったとしても、強制するわけにはいかない。

マユカは自分の性格から考えても、

「マジで生まれてからスコップなんか持ったことないやんか。力仕事はやっぱり男に限るんと違う。暑いなかでは結局は体力が物を言うようになるやろ」

ＡＨＯＵは女子生徒にも参加してもらいたいのだ。

「いやいや、そうとは言えへんで。女は女でな、避難所で物を仕分けしたり、食事の用意を手伝ったり、それに年寄りや子どもの世話をしたり、いろいろ仕事はあるんや。長くても一週間ぐらいやから、行ってみたらどうや」

マユカは、ネイルをしている指先を眺めてから、

「でもな、先生。こんなへんちくりんの恰好で手伝ったら、みんなから白い目で見られるのがオチやんか。きっと帰れってどやしつけられるに決まっている……」

ともりんはペットボトルのお茶を一口飲み、

「マユカさんはすっぴんでも綺麗やから、そのまま参加したらええやん。うちはな、他の人といっしょに寝ることなんかでけへんやんか」

マーサのほうは、夏休みのプランがあった。

「今年はけっこう予定が詰まってんねんな。母親の実家の宮崎に帰らんとあかんし、友だちとハワイに行くことにしてんねん。震災があったけど、自粛ムードには流されたくないねんな」

ドンチはジャムパンをほおばり、コーラで流し込む。

「わかる、わかる。不景気やから自粛なんかせんほうがええんや。天神祭りや淀川の花火大会も中止にならへん。日本中が暗くなったら、みんな落ち込んでしまうやろ。それより、ともり

ん、このパン、めっちゃ美味いやん。そうか、将来おれも食べ物関係の仕事に就こうかな。もしかしたら、東北のほうには珍しい物があるかもしれへん」

若旦那もボランティアに参加するつもりだが、

「ドンチは瓦礫《がれき》なんかを運ぶことよりも、食い物目当てみたいやな。ま、それはええとして体のほうは大丈夫なんか、怪我や病気なんかしたら困るやろ」

ドンチは自分のほっそりした体格を自慢する。

「見た目よりも強いほうやねん。校内マラソンでもいつも上位に入るからな」

このとき、後ろの席に陣取っている北島弘司が、初めて言葉を発した。

「若旦那はどうして行く気になったんや」

彼は実家の商売のことについてあまり触れられたくない。

「これまでは友だちのところに泊まらせてもらっているから、少しは離れてみるのもいいかなと思ったんや。迷惑をかけているのは事実だし、それにあっちではボランティアの可愛い子に会えることもあるやろ。それにAKBも訪問しているらしいで」

説明には本音も混じっている。

何や、それが目的なんやな、と北島弘司は呆れる。

彼らの話を聞いていたAHOUは目を細め、そんな余裕があればいいけどな、と言おうとした。実際に現地に行って、路地や家屋に流れ込んだゴミや泥などを運び出すには、テレビで放映される映像よりもずっときついはずだ。

「そんなに都合よくアイドルに会えることにはならへんで。ま、そうは言っても何かの手助けにはなるやろ。他の者も、月に二回ほど派遣されるようやから、ちょっと考えてみてくれへんか。よし、それじゃあ授業をやろうか」

そう言うと黒板に向かい、力を込めて大きな文字を書いた。

〈ルール〉

「今日のテーマはこれや。普段はあまり意識することはないかもしれへんが、ルールはどこにでもあるんや」

そして、一昨日の庄内での出来事をドンチ、ぞろめ、ともりんにも一通り話した。労務者ふうの男と三十歳ぐらいの気の強い男がトラブルになったことや、マユカの友だちが上新庄駅近くで万引きをし、自分が電話をかけ、許してもらったことなどを説明した。

三人はそれを聞き、先生の意外な人脈に驚いていた。

ここでマユカが発言した。

「先生、昨日な、つーちゃんとミッチーに会ったんやけど、二人ともほんまに喜んでいたわ。ありがとうって伝えといてなって」

AHOUはたまたまの出来事がすんなりと片づいたので、自慢するわけにはいかない。

「ルールを破ったら、それ相応の罰があるんや。みんなも無茶なことをするなよ」

そのときタライ・ラマはスポーツ飲料を一口飲み、マユカに話しかけた。

「マユカさん、今日はケータイを触らないんですか」

授業中の彼女は、いつもそれをいじっている。

マユカは金髪を右手でかきあげてから、

「今日はなるべく授業中は使わないと決めてるやんか。でもな、先生の話がウザイなら、ケータイに手を出すかもしれへんな」

マーサもケータイはいつも持ち歩いているけど、授業のときはポーチのなかにしまっていた。

「それより、庄内での先生のやり方、あれは納得でけへんわ、マユカもそう思うやろ」

そやな、うちも反対や、とマユカも同調する。

一昨日、庄内のパチンコ店の前で大人同士の喧嘩に遭遇し、先生が仲裁に入ったのはいいとしても、壊したミラーの代金を肩代わりした行為は、賛成する気になれないのだ。

現場にいなかった生徒に、マーサはその経緯を簡単に説明した。

ともりんは、それを聞き、緊迫した状況を想像するしかない。

「でも、誰も怪我をせずに収まったのなら、上出来やないの……」

ドンチも、先生の行動を好意的に取る。

「傍には生徒もいるし、野次馬やテレビ局の者もいてたんやろ。先生の立場になれば、知らんふりはでけへんし、金のことはともかく、ちょっとでもええ印象を残しておきたいやんか。おれだってそうしたかもしれへんな」

　ぞろめには、そう思えないようだ。

「考えてみ。傍でカメラが回っていたから、無理して金を出したように思えるやん。先生はそんなつもりではないと思っていても、みんながみんな良い印象を持つわけではないんや」

　タライ・ラマは、うーんと唸り、

「おれの考えはぞろめとは逆や。あの流れでは、カメラが無くても避けられないし、睨み合っている二人を納得させるには、ああするしかないやん。先生がすぐに逃げ出したりしたら洒落にもならへんし、ケチと取られるよりはマシやで」

　先生が仲裁しなかったら、大事件になっていたかもしれないのだ。

　若旦那は現場にいてその状況をつぶさに見ていたからこそ、今は興ざめしている。

「ほんまにあれで良かったのかな……」

　心のなかに、何か煙のような物が渦巻いていて、それがあの日から消滅しないことへの不満を持っていた。なぜなら、少しも爽やかさがないのだ。

　ＡＨＯＵは黙って生徒らの意見に耳を傾けていた。

　ドンチだって、そんな険悪な場面には近づきたくない。

「おれらはいちおう高校生やから、大人の喧嘩に口出しするのはヤバいやん。北島さん、二人はどんな顔をしていましたか？」

北島弘司は当日の光景を思い起こす。

「どっちも気の短そうな男やったけん。一人は六十過ぎの血の気の多いおっさんで、相手のほうは三十くらいのイケイケの男や。喧嘩にならんほうがおかしい……」

若旦那もタライ・ラマもその日の記憶は鮮明に蘇る。

「そうそう、パチンコの音よりも大きな声で怒鳴り合いや」

「バイクを壊された若いほうが殴りかかり、それをガードマンが止めたんやで」

ドンチは、ふーん、と冷めた見方をした。

「先生が止めに入っていたら、殴り倒されていたというんやな。そうか、その後でミラーの代金を立て替えることになった」

ＡＨＯＵが仲裁に入っていなかったら、どちらかが負傷していたかもしれない。

「北島やったら、どうするんや」

この際、元暴走族リーダーの考えを聞いてみたい。

名指しされると思っていなかった北島弘司は、せせら笑いをした。

「先生、おれは知らん者の喧嘩なんか、初めから取り持ちなんかせんけん。だけど、仲間やったら死ぬ気で助けたるんや」

タライ・ラマはそれを聞き、後ろの席の北島弘司のほうを振り向く。

「今まで大人とトラブルになったことはあるんですか？」

みんなも興味があるようで、いっせいにそちらに視線を向ける。

北島弘司は首を横に振った。

「ないない。尾道の隣にある広島や福山なんか、血の気が多い者がいっぱいおるけ。ときには普通の者でもこれを持っていることもあるんや」

右手を天井に向け、人差し指で拳銃の引き金を絞る真似をした。

パンパン！　生徒はみな、その声に怯《ひる》み、首をすくめる。

ＡＨＯＵは、教室内の空気が変わっていくのを懸念し、

「トラブルに巻き込まれそうになったら、早く逃げることや。恥でも何でもないからな。話を元にもどすが、どこでもルールがあるやろ。その最たるもんが法律やな。みんなは縁がないと思っているかもしれへんが、暮らしていくためにはどうしても必要なんや。もしそれを破ったりすると警察に捕まり、それ相応の罰を受けることになる。だけど、いじめをしても程度にもよるが、罪に問われることはない。わかるやろ」

北島弘司は自慢げに話をする。

「嘘と思うかもしれへんけど、おれはいじめはしなかったんや。ただ、バイクが好きで、かっぱらってそれを改造したり、ダチとつるんで転がしたりしてたんやけ」

尾道は坂が多く、北島弘司の住んでいた家も海を見下ろす斜面にあり、周りの家でも自家用車を持っているところは少なく、乗り物には絶えず憧れを持っていた。

ＡＨＯＵは、ちらっと彼の故郷がどんなところだったのか、と想像をしてみた。

「それで、大阪に引っ越してきたとき、そのバイクはどうしたんや」

「ああ、あれな、どうせ、かっぱらったものやけん、こっちに来る前にダチにプレゼントしたんや」

「ほう。それはそうと、カミコウ（上方《かみがた》工業高校）に入ってみて、不良グループと揉めて登校しなくなったんか？」

転校生ならば学校に馴染むのはたいへんなことで、特に北島弘司みたいなとんがった者には風当たりも強く、何かと因縁をつけられるはずだ。

北島弘司の口からは、サバサバとした言葉が吐き出される。

「おれはもう、無茶なことはせんと決めたんやけ。応援団の団長も、仲間に入れと誘ってくれるけど、はっきり断っているんや」

本当のことをしゃべっているか確かめようもないが、それが事実なら立派なものだ。

若旦那は、引っ越してきて正解やな、と感心した。

「カミコウの野球部は、今年は甲子園に行けそうなんやろ。だから、不良連中も静かにしていると思うんや」

いじめや暴力事件などの不祥事を起こせば、マスコミにも叩かれること必須で、その時点で高校野球の参加を辞退しなければならなくなる。

それに北島弘司の口からは、本当に改心したように聞こえるが、何かのきっかけで元の不良に戻ってしまいそうな雰囲気をしているので、ここにいる生徒もまだ手放しで喜んでいるわけではない。

それでもＡＨＯＵは、彼を信じたい。

「そうか、この時期は高校野球やな。北島、応援に行っているんやろな」

学校に登校しなくても応援には行けるはずだ。

ところが北島弘司は、いや、気が向かんけ、と言い捨てた。

六章　大会社のぼんぼん

ＡＨＯＵはこれまで北島弘司が尾道から大阪に転校してきて、特に問題を起こしたとは聞いていないので、本当に暴走族を率いていたのかと疑いを持ったほどだ。

「でもな、カミコウの生徒やったら、顔ぐらい出しておいてもええんと違うんか」

北島弘司は、少しうるさい先生やな、と思いながらも、

「夏休みは運転免許でも取ろうかなと……」

「免許か……、それも将来は役に立つかもしれへんけど、時間があるんだったら野球の応援に行ったらええねん」

北島弘司はそれにには乗り気ではないようだ。

「おれの性格から言って、人の指図は受けたくないけん」

そうか、仕方ないな、とＡＨＯＵは別の話を振る。

「学校に友だちはいてるんか……」

北島弘司は一呼吸して、

「気の合う奴もおらんけ……」

このとき、ドンチが提案した。

「北島さん、思い切って応援団に入ってみたらどうかな」

マーサが気を利かして代弁した。

「それは止めといたほうがええわ。何かな、部員同士で衝突しそうやんか。きっと話が合わなかったら喧嘩になりそうな気がする」

マユカもケータイに手が伸びそうになるのを堪えていた。

「うちもそう思う。北島君はほんまは一匹狼やねんな。カミコウのことはあまり知らんけど応援団部員も仰山《ぎょうさん》いてるはずやし、ちょっとのことで主導権争いをして仲間割れしてしまう気がするやんか」

ＡＨＯＵは、それは想像しすぎや、と持論を展開する。

「応援団にもいろいろあるけれど、それこそ暴力事件なんか起こしたら、野球部は甲子園に行かれなくなるんや。特にカミコウは今年の野球の戦績もいいから、みんながおとなしくしているはずや……。ああ、そうや、授業から脱線してしまったな」

そこで黒板に向き直り、チョークで〈ルール〉の横に〈発想力〉と書き足した。

「話をこっちに戻すけどな、世の中にはルールや固定観念を無視したほうがええ時もあるんや。発明家や芸術家なんかそうだし、事業を始める場合でも、すでにある商品をつくっていても値段が同じなら誰も買ってくれない」

そう言った後、黒板の上下いっぱいを使って、大きな木を書きはじめた。そしてその枝には葉っぱや果実を付け足していく。

「台風や地震なんかで倒されないためには、こうやって地中に根を何十本も伸ばしておくことが大事なんや」

地面を水平に引き、根を書き足すと、生徒のほうに向き直った。

いじめに負けて不登校になったり、部屋に閉じこもって家族と話をしなければ、この木のように実をつけることはできなくなる。それに枝を多く広げ、台風や雪の重みで折れることがあっても、根が多くあれば枯れることはなく、新芽も育つ。

マユカの手はケータイへ伸び、画面を開くと友だちとメールを始めた。聞いたことがある内容だったので、集中力が切れたのだ。

他の生徒は、パンや飲み物をときおり口に運び、聞くともなしに聞いている。

ＡＨＯＵは、生徒たちの様子を気に留める。

「ここにいるみんなは、まだこれから成長する途中なんや。だけどな、こうなったらどうするんや」

再び黒板に向き直ると、大木の地面から下を全部黒板消しで消してしまった。

すると、生徒は全員その動きを止めた。

このままでは実をたくさんつけた大木は倒れてしまう。

ＡＨＯＵは、黒板消しを戻すと、みんなを順に見つめた。

「ここで発想力がいるんや。この木を枯らさないためには、何か手当てをしなければならんわな。みんなだったら、どうする？」

意外にも真っ先にマユカが、答えを出した。

「うちやったら、その木の下に水槽を書くねん。これなら当分は持つやろ」

ＡＨＯＵが木を枯らさないためにはと説明したので、すぐに閃いたのだ。

その後、すぐに涼しい顔をしてケータイを操作しはじめた。

ＡＨＯＵは彼女に視線を当てる。

「マユカは相変わらず速いな」

ぞろめはぽつりと漏らした。

「おれは正直、何も思いつかないんや。みんな凄いな……」

ＡＨＯＵは補足した。

「今思いつかなくても心配しなくてもいい。人それぞれ持っているものが違うし、まだ若いから、これから興味のあることが見つかる……」

それから自分も幼少期には実家の鮮魚店が嫌で、何とかしてそれから逃げることに目標を置き、教員を目指したのだと付け加えた。

「これは参考にならへんかもしれないが、親と違う職業に就くのもひとつの方法や……。同じ仕事やと、数年先の自分の姿を見ていることになるやろ。もちろん家業を継ぐと決めている者はそれに創意工夫をしなければ、同業他社に負け生き残れなくなる。しかし、今の経済状態から言えば、仕事をえり好みしている場合でもないから、嫌いな仕事でも探さなければならない」

現実では親の意向と子どもの希望が合致することは稀で、親としては家計を頭に入れ、子どもの能力を考慮したうえで進路を決めるのが普通だ。

親が子どもをこの塾に入れたのはまず学校に戻ってきちんと卒業してくれるのが願いなので、AHOUの進路指導に不満をぶつけることがある。

塾と親が対立するのはよくあるのだが、生徒がそれに翻弄されるのは避けたい。

黒板に書かれている大きな木を見つめていた若旦那は、ぽつりと言った。

「おれだったら、その木を切っているようにチェンソーを描く。家を建てる柱にするんや、それと先生の考え方はわかる……。実家の連れ込み旅館なんて絶対に継ぎたくないねん」

次に発言したのはマーサだ。

「うちもな、小さなスナックなんかやりたいとは思えへん。いやらしい男を煽てて酒を飲ませ、金をむしり取っているやろ」

AHOUは、生徒が話に乗ってくれることが嬉しい。

北島弘司は、ケータイをいじっているマユカに声をかけた。

「そっちの綺麗なお嬢さんは、どうするつもりや……」

からかわれたマユカの指はケータイの上で動きっぱなしだった。

「何であんたに言わなあかんの。放っといてえや」

タライ・ラマは彼女の金髪やキラキラの衣装に毒づく。

「そんな派手な恰好では、仕事はできないやろ」

北島弘司はにやにやして、

「おれは田舎者やけど、マユカはどう見てもキャバ嬢の予備軍やんけ。ミナミのアメリカ村や三角公園あたりにたむろしているような連中の仲間やろ」

若旦那もそれに乗じて、本音をぽろりと零《こぼ》す。

「それは言い過ぎかもしれへんけど、第一印象では遊び回っているみたいやな」

マユカの濃いアイラインでかこまれた目が、一瞬で殺気をはらむ。

「何言うてんの、あんたらが思っているようなことはせえへんわ！」

北島弘司の唇の端が持ち上がる。

「でも、そのコスプレみたいなメイクや衣装をしていると、普通の女子高生には見えんけ。それに一昨日の庄内の出来事や友だちのことを考えると、信用する気になれんけえな」

すると、マユカはケータイをぱちんと閉じて立ち上がり、北島弘司のほうを振り向く。

「淡路の友だちのことを言うてんの？　あんたにはな、何の迷惑もかけてへんやろ。いちいち難癖つけてどういうつもりやねん」

北島弘司は両手を広げて、おお、怖《こわ》、冷静に、冷静にとふざける。

「尾道のマブダチも言うとったけん。今の女子高生は、小遣い稼ぎに下着を売ったり、マッサージ店に出入りしたり、もっと凄いのはＡＶにも出演するらしいって」

マユカの顔に電流が走ったように、筋肉が引きつった。

「うちらをそんな目で見てたんか。ほんまにむかつく！」

いきなり机の上のペットボトルを掴み上げると、北島弘司に向かって投げつけた。

教室内の空気が凍りつき、ＡＨＯＵも生徒も、あっと驚きの声を漏らす。

着席していた北島弘司は、飛んできたそれを頭を傾けて避けていた。

ペットボトルは後ろの机にぶつかって、教室の後方の壁に衝突し、落下してころころと転がった。

ＡＨＯＵは、止めんか、と一喝する。

北島弘司は尚も涼しい顔で続けた。

「キタでもミナミでも、会社帰りの若いサラリーマンが、普通に女子高生に声をかけている……。ちょっと前やと、コギャルとかもてはやしていたけど、今はＪＫや。前から不思議に思っていたけど、その派手なメイクをする化粧品の金は、どうして手に入れたんや」

マユカの目尻は、恐ろしく吊り上がっていた。

「何やて！　あんたのような暴走族くずれに、何でそこまで言われなあかんの」

自分の机を乱暴に押し退けると立ち上がり、北島弘司の席に歩み寄った。

待て待て！　ＡＨＯＵは慌てて教壇から下りると二人の方へ近づき、その間に割って入った。

「北島、おまええええ加減にせえよ。そんなことを言ったらあかんぞ」

そう言いながらマユカの手を引っ張る。そして元の席へ連れ戻す。

ぞろめは蚊の鳴くような声で、

「北島さん、今日はどうしたんですか。まずいすよ」

自分の席に座ったマユカの目は、少し充血していた。

「うちに恨みでもあるんか……」

ＡＨＯＵは再び教壇に立つ。

「みんなも見た目で判断するんやない。それが差別やいじめにつながるんやないかい。ええな、わかったな」

するとマーサは静かに立ち上がり、教室の後ろのほうに転がっている飲み物のペットボトルを取りにいって戻ってきて、マユカの机の上に置いた。

「あんな、今まで隠していたんやけどな、うちの友だちのなかには下着をアダルトショップに売っている子もおんねん。小遣いが足りないのに遊びに行かれへんやろ。でも、外見は普通の女子高生やんか……」

ともりんはそれに関連付けてもっと過激な発言をした。

「もしも将来にな、ほんまに食うことができなくなったら、風俗のほうに行くかもしれへんな。ちょっと我慢すればいいやんか」

若旦那は実家の連れ込み旅館を思い浮かべ、彼女が援助交際とかデリヘルへ進んでしまわないか心配になる。

「ともりんがそんなことを思っていたなんて、ショックやな」

ＡＨＯＵは、三名の女子生徒を順に見つめる。

「でも、悪いと知っていて、そこまでやるか。特に女性は将来結婚して出産することになるやろ。よくな、体と心は別やからなんて屁理屈を言う者もいるが、それは嘘やからな」

ここでタライ・ラマは何気ない皮肉を漏らす。

「ともりん、食えないことはないはずや。店にはいっぱいパンが並んでいるやろ」

教室内にいっせいに笑いが広がり、それまでの重苦しい空気が霧散した。

ドンチは現実に向き合う。

「昔も今もきつい仕事や汚い作業は敬遠するし、かといってフリーターでは不安定や」

タライ・ラマはできたら稼げるサラリーマンになりたい。

「狙い目は今風のＩＴ企業かな」

ぞろめは現実的に考えると、体の障害が苦にならない職種に就きたい。

「おれは体がこれやから消去法で考えると事務系の公務員とか、座ってもできる職人なんかが合っていると思うねん」

　ともりんは男子生徒の会話を耳にし、しみじみと零す。

「ほんまに男は大変やわ。いくら男女平等と言っても、実際は男社会で、親も出世してくれることを願っているやんか。例え就職できたとしても競争は激しいし、のほほんとしていたら出世から取り残される。それに比べ、女のほうは稼ぎのええ男を見つけて、家庭に入れば取り敢えず暮らしていけるやん」

　マーサもその意見に追従する。

「結婚して旦那がまじめに金を入れてくれたら、普通にやっていけるねんな。うちはこれからどうしようかと迷ってんねん。何の取り柄もないし、親の姿を見ていたら、何かキャバクラでも勤まりそうな気がすんねん」

　マユカはペットボトルのキャップを開け、お茶を一口飲む。

「うちはあんまり早く家庭に入るのは嫌やねん。その前に思いっきり遊んでおかへんと、子どもができて大きくなるまで楽しむことなんかないやんか。うちの親はな、早く所帯を持ってくれたほうが安心やねん。深夜まで友だちと遊んでいるから、変な男にひっかかったり、出会い系サイトで騙されたりせえへんか心配になるねんな。ちゃっちゃと子どもを作って家のなかで世話をしていれば、問題を起こすことはないやろ」

　それもひとつの考えだが、あまりにも夢がなさすぎる。

マーサはこのとき、ふっと思い起こした。

「そうそう、うちの親戚にもそういう娘《こ》がおんねん。茨木のほうやけどうちより二個上で高校のときに荒れて何度も万引きして警察に捕まったやんか。それで高校を辞め、しばらくしてから正雀《しょうじゃく》の塗装業の兄ちゃんとくっついてしまって、すぐに子どもができてんねんな。放っておくわけにはいかへんし、仕方なく育てているやんか。それまでブイブイしてたのに、この前会ったら、普通のおばはんになってた……。女ってそんなもんやわ」

ＡＨＯＵは親の気持ちになって、金髪のマユカの顔に目線を合わせた。

「マユカは将来どんな仕事に就くつもりなんや。結構ええセンスしているからファッション関係かな」

マユカはもう一口お茶を飲んでから、左手を目の高さまで上げて、きらびやかな指先をみんなに見せびらかす。

「うちな、将来のことはまだはっきりと決めてるわけやないけど、ネイルでもやってみようかなと思っているやんか。こう見えても、たまに何年か先のことを考えることもあんねん。でも、今はなかなか決められへん」

それらには異なる色合いの花びらが装飾してあり、空中で舞っているように輝く。

マーサはそれに吸いよせられる。

「ほんまに綺麗やわ。自分でそれをしたんやろ。もしかしたらその才能があるんと違う」

ＡＨＯＵもたいしたもんや、と褒めてから、

「わたしはそっちのほうは詳しくはないんやが、専門学校もあるはずやで。マユカも今の学校が合わへんやったら、そっちのほうに移ったらどないや」

ともりんもその意見に賛成だ。

「でも、専門学校は意外とお金がかかるっていう話やんか。マユカさんのところは、普通のサラリーマン家庭なの？」

北島弘司はこのとき、ちょっかいを出す。

「貧乏やったら、そんなコスプレみたいな服は着られへん」

途端にマユカの視線は鋭さを増した。

「これはな、先輩や友だちから安く買った物やねん。今日はいちいち突っ込みを入れてくるから、ほんまに頭にくるわ」

ドンチは一つ目のジャムパンを食べおえると、余っている分に目線を動かす。

「マユカは確か長女で、下には弟がいるんやな」

ドンチが話題を変えようとしているのを気づき、マユカはそちらを見つめる。

「うちと違って、けっこう頭のええ弟がおんねん。将来は東大が目標らしいから親も期待しているし、うちみたいな出来の悪い子には全然関心があらへん」

タライ・ラマは塾に通いはじめた当初から、マユカに惹かれていた。

「そんなに可愛かったら、ミナミのひっかけ橋で次から次に声をかけられるのと違いますか。なかには金持ちのぼんぼんもいてたでしょう」

マユカは至って冷静だった。

「うちもかなり遊んでいるほうやけど、そんなにぴったりと出会うことないやん。それにな、ほんまの金持ちのぼんぼんはミナミなんかに遊びに来うへんやんか。たいていチャラチャラしたしょうもない男が誘ってくるだけ……。そんでもな、好みのタイプに近い若い子を二人ほど集めれば、遊ぶ金くらい何とかなるやんか」

それを聞きながらともりんは、余っているパンのひとつをドンチにさりげなく手渡した。

「可愛いから得やな。うちなんかデートとか、まだいっぺんもしたことないんやで」

ドンチはそれを受け取ると、小さな声でありがとうとお礼を言った。

AHOUはともりんの気配りに感心してから、北島弘司のほうに話を振る。

「北島、この前お母さんと話をしたことがあるけどな。登校したくなかったらどこかにアルバイトでも行ったらええねん。一度遊び癖がついてしまうと、学校にも関心がなくなってしまうからな。それこそ、周りには変な誘惑がいっぱいあるし、カミコウはアルバイトを禁止しているわけはないよな」

北島弘司自身、大阪に引っ越してきてからは、バイクに乗る気持ちも失せてきたのだ。

「焦ることもないと思っているけん。そのうち大阪にも馴染み、何かおもしろいことでも見つかればやる気も出ると思うとるんじゃ」

尾道の工業高校から、大阪市浪速区のカミコウに転校してきて間もない頃、やっぱり大阪の高校生は違うなと驚いたことがある。

それは応援団長の高瀬大介を知ったことだ。

彼はまた、ＫＫＫという不良グループの番長でもあり、二十名ほどの手下を抱えている。

カミコウの所在地である浪速区を牛耳る凄腕で、隣接する天王寺区を支配する竜神帝国というグループとたびたび衝突している。

市内での乱闘などは、警察の取り締まりや学校の監視が強化されていることもあって激減しているが、コンビニやゲームセンターなんかでの小競り合いは頻発しているのだ。

応援団長と番長のふたつの顔を持つ高瀬大介は、尾道ではまだ見かけたこともないタイプで、すでに大人のオーラを放ち、校内では先生のほうから軽く会釈をするほどだ。


六月のある日、北島弘司はカミコウの校門のところで異様な光景を目にした。

午前の休憩時間だった。高瀬大介を中心に五人ほど生徒が談笑していた。

校門の格子状フェンスはスライド式になっていて、生徒の登下校のときにだけ開門し、普段は閉まっている。その横には鍵付きの通用口が並んでいた。

そのフェンスの外には、他校の女子生徒が三名しなを作って佇んでいた。制服姿の彼女らはいずれも可愛い顔をしており、丈の短いスカートを風の悪戯に任せていた。

カミコウは私立の工業高校なので、元々から女子生徒は十数名しか在籍しておらず、応援団につきものの吹奏楽部はあるが、チアリーダーは一人もいない。だから野球やサッカーなどの重要な対外試合の際は、近くの高校に頼んで派遣してもらうのだ。それが慣例になっていて、そこにいた女子は明新高校のチアリーディング部の部員たちであった。

高瀬大介はフェンスに密着しながら、彼女らと親しげに会話を楽しむ。

五分ほどでそれが終わると、財布から一万円札を三枚取り出し、

「今年のうちの野球部は甲子園に行くで。七月からの大阪大会の応援のほうもしっかり頼むな。帰ったらみんなにも言うといてくれ」

フェンスの隙間から手を伸ばし、彼女らの制服と鎖骨の間に、順にそれを入れていく。このときは硬派の高瀬大介もでれでれ顔になり、とても応援団長には見えない。

女子生徒たちも、気前の良いプレゼントに、笑顔を返す。

「大介さん、いつもありがとう」「甲子園出場が決まったら、うちらの応援のし甲斐もあるやん」「こんどええ娘《こ》紹介するわ」

さらにその後、それぞれがフェンスの隙間から唇を突き出し、高瀬大介の頬にキスをする。どちらも慣れているようにその儀式を終えると、女子高生のほうは手を振りながら校門から立ち去っていくのだ。

手下の一人はすぐにハンカチを出し、高瀬大介の頬についた口紅を拭き取る。

普通の高校生活では、これはハレンチな行為だ。でも、先生方の誰一人として注意することはない。何故ならば、この学校の創立者が高瀬大介の曾祖父に該《あた》り、すでに亡くなっているとはいえ、祖父でもある現理事長の高瀬浩三が絶大な権力を持っているからだ。

同じく父親でもある弘明氏も筆頭理事として睨みを利かせており、学校の運営に関しては校長も保護者も一切異を唱えることはできないのだ。

北島弘司はしばらくしてこの事情を知り、高瀬大介には歯向かえないと悟った。

また、田舎者の僻《ひが》みなのか、高瀬大介の懐具合がかなり豊かであるのもわかった。その稼ぎ方法も大人顔負けで、かなりの収入を得ているのもびっくりした。

これらの情報はたまたま自宅近くのレンタルビデオ店に出かけ、トイレを借りていたとき、壁の向こうから聞こえてきたのだ。その店はビデオの販売もしていて、店長と卸業者が商売の話をしているようだった。カミコウの生徒が校内でいかがわしいビデオを撮影し、それをネットやビデオ店で売りさばいているというのだ。

高瀬大介の名前がそのとき漏れてきた。

その作製手順は、まず家出した少女や深夜に遊び回っている女子高生などを学校に連れてきて、金をちらつかせ、撮影の承諾をとる。相手となる男は繁華街をうろついている若者を勧誘し、同じように金で釣り、教室内でいかがわしい行為をさせる。

学校の警備員でさえ、高瀬大介の頼みとなれば断る勇気はない。深夜こっそり通用口を開け、撮影スタッフなどを導き入れ、その撮影は行われるのだ。

そのＤＶＤの売上げは、出演者やスタッフにも役目に応じて分配され、高瀬大介が独り占めをすることはない。これまで一度も仲間を裏切った者はおらず、その点で言えば高校生ながら人望もあり、大人並みの統率力も兼ね備えていた。

滝川校長も副校長の鶴本も、この事実をそれなりに感づいているようだが、保身のために注意することはない。

これは高瀬理事長の権限が絶大で、筆頭理事の弘明氏ともども誰も逆らえないからだ。教職員にしても府内の公立校などよりは手当てが充実しており、自分の勤める高校に唾を吐きかけるような者はいない。

高瀬大介の態度がこのようになるのは、祖父の浩三がカミコウの理事長のみならず、有名企業の浪速金属機械の経営者であり、関西財界のなかでもその発言力が一目置かれる存在だからだ。

浪速金属機械はＮＫＫのロゴマークで一般にはよく知られている。製造品目は産業機械部品、自動車部品などで、海外にも工場が点在し、関連会社は百社を超える。

血筋の良いぼんぼんは、大人と肩を並べるほどの手腕を発揮していた。尾道でバイクを転がしていた幼稚な自分とはまったく異なり、その落差に恥ずかしくなった。

また、不良グループのＫＫＫに入会するには二万円を払い、誓約書にサインをしなければならない。北島弘司がこのグループに参加しなかったのは、金の用意ができなかったわけではなく、高瀬大介とは馬が合わないと直感したからだ。

教壇のＡＨＯＵは、北島弘司の浮かぬ顔を見て、

「夏休みなんかすぐ終わってしまうからな。北島もバイクが好きなら、その延長で自動車修理なんか見学してきたらええんや」

このように薦めても反応は鈍かった。

「おれもこのままではいけんと思っているんじゃ。でも、勉強なんか初めから性が合わんし、油に汚れるのはもっと嫌や……。何か他にすかっとするもんはないんかな」

ＡＨＯＵは北島弘司が横道に逸れてしまわないか心配になる。

この日の授業は、生徒の将来の夢を語り合うことに費やされて終了した。

七章　てなもんややすし

今夏の高校野球大阪大会の参加校は一七九校を数え、この全国屈指の激戦区のなかで優勝するにはチームの実力とともに運も味方につけなければならない。

その開会式は七月九日、大阪市西区の京セラドーム大阪で行われた。

日々の温度はたびたび三十度を超えるようになり、府民が白い空を恨めしそうに睨んでいても下がる気配もなく、動かなくても額や首筋から汗は吹き出してくる。

開会式の翌日、カミコウ（上方《かみがた》工業高校）チームは吹田市の万博記念公園野球場で箕面《みのお》市の西都《さいと》高校を８対１で撃破し、幸先よく初戦をものにした。

勝因は投手の坂下が四球をひとつも出さないで好投し、１点は取られたものの要所は締め、味方の打撃陣の長短打がうまく噛み合って楽勝で終わった。

２回戦は十五日で、対戦相手は堺市の堺東商業だった。

先攻はカミコウで三回表まではどちらも無得点だったが、その裏に１点を先制され、坂下投手も体の切れが良くないようで顔色も青ざめ、監督も他の選手も心配になった。

味方の打撃陣も単打ばかりで後が続かず、さらに四回裏には追加点を許し、監督の松田もリリーフを考えに置くようになった。

五回表には走者が一、二塁と溜まったが牽制球で二塁走者が刺され1死。続く打者もショートゴロで併殺を取られ、応援団やベンチのなかにも暗い影が漂いはじめた。ところが回も進み、それを吹き飛ばすほどの反撃が七回表に始まった。1死二、三塁の好機が訪れ、5番の大池が3点本塁打を放ち、一気に逆転したのだ。坂下投手もこの反撃を起点に見事に立ち直ると、九回まで無失点に抑え、この後さらに味方が八回と九回に1点ずつ奪い、結局5対2で逃げきっていた。

十八、十九日は、台風6号の影響で、すべての試合が順延となった。

二十一日には午前中にカミコウの一学期の終業式が行われた。

ところが午後三時過ぎ、一通の速達が届いたことによって、天地がひっくり返るような事態になってしまったのだ。

無事に終業式を済ませ、それでも多くの先生方は校内に居残り、それぞれの仕事をこなしていた。工業高校なので就職相談はもちろん、その他の雑務に身を割かれ、職員室は異様な活気があった。

それとは対照的に校長室の四人掛けの応接ソファに腰を下ろし、冴えない顔つきでガラステーブルのＡ４用紙を見つめているのは、校長の滝川と副校長の鶴本だった。

「一千万振り込めやて……」

腹立たしい口調で吐き捨てたのは滝川で、六十半ばにも関わらず頭部のてっぺんはつるつるに光り、後頭部と側面に羽毛のような白髪がへばりついていた。

彼と向かい合う鶴本のほうはほとんど白髪は浮いておらず、顔にも艶があり、とても六十前とは見えず若々しかった。

「差出人は、てなもんややすし……。けったいな名前でんな」

Ａ４用紙の横には、速達を示す封筒が並んでいた。

校庭に面した窓からは、曇り空の夏の光が射し込み、室内の照明と競い合っていた。

カミコウに送られてきたのは脅迫状で、次のような文面だった。

『カミコウの先生方へ。わいはてなもんややすしという者や。生徒が校内で裏ビデオを撮影し、そのＤＶＤを売りさばいている確かな証拠を摑んでいる。マスコミにばらしてほしくなかったら一千万振り込め。期限は明日の午後三時までや』

用紙をいっぱい使い、大きな文字で書いてあった。文章の横に銀行名と普通口座番号が付け足してある。

封筒も中身も手書きではなく、おそらくパソコンで作成したものらしい。

消印を調べてみると、ＪＲ大阪駅の西側にある中央郵便局になっていた。利用客も多いはずで、交通の便から考えれば速達として投函しやすい場所にある。

ＪＲ線、大阪市営地下鉄、阪神線などを利用する者にとっては、特に便利だ。

滝川も鶴本も、脅迫状の内容に心当たりがある。

高瀬大介応援団長をリーダーとするＫＫＫのメンバーが、裏ビデオを撮影している噂を知っていた。現場を確認したことはないが、深夜に教室にもぐり込んで密かに撮影しているという。ある日、鶴本が高瀬大介を呼びつけて、その真偽を質したが、あまり首を突っ込まないほうが定年まで安心やで、と逆切れされたのだ。

カミコウの高瀬理事長の孫になるので、それ以上の追求はできなかった。それに保護者からの密告もなく、メンバーも特に問題を起こしていないので、そこで打ち切ったのだ。

だが、この犯人が確たる証拠を握っていてそれを世間に暴露するとなれば、非難は学校に集中し、トップの責任は免れないものとなる。

滝川は先ほどから悔しさの滲む顔で、何度もその封筒を見返していた。

「差出人の住所はないにしても、何やこの名前は……。初めからわしらをおちょくっているんやないか。裏ビデオ撮影をネタにしているから本校の関係者と思うが、とにかく今は野球が最優先や」

鶴本の気持ちも同じだ。小さなトラブルでも困る。

「今年は特に甲子園出場の条件が揃ってまっさかい、それをぶち壊そうとする者がいてるなんて、とても考えられまへん」

むむ、と滝川は切歯《せっし》する。

「もしかしたら、ＫＫＫのメンバーの誰かが、高瀬大介に反感を持っていて、この時期を狙ってこんな悪戯を思いついたのかもな」

「グループ内のクーデターでっか。しかし、一千万やなんて……」

「ちょっと金額が大きいか。高瀬大介の手下にこんな奴はおらんやろ」

「今の高校生はとんでもない奴もいてますから、なかには一人ぐらいは……。まさか身内の先生方のなかに、それはありえまへんな」

「あれや、機械デザイン科の宮田先生は、いつも女を追いかけ回しているという噂や。乗っている車もＢＭＷやし、洋服や腕時計も全部舶来らしいな。金はどこから出ているんやろ」

この先生は三十過ぎの独身で、あだ名がカミコウのプレイボーイとつけられ、遊ぶ相手も金持ちの女性に限定しているという。

「校長、聞いてまへんか。宮田先生の実家は松原市の旧家でっさかい、金には困っていないと思いまっせ。かなり昔のことですが、中央環状線のコースに私有地があったおかげで、それを売ったときにかなりの補償金が入ったということでんねん」

「そうか、あるところにはあるんやな。ほんなら除外してもええな」

その他に派手な生活をしている教職員は浮かばない。

「この手紙には確かな証拠を握っていると書いてありますが、それにはまったく触れていないのが気になりまんな」

滝川も、これは悪戯と思っているが、別の心配を口にした。

「なあ、鶴本、金のことやが、理事長は一円も出さへんと違うか」

「それはどういう意味でっしゃろ」

鶴本は校長室の外にも気を配る。

滝川は、ガラステーブルの上に身を乗り出し、

「まあ、はっきり言えばケチやさかい、気前よく出してくれるとは思えへんのや」

高瀬浩三理事長は、浪速金属機械創業者の高瀬寛治の後を継ぎ、その才能をいかんなく発揮して会社を優良企業に育て上げたが、普段の暮らしはかなり質素だという。

鶴本は大介の父親の噂を口に出した。

「弘明氏は、子どもにはかなり甘いそうでんな。下に弟もいるとか……」

言うても今は平成や、無理もあらへん、と恨みがましく吐き捨て、

「それよりな、一千万のことや。きっと、おまえら教職員で工面しろと」

はあ？　鶴本は目をひんむく。

「みんなでその金を……。そんなアホな」

苦笑すらできないのは、高瀬理事長ならばその可能性もあるからだ。

カミコウのような私立高校は、不祥事や事故が起きた場合、なるべく経営者の顔を隠すように気を回し、極端に言えば存在さえ消すように心掛ける。これまでの事例から抜き出しても、まず滝川が矢面に立ち、すべてを処理してきたのだ。

「それに鶴本、明日までに一千万やなんて、どこにそんな金があるというんや。本校の運営費なんかをかき集めても全然足りへんで」

「まさか、教職員の給料が狙いでっか」

一ヵ月分を合計すればそれくらいになるが、今それを充てるわけにはいかない。

「もうボーナス時期は過ぎたし、この金額にしても高瀬理事長の存在を知っていたら、この何倍も要求してくるはずや」

「なるほど……。なんせ、後ろには浪速金属機械がついている」

「会社や学校に関係のない者のしわざやろか。もしかしたら本校が甲子園に出場することを先読みして、その寄付金を狙っているとか……」

「一千万やなんて、絶対に集まりまへん」

数日後、カミコウが高校野球大阪大会の代表を勝ち取ったら、浪速金属機械の関連会社などから協力金という形でいくらか募ることになっていた。

「このまま無視したら、犯人はどうするつもりやろ」

「校長、まず初めに大介に聞いてみたらどないです」

「高瀬はしっかりしているから、仲間に裏切られることはないと思うけどな」

「もし、頭のええ奴だとしたら、決勝戦が終わった日にこれを送りつけたほうが、効果があるような気がしまっせ」

「それもそやな……。甲子園出場が決まれば派遣費用もいくらかはかかり、卒業生や商工会なんかからも集めることになるんや」

疑問点は他にもある。犯人はどうして裏ビデオ撮影のことを知り得たのか、確かな証拠とは何なのかだ。

「これは新手のオレオレ詐欺かもしれまへんな」

「ええな鶴本、こんな子どもだましみたいな脅迫に屈するわけにはいかんのや。当分は他の先生方には内緒やで」

もし、すでに販売されているＤＶＤに本校の生徒や先生方の誰かが映っていたら本校の負けになるが、それを指摘されないかぎりは無視しておけばいいのだ。

「金額はともかく、今回の件は高瀬理事長に報告しといたほうがよろしおまっせ」

「いや、その前に犯人の本気度を確かめるのが先や……」

「では、しばらく様子を見て」

「そうしようか。それと大介にはちょっとの間、あれの撮影はするなと注意しておこうか」

「高瀬理事長も弘明氏も知らぬが仏ということになりまんな。まさか自分の子どもが裏ビデオで儲けているなんて……」

「まあ、金持ちの金銭感覚は庶民とは全然違うからな。噂では、この不況でも大介の小遣いは月に十万やそうや」

「大介も手下を抱えて遊び盛りでっさかい、いろいろと出費もあるんと違いまっか」

「番長やから仕方ないか。これがどこかの暴力団とつながっていたら問題やが、それはなさそうやし……、ある意味ではしっかりしているわな」

「これからわたしが聞いてみましょうか。脅迫状が届いたことと犯人に心当たりがないのか、その他に変な噂を摑んでいないかとか……」

「さっき応援団の部室の前を通ったとき、ドアの向こうで笑い声がしとったな。応援の段取りやと思うが、明後日の試合の相手は寝屋川第一や、けっこう手強いで」

この高校は京阪電鉄の寝屋川市駅近くにあり、春夏とも準々決勝に勝ち進むだけの実績は残している。

「うちは坂下がしっかりしてまっさかい、取りこぼしはないと思いまっせ。昨年の秋期大会あたりから投球術にも磨きがかかり、ランナーをためても堂々としている」

「何と言っても強気のインコース攻めや」

「あれでバッターはびびってしまう……」

二人の野球談義が始まり、脅迫状から意識を逸らそうとしているように見えた。

早速、鶴本は腰を上げると校長室から出て、応援団部の部室に行った。本校舎とは別棟の建物で、体育館の横に並んでいた。

高瀬大介に話があると伝え、彼を体育館の裏に連れていき、周りに注意しながら、本校に脅迫状が届き、その内容を包み隠さず話し、心当たりがないのかを問いただした。

高瀬大介はがっちりした体格で、短髪であるが髪を染めておらず、普通の高校生と変わりない。冷静に耳を傾けていたが、その話が終わると、少し眉をひそめた。

そして反発するように険しい目になると、これまで部員の誰かが他の者に密告するとか、自分を蹴落とす態度を見せた様子もなく、儲けの分配もきちんとしているので、裏切者がいるとは思えないと断言した。

そんな者がいたのなら自分には統率力がなかったので、責任を取って応援団長を辞めなければならないと漏らした。

慌てたのは鶴本だった。そんな事態になれば高瀬理事長の雷が落ちるのは確実だった。

そこで、今は調査中ということや、あれの撮影は当分の間自粛してや、と彼の機嫌を損ねないように、その場を平静に繕う。

鶴本は、校長室に戻って、滝川に報告した。

「わたしの感触では、大介の仲間は白でっせ」

「そうか……。誰やろな、見当もつかへんし、弱ったな」

「高瀬理事長に連絡するのは、もう少ししてからのほうがよろしおまっせ」

滝川は右手で、自分の首を切るような仕種をした。

「これにならんように、早く犯人を捜さんとな……」

翌二十二日の金曜日、カミコウは金を振り込まなかった。脅迫状の中身に信憑性がなかったことが第一で、滝川も鶴本も誰かの悪戯と思い、何もしなかったのだ。

次の二十三日の土曜日は、午前十時から大阪市住之江区南加賀屋の住之江公園野球場で3回戦の試合が始まり、その最初の組み合わせはカミコウと寝屋川第一高校であった。校長の滝川を含め、ほとんどの生徒や先生方もそこへ応援に駆けつけ、本校の留守番は副校長の鶴本と事務員が引き受けた。

寝屋川第一との試合は、関係者が予想した試合運びから大きく外れ、カミコウのほうが窮地に立たされていた。坂下投手の投球がかなり悪かったのだ。

一回表から1死の後、次の打者に四球を与えてしまい、盗塁されたところで3番打者に右翼手越えの適時二塁打を許し、まず1点を先制された。走者を二塁に溜めたまま次の4番打者に三塁線を破られた。走者が三塁ベースを回り、そのまま速度を落とさずに本塁に突入した。際どいタッチプレーだったがセーフとなり、2点目を取られてしまったのだ。

その後、坂下は2三振を奪い危機を切り抜けたが、顔つきは暗かった。応援しているカミコウ関係者の誰もが、この先の展開を心配する。

その裏の反撃を期待したが、相手の投手も変幻自在の投球を駆使し、カミコウの打者は外野フライとファールフライと三振に仕留められていた。

それでもカミコウはこのままで終わらなかった。前評判通り五回の裏に本塁打で1点返し、七回に相手の中堅手のエラーを絡めて1点を取った。

応援団のほうも同点となり、俄然勢いづいてきた。

スコアが2対2のまま、九回裏まで進んできた。

打順は9番の投手である坂下が入り、とにかく塁に出ることに集中する。だが、意表を突いたバントヒットを狙ったが、一塁前のゴロで終わった。

次に1番の辺見が打席に立った。一球目を三塁側内野スタンドに打ち込んだ後、二球目がボールとなり、三球目と四球目を続けて空振りし、2死となった。

ここは2番の田所に期待を込める。

その願いが通じたのか、田所は1ボールの後、二球目の高めの直球を見事に捉え、右翼の外野スタンドにたたき込んでいた。カミコウが3対2で辛くも逃げきったのだ。

滝川は試合が終わり、学校に戻ってみると、鶴本が不安な顔で待ち構えていた。

「校長、また手紙が来ていまっせ」

滝川が試合の経過を話そうとした矢先で、それはデスクの上に置いてあった。

「何やて……」

鶴本は、差出人はあいつですわ、と捨て鉢気味に言った。

滝川はデスクに近づくと、それを手に取り裏面を覗く。

「悪戯やと思っていたんやがな」

昨日の午後三時までが金の振込期限だったが、初めから無視していたのだ。

マホガニーの豪華なデスクの上には、電話とパソコンとプリンターが並び、角には阪神タイガースのマスコットであるトラッキー、ラッキー、そしてキー太のぬいぐるみが目を大きく見開いていた。

鶴本もそのデスクに歩み寄る。

「今度は、住所も書いてありますやろ」

それには、『大阪市中央区心斎橋×××』と印刷されていた。

どういう風の吹き回しや、と滝川は椅子に座り、次に宛て名のほうを見る。

「消印は南船場《みなみせんば》か……」

抽斗から鋏を取り出し、それを開封する。

手紙の中身を噛み砕いて、鶴本に伝える。

「金を振り込まないなら、これから段々増えていく……。二十五日の月曜日、年後三時までに二千万やて……」

前回のように確かな証拠を握っていることと、振込先もきちんと書き添えてあった。

それを鶴本に差し出す。彼もざっと目を通す。

「何ちゅうやっちゃ、ぬけぬけと金額だけを増やして……。こいつの頭はどうかしてまっせ」

滝川はそれを再び手にすると、封筒にしまう。

「犯人はどうやらゲーム感覚で楽しんでいるみたいやが、この先野球の試合に絡めてきたら厄介なことになるで……」

「まさか、そこまでやりまっか。それはそうと校長、この振込先は関西商都銀行の本町支店になってまんな。本校がお世話になっている銀行と同じでっせ。何か関係あるのやおまへんか？」

「偶然やろ。あの船場センタービルのとこやな」

阪神高速道路の高架下にある御堂筋本町には、数百軒の問屋が商いをしており、それらが入居しているビルは1号館から10号館まで並び、該当の支店はその近くにあった。

鶴本は犯人の名前について、前から気になっていた。

「それにしても、このてなもんややすし――特徴のある名前ですから、もしかしたら行員が覚えているかもしれまへんな。いっぺん問い合わせてみたらどないです」

「でもな、今日は土曜やし、無理と違うか。それに今は個人情報の扱いはうるさいしな、警察しか教えてくれへんやろ」

「とすると、この心斎橋という住所もでたらめでんな」

「百パーセントでたらめやろ。遊び感覚で書いたに決まってる」

「でも、このまま放っておくわけにはいきまへんな」

「まあ、ここはどっしり構えて様子を見ようやないかい。ひとつも証拠を見せないで何が二千万や。ふざけとるっちゅうねん」

滝川はカミコウの校長になるまで、大阪府内の高校をいくつか歴任し、十四年前に高瀬理事長から引き抜かれた。それ以後精勤し、来年はめでたく退職を迎える。

鶴本はどちらかというと滝川よりは心配性だ。

「では、金は用意しないということでんな」

「当たり前や。犯人はこれから他のネタで脅してくるような気もするが、こっちがそれを認めなければ意味がないんや。だから、絶対に踊らされたらあかん」

「一種の知能犯でっか？」

「いや、どうやろ。何か抜けているような気もするんや」

「来週の月曜日に二千万か……。これが誰かの悪戯だとしても、このまま何もしないで過ごすわけにはいけしまへん」

「しかしな、先生方を集めて対応策を練るわけにはいかんやろ。口止めしても、この手の事件は外に漏れたらえらい騒ぎになるで」

「校長、高瀬理事長には報告を入れなくてもいいんですか」

「そのことや。いちおう今日の試合が終わってから電話をしておいたんや。脅迫状が届いたことと理事長には迷惑をかけるつもりはないと」

もちろん孫の大介が裏ビデオを作って販売していることには触れず、どうも誰かの悪戯なのでしばらく様子を見ることにしたと伝えたのだ。

高瀬理事長からは、この件はおまえに任せるから穏便に処理するように返事があり、滝川も内々に解決しますと電話を切ったのだ。

このときおまけがついた。今回の件を秘密裡に片づければ、来年の退職時には退職金の他に功労金を上積みしてもよいとのニュアンスが含まれていたので、校長の職務にかけても張り切らざるを得なかった。

「そこでな、今日の夕方、ある人に相談することにしたんや」

鶴本は見ず知らずの相手に頼っていいものか、若干の不安が生まれた。この騒動が校外に広がってしまえば、野球にも悪影響が出るのではないか。

「どこかの胡散臭い探偵なんかではおまへんやろな」

「いや、探偵やない……。その男もな、これまで何かと修羅場を潜り抜けてきているさかい、本校の事情も汲み取ってくれると思うんや」

「校長が目をつけているんなら反対しまへんが、信用のおける相手でっしゃろな。態度がころころ変わるようでは使い物になりまへん」

滝川は自信ありげにちょっと顔を緩め、

「鶴本、聞いたことあるやろ。本校ともつながりのある男や。弱虫塾の講師をしている、確か名前は鵜頭《うがしら》とか言うとったな」

「ははあ、すると、あの世直し先生に……」

「どや、なかなかええ人選やろ。あの男ならまんざら縁がないでもないし、何かええ解決策を見つけると違うんか」

滝川にしてみれば第三者を巻き込むことには不安がないでもないが、利点としては今回の脅迫事件の対応を誤ったとしても、彼の助言に従って動いたので責任をいくらか転嫁させることができると考えたのだ。

鶴本も、なるほどと頷く。

「予防的措置でんな。あそこには本校の北島弘司がお世話になっていまんねん。話をつけやすいと思いまっせ」

「学校に来てもらうんやから、全然知らない男よりええやろ」

「もし解決してくれたら、いくらか報酬を払わなあきまへんな」

「ま、タダというわけにはいかんやろ。それでもどこかの探偵を雇うより、ずっと安く済ませられるはずや」

「交渉次第でんな……」

「わしはまだ会ったことはないんやが、条件としては口の堅いのが一番やな。昔は尼崎の中学校で教えていたそうやから、ちゃらんぽらんの男ではないはずや」

「ははあ、アマでっか……」

「刑務所にも入ったことがあるそうやから苦労はしてきてるはずやし、教職に就いていたのなら本校の立場もわかってくれるはずや……。こちらも正直に頼めば引き受けてくれると違うんか」

「さすがは校長、目のつけどころが違いまんな。もし、断られたら他の者を捜すことになりますけど……」

「そんときはそんときや。問題は報酬の額やな、高くふっかけられんことを祈ろうか」

八章　にわか探偵

ＡＨＯＵは二十三日の夕方、浪速区にあるカミコウを訪れた。

通用口の横にあるインターホンで事務室につなぐ。

女性事務員は彼の来校を了承していたらしく、出迎えるとすぐに校長室まで案内してくれた。

彼女がドアをノックすると、室内からどうぞという返事があった。

ＡＨＯＵが入室すると同時に、校長が応接ソファのほうに進んできた。

初対面になるので鵜頭修平を名乗る。

滝川のほうは名刺を手渡し、自己紹介をする。

「さあ、どうぞ、こちらへ……」

応接ソファのほうへ誘導し、ＡＨＯＵの着席を待って飲み物の要望を聞いた。

ＡＨＯＵはコーヒーを頼み、滝川も同じ物を女性事務員に伝え、ガラステーブルを挟んで向かい合う。

彼女が一礼して退室すると、ＡＨＯＵは室内を見回した。

真っ先に中央の豪華なデスクに目がいく。だいたい校長室はどの学校でも同じような作りになっている。室内の上部には歴代校長の写真が七枚ほど並び、左右の壁際に艶のある書棚も設えてある。エアコンの下には時計とカレンダーが懸けられていた。

椅子の後ろの窓からは夏の光が差し込み、校庭の樹木の一部が見える。

堅い雰囲気をいくらか和らげているのは、デスクに並んだ阪神タイガースのキャラクターである三体のぬいぐるみだ。

やがて女性事務員が飲み物を運んできて、テーブルに置いて出ていった。

滝川は、毎日暑いでんな、とそれを進める。

挨拶はさらに続く。弱虫塾には本校の生徒もお世話になっていまして、ほんまに感謝しております。今日はちょっと相談に乗っていただきたいことがありまして、わざわざご足労いただきましてすんまへんな、と伝え、コーヒーを喫《きっ》しながら世間話を始めた。

まず東日本大震災の話題を取り上げ、次に公立高校の一部の教員による国歌斉唱拒否問題や高校野球の評判なども俎上《そじょう》にあがったが、肝心の相談にはなかなか入らなかった。

どうやら人物鑑定でもしているらしい。

普通に考えても弱虫塾に通っている北島弘司に関係する内容ではないことは、両親や本人からも連絡はないし、もしかしたら別の不登校の生徒を押しつけられるのではないかと危惧していた。

ようやく世間話も済み、二人のコーヒーカップも空になった。

滝川はひとつ咳をして本題を切り出した。

「実は本校で問題が起きていまんねん。正体のわからん奴に脅かされているんですわ。生徒が裏ビデオを作って売っているというネタに、一千万円を要求してきたんでっせ。証拠も何も書かれていなかったので取り合わなかったんですが、二通目を送ってきて、金額を二千万に増やしてきたんですわ。今はご存じのように高校野球の予選の最中で、こんな奴の相手にしているわけにもいけしまへんし、警察にも相談することもでけまへん」

ＡＨＯＵは少し緊張していたが、ようやくカミコウに呼ばれた意味を悟った。

「今年のカミコウは評判がいいですからね」

この時期に学校が不祥事を起こせば、選手のプレイにも悪い影響が出る。

カミコウが優勝候補に挙げられるのは、何と言っても投手の坂下の存在が大きい。

滝川は将来、その坂下がプロ野球の選手として活躍してくれることを夢見ている。

「本校はここ四年ほど甲子園から遠ざかっていて、評価も低かった……。その分今年のチームは坂下を中心にしてガッチリとまとまっているんですわ」

校長のみならず、関係者が熱い思いを抱いているという。

滝川は周りを気にするように続けた。今回の脅迫事件を知っているのはわたしと副校長の鶴本だけだ。高瀬理事長にも報告を入れたが、内々に解決するよう厳命を受けた。それと肝心の裏ビデオの撮影にしても、まったくの言いがかりだと強調した。

先生をお呼びしたのは、例え犯人が本校の関係者であって、どこかで顔を合わせるような事態になっても、不登校の生徒のことで本校に立ち寄ったのだと理解するはずだ。

何よりも校内に警察官の姿がないだけでも、平穏であることの証明になる。

ＡＨＯＵの顔は柔和になった。

「校長もたいへんな事件に巻き込まれてしまいましたね」

滝川もすべてを吐き出してすっきりしたようだ。

「そうでんねや。どこのどいつか知りまへんが、こっちの足元を見て、簡単に大金が手に入ると思っているんでっしゃろか。嫌がらせだけなら無視すればいいんやが」

ＡＨＯＵは畑違いの依頼だが、興味が湧いた。

「でも嫌がらせにしては金額がべらぼうに高い。裏ビデオ撮影のことはともかく今は脅しには絶対に屈しないという強い信念を持つことです。ところで、送られてきた脅迫状はどちらに？　できたら拝見させてもらいたいのですが」

そうでんな、と滝川は立ち上がる。そしてデスクまで歩み寄ると、その抽斗から二通の封書を取り出し、ＡＨＯＵのところへ戻ってきた。

「これでんねや……」

ＡＨＯＵがそれらを受け取り、表裏を観察しても普通の封筒だった。

差出人の名前に視線が止まる。

「てなもんややすし……か」

「こちらが初めに届いた封筒で、二十一日の木曜日になりまんねん。その中身も何の根拠もないふざけた内容なんで、おいそれと金を振り込むわけにはいきまへん。それに一千万やなんてすぐに用意できるもんやない。今流行《はや》りの新手の振込詐欺かと思いまんねんやが、知らん顔をすることにしましたんや」

ＡＨＯＵはそれぞれの封筒から手紙を取り出し、

「昔はだいたい脅迫状というのは新聞やチラシの文字を切り抜き、それで作っていたもんですが、今はパソコンなんかですぐにできますから特徴もなくなりました」

「ほんまにそうでんな。だからオレオレ詐欺でも電話が主流になってしもて、ある意味では手軽に金をだまし取れる世の中になったということでんな」

ＡＨＯＵは、二通の手紙を届いた順に黙読する。

「変わっていると言えば、金額だけが倍に増えている……」

「まあ、そのビデオの画像に本校の先生方や生徒が映っていると書いてあれば、こちらも考えまっせ」

その他にも、カミコウを示唆する実習室や建物の外観などが映り込んでいたら、お手上げとなる。

「この二通目の差出人の住所に心当たりはありませんか」

「それがでんな、その住所を調べてみたら、心斎橋の有名な百貨店なんですわ」

「遊び心がある人間なのかな……。気になるのは、このてなもんややすしという名前ですね。もしかしたら、あの〈てなもんや三度笠〉と関係があるのかもしれませんね」

ひらがなを使った犯人の名前だが、それから連想するのは昔のテレビ番組のひとつで、何故か不思議な響きと懐かしさが蘇ってくる。

ＡＨＯＵの生まれ育った尼崎の昭和三十年代頃の商店街の風景が一瞬、脳裏に鮮明に映し出された。実家の鮮魚店を含め、その周りには粗末な商店が多く軒を並べ、みんな貧乏だったがそれでもいきいき暮らしていた。

路地裏には必ずと言っていいほど駄菓子店が陳列台を出し、いつも子どもたちが二十円、三十円とかを握りしめ、狭い通路で群がり品定めをしていたものだ。

また少し離れた神崎川や武庫川まで出掛け、泳いだり、魚を突いたりしていた。

やがて高度経済成長期に入ると、海沿いに並ぶ工場の煙突からは煙が吐き出され、暮らし向きは少しずつ良くなっていったけれど、公害も発生し大きな社会問題になった。

それから国内総生産の二桁成長が続き、阪神電鉄や阪急電鉄の沿線には小奇麗な賃貸アパートやマンションが増えはじめ、ＪＲ福知山線（宝塚線）の猪名寺駅近くには大きなショッピングセンターが完成し、町が様変わりしてしまった。

滝川は大阪市内の生まれなので尼崎の様子は知らないが、テレビの〈てなもんや三度笠〉はよく観ていた。

「あの頃はみんなよく働き、ほんまにええ時代やったな」

その番組の内容は、全編コミカルな会話や駄洒落で進行し、時代劇ながらも風刺が効き、勧善懲悪な物語のなかに人生の機微を織りまぜ、毎回異なるゲストが登場し、持ち前の歌を披露したり、いろんな役に扮して芝居を演じたりするのだ。

驚くのは最高視聴率が六十パーセントを超えるお化け番組で、他局も対抗することができず、NHKさえも諦めざるをえなかったという。

AHOUは、もしかしたらと想像を広げてみる。

「このてなもんやという言葉ですが、今の若者なんかほとんど使わないと違いますか。わたしは尼崎の出身ですが、大阪に来てからも聞いたことがありません」

ほーっ？　滝川も身辺を思い返してみる。

「そう言われれば、久々に聞く言葉でんな」

「犯人のミスかどうかわかりませんが、若い者ではないような気がしますね。それとこのやすしという名前は、キャラの濃いあの横山やすしを想像させます」

「そうでんな、特に関西人にとっては忘れられない芸人になりまんな」

因みに、てなもんやという意味は、（というようなもの）となる。

「やすしというのはありふれた名前ですから、そんなに重要視しなくてもいいかもしれません。引っかかるのはこの匿名の名字のほうで、これを思いつくのはわたしらと同年代か、それに近い年齢の男のような気がします……」

「ほう、すると犯人は五十ぐらいから上ということでっか」

「大雑把に言えば、若い者ではないような気がします。それと何となくカミコウの内情を知り尽くしているようですね」

滝川は、この講師はなかなかの切れ者やと感心する。

「しかしでんな、犯人が学校内部の者でも困りまんな。これから身内の先生方を疑い、校内に波風を立てることには賛成でけまへん」

「ま、当然でしょう。でもビデオ撮影のことで脅しているのなら、学校関係者とか販売先の担当者しか知らないと違いますか。改めてお聞きしますが、五十代以上の先生はどれくらいいてはりますか」

「うーむ、どうでっしゃろ。事務員なんかを含めると半分近くは占めているのかな。後で調べてみまっせ」

全教職員は男女合わせて四十九名で、事務長と事務員二名はそれに入っていない。年齢構成で分類すれば二、三十代が多く、四十代はかなり少ない。

ＡＨＯＵは滝川が実直そうなので好感を持った。

「校長、はっきり言って手紙二通で犯人を捜し出すのは無理かもしれません。それにこの依頼を引き受けるにしても、わたしのような部外者が何度もカミコウを訪れると、犯人のほうも警戒してくるでしょう。むーん、そうですね、それではこうしましょう。何か肩書を貰えませんか。校内にいても違和感のない役職なんかがあれば、都合がいいのですが」

「ほとんどの先生方とは面識がない……」

「生活指導の帯谷《おびたに》先生とは五、六回ほど話をしたことがあります。ああ、それと就職コース担当の広川先生にも一度だけ会いました」

「それじゃあ、その線で関連付けて進路相談役というか、ああ、そうや、特別アドバイザーというのはどうでっしゃろ」

「それはいいですね。これなら校内にいても不審者には見られないかも……」

カミコウは工業高校なので、就職コースと進学コースに分かれている。生徒の進路相談特別アドバイザーなら、校内を遠慮なく歩き回れる。

ＡＨＯＵは、そこで壁のカレンダーに視線を移す。

「次の試合はいつになりますか。犯人は明後日の月曜日に金が振り込まれるのを待っているはずですから、こちらが何もしなければ翌日の火曜日に違う動きをすると思います」

「４回戦は同じ日の二十六日でんな」

高校野球大阪大会はシード校はなく、カミコウが栄光の優勝旗を持ち帰るためには八校に勝たなければならず、次の試合でちょうど半分消化したことになる。

「これまでの流れからすると、二十六日にはおそらく三千万を要求してくるでしょう。そのときは別の脅迫ネタを送りつけてくるかもしれませんせん」

「どんなネタだろうと、本校としては絶対に拒否しまんがな。そうか……土、日を除外すれば、一日当たり五百万の延滞料が発生していることになりまっせ」

「そういう見方もできますね。校長、決勝戦はいつごろになりそうですか」

「このまま何もなければ八月一日くらいに……。ですから先生、なるべく早く解決してもらいませんと……」

犯人がこちらを欺くために、後出しジャンケンのような怖いネタを用意しているならば、それを実行させないためにも期限はあまり残されていない。

「学校が警察に相談できない辛い事情もわかります」

「頼りにしてまっせ。それと先生、ぶしつけですが事件が解決したときの謝礼はどないしましょう。こちらも不勉強でその相場というものがまったくわかりまへん」

ＡＨＯＵだって心当たりがない。今回の相談の内容が、まさか学校を脅している犯人を捜すことだとは想像すらしていなかったからだ。

咄嗟に思いついたのは、犯人と格闘して負傷でもしたら、今後の生活にも支障が出るかもしれないという懸念だ。

「わたしも素人ですし、こちらが金額を提示するわけにもいきません。あ、そうだ、報酬のことよりわたしの悩みを聞いていただけませんか」

「ほう、先生が……、どんなことでっしゃろ」

ＡＨＯＵのその内容をかいつまんで話しはじめた。

今春の桜が咲く頃、十九歳の影山航太という若者が更生施設から出てきた。十七のときに大きな事件を起こし、そこに入っていたのだ。その後、家にも寄りつかず、友だちのところで寝泊まりしている。仕事もせずにぶらぶらしている毎日で、家族もさらに悪いことをしないかと心配をしている。

彼は豊中市にある服部《はっとり》公園近くの曽根《そね》の出身で、親は十三《じゅうそう》のハローワークなんかにも出かけ仕事を探しているが、前歴と不況のせいで雇ってくれるところもない。

「そこでですね、浪速金属機械の関連会社なんかで仕事がないか調べてもらえませんか。影山君は中学生の頃は穏やかな性格だったということですが、高校生の頃から荒れだし、親さえも手を焼くほどで、どうにもならなかったようです。今はもう反省しておとなしくしていますが、不良仲間と縁が切れず、また遊び回っているようなんです。もちろん弱虫塾に誘ったこともありますが、関心がないのか一度も訪ねて来たことがありません」

「親でなくてもそれは心配でんな。約束はでけまへんが探してみまっせ」

三月の東日本大震災で特に東北地方は甚大な被害を受けた。その復旧、復興が来年あたりから本格化し、雇用情勢は明るくなるとマスコミは報じていた。ただ、若者の仕事の好みはそれぞれ異なり、えてしてきつい仕事や汚い作業は敬遠される傾向にある。

「もし良い就職口が見つかれば、こちらも助かります。それに弱虫塾は今はＮＰＯが母体ですから、報酬の話は遠慮しておきます」

滝川は恐縮しつつ、内心ではほくそ笑んでいた。

「では、この件をお引受いただくことにして、早速広川先生に連絡しときまっせ。ぼちぼち求人票が届きはじめる時期ですから、何かええ情報があるかもしれまへんな」

就職を希望する三年生は、七月になると急に慌ただしくなる。校内での進路説明会や就職面接講座、あるいは保護者を交えた三者懇談会も随時開催されるのだ。

カミコウの卒業生のうち四割は就職する。しかし、昨今は就職氷河期と表現されるように求人票はなかなか集まらず、就職コースを世話している広川先生の悩みも尽きない。

とはいえカミコウは他校にない強みがある。バックに浪速金属機械の関連会社が多く存在するので、生徒の卒業時には八割が就職先を確保しているのだ。

ここ四、五年の府内の高卒の就職内定率は七割を超えることは稀で、この数字から比較すればカミコウは群を抜いている。

滝川は話がまとまったので気分がいい。

「ところでうちの北島弘司は学校に戻ってくる可能性はありまっか。難しい年頃ですから先生も大変でしょうが、よろしく頼みまっせ。それではこの件はくれぐれも他言無用ということでお願いします」

腰をあげるとデスクに戻り、パソコンを操作する。

職員名簿から五十代以上の教諭を二十二名抜き出し、それをプリントアウトする。そして例の脅迫状二通といっしょにＡＨＯＵに手渡した。

「何か手掛かりになるかもしれまへんから……」

ＡＨＯＵはそれをポケットにしまい、自身のケータイ番号を教えてから学校を後にした。

滝川は窓辺に歩み寄り、通用口を抜けるその後ろ姿を見て、一言呟いた。

「打ってつけの男やな。金にガツガツしないところがいい……」


ＡＨＯＵはカミコウを出て、地下鉄なんば駅に行き、電車に乗った。

滝川校長の依頼を引き受けたのはいいが、犯人捜しは初めてなので、やや後悔していた。探偵のノウハウなんか、まったく何も知らない。

電車はほどなくして梅田駅に着き、改札口を出ると、梅田地下街を抜けて茶屋町への道を急ぐ。

今日授業の担当でもないのに弱虫塾に立ち寄ったのは、東北にボランティアを派遣する打ち合わせがあるからだ。

午後六時前に、弱虫塾の昼間コースを担当している講師二名と事務員、それとＡＨＯＵとサプリ先生、さらに北区のボランティアセンターのスタッフが集まった。

まず初めにスタッフからボランティア活動の現状報告があった。

大阪市からの派遣は月二回で、七月分の募集は終了しており、八月分の締め切りはこの月末だそうだ。

仕事の内容は、テレビなどで放映されているように路地や家屋の土砂や瓦礫の撤去だ。もちろんその他にも現場の状況によって、焚き出しや家財の洗浄など雑多な作業もある。

ボランティアは基本的に自給自足なので、用意したバスには四、五日分の食料や日用品などを積んで向かう。またスコップや長靴などは区のボランティア協会が市内から調達するようだ。

次にスタッフからボランティア活動保険の契約書の記入方法の説明があった。塾では二十枚ほど貰ったが、どれだけの生徒が参加してくれるのか全然わからない。

ついでながら関西の行政機関では、関西広域連合（大阪府、京都府、兵庫県、滋賀県、和歌山県、徳島県、鳥取県などが発足当初から参加し、後に大阪市、堺市、京都市、神戸市が加入）の各自治体を東北被災三県（岩手県、宮城県、福島県）に割り当て、該当する県に職員を派遣している。従ってその他のいろんなボランティアは、派遣要請を受けてからその地へ向かうのだ。ある程度の協調性や体力が求められるのは言うまでもない。

ＡＨＯＵの狙いは、弱虫塾の生徒の意識改革で、自分を見つめなおし、視野を広げ、独り立ちしてもらいたいのだ。便乗してでも立ち直ってくれれば、参加する意義はある。

弱虫塾では、八月初旬の一陣にはサプリ先生が引率することに決まり、ＡＨＯＵは下旬の担当になった。その打ち合わせが終わったのは午後七時前だった。

吹田市豊津のアパートに帰るには、阪急電車が便利だ。豊津駅から府道を越え、坂道を下がって少し進んだところにある古い建物なので、通勤していても疲労感はない。

今日はいつもの道順は採らず、地下鉄御堂筋線を利用し、江坂駅まで行き、そこから歩くことにした。この駅からだと東方向へ十五分ほどかかるが、駅前に東急ハンズがあるので寄り道することにしたのだ。

地下鉄御堂筋線は大阪市中心部から梅田を通って北上し、中津を過ぎると地上部へ出て淀川を越え、新大阪などを経て江坂駅までだ。さらにこの駅からは経営形態が代わって北大阪急行となり、豊中市の千里中央駅が終点となっている。

この江坂駅が完成したときは、周囲にはまだ畑や田んぼが多く点在し、民家や低いビルしかなく、今でも広芝とか穂波、金田とかの地名が残っている。

一九七〇年のアジア初の万国博の開催や、千里ニュータウンなどの大規模開発によって爆発的に発展し、この大動脈の沿線にはマンションなどが無数に建ちはじめた。さらに駅前に東急ハンズが進出してくると、ビジネスホテルや雑居ビルなどが林立し、それに誘発されるように飲食店やパチンコ店などが軒を並べ、夜にはネオンの花も咲くようになった。

尚、北大阪急行の千里中央駅からは大阪モノレールに乗り換えることもでき、西進すれば大阪空港（伊丹）へ、東進すれば淀川を越えて地下鉄谷町線の大日《だいにち》へと接続している。

江坂で思い出すのは、ＡＨＯＵが中学生のとき、テニスに興味を持つきっかけとなった場所で、この駅から西方向へ十分ほど歩いたところにある江坂テニスセンターだ。

これはアメニティ江坂という施設のなかにある。他にもゴルフ練習場、野球場あるいは美術館やレストランなども配置され、結婚式を挙げることもできる。

ＡＨＯＵが、たまたま友だちも遊びに行っていたとき、プロのテニスプレイヤーが練習試合をしているのを観て、強い刺激を受けたのだ。

ただ家庭の事情からラケットなどは中古で我慢せざるを得なかった。

江坂駅に着き、西側の階段を降りて、すぐ側の東急ハンズに入る。今回の震災のボランティアがらみで、防災用品や保存食品などを見て回ったが、購入まではしなかった。

その後、再び駅の北口に進み、連絡橋を渡って隣接するビルに入る。駅を挟む形で東西に高いビルがあり、これを総称して門松ビルと呼ぶこともある。地方の銀行や企業保険会社などが入居し、過去にはあのダイエーの本社機能も置かれていた。

夕刻でも外は明るく、気だるい暑さも漂い、体が自然と涼しい場所を求める。

そのビルから出ると、ポプラ並木が伸びる江坂公園の北を進み、マンションなどが密集している道を抜けながらアパートに向かう。この道は普段はあまり通らないので、建物と建物の間に緑の畑が残っていたりすると、神聖な感じがする。

しばらく大小のビルや文化住宅などが続き、小奇麗な喫茶店が見えてきた。

そこへ入ると冷房がよく効いていて、汗がすーっと引いていく。店内には三組のカップルがいて、それぞれが顔を寄せ合い会話を楽しんでいた。

ＡＨＯＵは入り口近くの席に着く。ウェイトレスにコーヒーを注文し、傍らのマガジンラックからスポーツ新聞を抜き出し、一面の記事を注視する。

昨夜のナゴヤドームでのオールスター第一戦を報じており、セリーグが９対４でパリーグを降《くだ》していた。今日の第二戦は千葉のＱＶＣマリーンフィールドのデーゲームで、この時間だと試合は終わっているはずだ。次のページを開くとペナントレース後半戦を予想していた。阪神タイガースは首位のヤクルトとは僅差で追いかけているから逆転もできる、と大文字が踊っていた。

ほどなくしてウェイトレスがコーヒーを運んできた。それをテーブルに置くと、新聞のほうへちらっと視線を移した。

「お待たせしました。あれ、お客さま、根っからの阪神ファンなんですか」

ＡＨＯＵは顔を上げた。

「いや、ファンやないけどみんなと話を合わせるためにね」

ウェイトレスはにっこりして、トレイを腰の前で抱え、話しかけてきた。

「地元はどうしてもそうなりますよね。そうやっていつかファンになってしまうんです。あの話は変わりますけど、わたし新聞や週刊誌なんかのクロスワードパズルをやっているんです。

そのなかにワープロ（コンピュータで文章を入力、編集、印刷できるシステム、いわゆるワープロ専用機のこと）という言葉が出てきたんです。それって何なんですか？」

「へえーっ、ワープロ知らんか。あれは手軽に文章なんか書いたりするのに便利でな、今のパソコンによく似ているんや。そーか、君なんか若いから知らんのも無理ないな」

ありがとうございました。ウェイトレスはお礼を言ってから持ち場に帰っていく。

そこで三十分ほど涼み、外に出る。相変わらず蒸し暑い。

十分ほど歩くと豊津駅前だ。電車の踏み切りを越えるとコンビニがある。そこで冷麺とツナのおにぎりを購入し、府道を横切ってから坂道を下るとアパートに着いた。

部屋に入ると蛍光灯を点ける。そのとき、意識の底に残っていたワープロという言葉が突然跳ね上がった。

「ひょっとすると、あの脅迫状、ワープロで作ったのかも！」

九章　印刷方式

ＡＨＯＵの全身が一瞬、カッと熱くなった。咄嗟にズボンの後ろポケットを探る。

滝川校長から預かった二通の封書と教職員名簿の用紙を取り出す。

汗が急に吹き出したので窓を開け、すぐに扇風機を回す。

ちゃぶ台の上に手紙と教職員名簿の用紙と並べ、文字を比較してみた。

やっぱりそうや、こっちはワープロや！

明らかに脅迫状の文字と校長がプリントアウトしたＡ４用紙のそれは異なっていた。

脅迫状の文字は太くて、印字が濃い。

ＡＨＯＵは机の抽斗から拡大鏡を取り出してきて、詳細にそれらを観察してみる。

「やっぱり違いはわかるな……」

中学校の教員時代、ワープロを使っていた経験から自信はある。

これを作成した犯人はまだワープロを使っているんや。

ワープロはかなり前から生産中止になっているのでたぶん中古か、これまで長年使いつづけている物だろう。犯人はカミコウの教職員に絞ってもいいのではないか。

夕食の冷麺を食べる前に、校長の滝川に電話をすることにした。

ケータイを開き、学校でもらった彼の名刺を出し、森之宮の自宅の番号を押す。電話には妻君が出て本人は留守だった。次いでカミコウのほうにもつないでみたがそこにもいなかった。

その頃、滝川はゴルフ仲間でもあり、カミコウ野球部ＯＢ会の会長でもある山藤隆治とミナミのレストランで会食をしていたのだ。

山藤会長は六十過ぎの恰幅のいい元プロ野球選手で、いろんな方面に顔が利く。土曜日の夕方なので滝川のほうから誘った。食事の間は今日の野球の３回戦で勝利したので話も弾み、併せて昨秋の大阪府大会の優勝とそれに続く近畿大会での準優勝、さらに明治神宮野球大会での準優勝などを振り返った。

今年のチームは甲子園出場がほぼ確実だと言われている。当然の段取りとして派遣費用の集め方とそのおおまかな目標額を話し合っておかなければならない。最大の後援会は何と言っても浪速金属機械グループになるが、その他にも卒業生や地元の商工会の力も借りて、保護者にはなるべく負担がかからないように前もって調整しておく必要があった。

山藤会長もそれを心得ていて、食事がいくらか進んだ頃、目標額を提示してくれた。

「ＯＢ会が協力するのは当たり前や、まあ、二十万くらいはいけるやろ」

滝川は、すんまへんなと笑顔を返し、グラスにビールを注ぐ。

やがて食事が済むと彼のレシートを握り、何度も感謝の言葉を繰り返す。

その後、滝川が森之宮の自宅に戻ると、細君が待ち構えていて、弱虫塾の先生から電話があったことを知らされた。

何やろな……。腕時計を見ると午後九時を回っていた。滝川はすぐに受話器を取った。

微かに胸騒ぎがしたけれど、先生の説明を聞いてその熱心さに驚かされた。

「あの手紙がワープロで作られていたんでっか?」

――教職員のなかには、まだ使っておられる方がいてますよね。

「それがでんな、校内ではみんながパソコンで業務に当たっていまんねん。工業高校でっしゃろ、早くから導入してまんねん。家庭ではどうか知りまへんけど……」

――普通の考え方をすれば、校内で脅迫状を作ることは無理かな。

「もし誰かが家であれを書いたとしても、先生方一人ひとりにワープロを持っているか訊ねるわけにもいかへんし、それに持っていないと嘘をつかれたら、そこで行き止まりになりまっせ」

――犯人も警戒しているはずやから、そう簡単にはボロを出さないか。

「わたしも先生方を全面的に信用してますさかい。当てが外れたと違いまっか」

――念のために調べてもらえませんか。わたしは明日からリサイクルショップなんかを片っ端から捜してみるつもりです。よろしくお願いします。

そこで電話は切れた。

滝川は受話器を戻すと、一言唸った。

「素人探偵にしては出来すぎや」

翌日の日曜日の朝、ＡＨＯＵは九時前にアパートの大家さんから電話帳を借りてきて、中古のワープロを取り扱っているリサイクルショップに電話をかけてみることにした。

滝川から預かった教職員の名簿をちゃぶ台に置く。

先生方は五十歳以上に絞っている。全部で二十二名で、そのうち女性は九名だった。

今回の脅迫事件は女性が起こすとは考えられないので、初めから除外する。

該当者十三名を府県別に分けると、大阪府が八名、兵庫県が三名、奈良県が二名だ。

このなかの誰かが犯人ならばかなり追い詰めたことになり、それぞれの教職員が立ち寄りそうなリサイクルショップに一軒ずつ電話を入れてみた。

大阪府内では二十店ほどつないでみたが、年間の販売数は二台ほどでまったく話にならなかった。兵庫県と奈良県の分は電話帳がないので、弱虫塾の事務員に連絡をし、電話番号を入手したうえでかけてみたが、販売はゼロだった。

その都度、教員らしい不審な客はいなかったのか、あるいは修理依頼や得意先などの住所が残っていないなど聞き出そうとしたが、店員のほうはあまり乗ってこず、ある店では逆に薦められことがあった。

パソコンみたいにウィルスに感染することもないし、使い勝手の良さは抜群で今でも使っている者はいるらしい。

ＡＨＯＵの教員時代の記憶をたぐりよせると、当時はまだワープロ全盛だった。職員室の片隅にはインクリボンカセットの入った段ボール箱が、腰の高さぐらい積み上げてあった。確かそれは十箱ずつ詰め込まれていて、カセットはさらに小箱に入っていた。

ワープロで書類を作製する方法には、感熱紙を使う場合と普通紙にインクリボンで印刷する二通りがある。ただ、感熱紙を使用するときには欠点があった。印刷物を長く保存するには不向きで、時間が経過するに連れて印字が消えてしまうこともあり、あの頃はもっぱらインクリボンカセットのほうを多用していた。

リサイクルショップに関しては良い結果が得られなかったので考えを変え、インクリボンカセットを取り扱っていそうな大阪、兵庫、奈良の家電量販店にも電話をし、それを大量に購入している客がいないかを訊ねてみた。

年間にすると少しずつではあるが売れているらしい。しかし、購入者の名前までは残っていないという。

そして、改めてわかったことはインクリボンカセットも販売価格に上下があり、日本製の商品は一個九百円ほどだが、中国製の物は六百円ぐらいで手に入るようだ。

ＡＨＯＵはケータイを切ってため息をつく。

犯人に近づく情報を、何も得られなかった。

よく考えてみれば、犯人は中古のワープロでなくても昔から大事に使っていた物で、今回の脅迫状を作っていることだってある。

それに近くのリサイクルショップで購入しなくても、友だちから譲り受けたり、あるいはインターネットで遠方の店から取り寄せることもできるはずだ。

ワープロ本体やインクリボンから犯人に迫ろうとした方法は間違いではなかった。この他にも何か手掛かりがあるはずで、それを見つけなければカミコウはこの先窮地に追い込まれてしまう。

この時点で確実に言えることは、犯人はワープロを使っている五、六十代の男だ。


二十五日の月曜日の昼前、カミコウの校長室である。

応接ソファで対座しているのは、滝川と鶴本だった。

今日は野球の試合はなかった。明日の試合の相手が和泉市の泉州高専と決まっており、そんなに強いチームではないので、二人の顔にも余裕が感じられた。

今日の午後三時が二千万の振込期限となっているが、まったく意に介していないようだ。

鶴本は出勤すると直ちに、校内の掲示板に告知を貼りだした。

弱虫塾の鵜頭修平講師が本校の進路相談特別アドバイザーに就いたとの内容で、先生方には同じ文章をメールで送っておいた。

一時近くになって、鶴本だけ昼食を摂りに校舎から外に出た。

滝川は外の暑さを嫌って、近くの食堂に出前を注文した。

二十分ほどして、鶴本が帰ってきた。

彼が応接ソファに座るのを待って、滝川は待っていたように口を開いた。

「さっきな、弱虫塾の先生から電話があったんや。昨日と今日の午前中、リサイクルショップなんかを調べたそうやけど、収穫はなかったそうや。その代わりにな……」

「何かええアドバイスでもあったんでっか?」

「ま、ズバリ言えば直球勝負やな。先生の考えは十三名の男性教諭にそれぞれ電話してみたらというわけや。このほうが手っとり早いわな」

「でも、校長、今でもワープロを使っているかなんていくら何でも聞けまへんで。そうでっしゃろ? こちらの意図が知られてしまいまへんか」

「そこや、そこを悟られんように考えるのが、あの先生の凄いところや」

「どういうことでっしゃろ」

「つまりやな、誰かが文具メーカーの社員になってアンケートを装い、家庭でワープロをまだ使っているか聞いてみるんや。これなら電話口に家族の誰かが出ても、不審者とは勘繰られへんやろ」

「なるほど、ありそうな設定ですわな」

「そやろ。鶴本、ここは内緒の話になるが、あの先生は外面はあまりよくないやろ。でも頭のほうはなかなかのもんや。さすがは特別アドバイザーだけのことはある」

「同感ですな。では、これから電話をするわけでんな」

「今日出勤している先生方に直接訊ねるわけにはいかへんし、夏休みやから家にはたいてい誰かいてるやろ。相手が子どもでもええ。鶴本、今からおまえがかけるんや。いや待てよ、女のほうが警戒されなくてええかもしれへんな。嫁はんに任せてみたらどないや」

「えっ、わたしの女房に……」

　話が特急のように進んでいくので、鶴本は乗り遅れるところだった。何よりも女房は会社に勤めた経験もなく、ばれないように質問できるか不安のほうが先に生まれた。

　滝川はすぐにパソコンに向かう。それを操作しプリンターから一枚の紙を取り上げ、ボールペンで十三名の男性教師に印をつけた。塾の先生に手渡した物と同じ用紙である。

「嫁はん、家にいてるんやろ。文具メーカーの社員になったつもりで電話させるんや」

「女房は演技が下手でんねん……」

「本校の危機やいうのに断るんか。ええか、ちょっとぐらい慣れていないほうが、新入社員みたいで都合がええんや。それに鶴本、いつもわたしの女房は松坂慶子みたいにべっぴんやからって自慢しているやないかい。早ようやらんかい」

これとそれとは別やからと鶴本は断っていたが、滝川のごり押しに屈伏していた。

鶴本はその用紙を受け取ると、受話器を外し、自宅の電話番号を押した。

女房が出たので、詳しいことは帰ってから話すと伝え、そのやり方を指南した。

「もしもし、いきなり電話して申し訳ありません。わたしは文具メーカーのココヨの営業の者なんですけど、ただいまワープロに関してアンケートを実施しております」

出だしの例を伝え、これは今も使用しているかどうかを聞き出せばいいので、そんなに難しくないと女房を説得し、それをやらせた。それから十五分ほど経って返答があった。

該当者の十三名の家では、誰もワープロを使っていないという惨めな結果になった。

それを聞いて滝川は、つるつるの頭を掻いた。

「まあな、こういうことはすんなりとはいかないもんや」

鶴本も良いアイデアと思っていただけにため息をつく。

「犯人が一枚上手ということでっか」

「どうやろ。犯人が先の先を読んでいるなら、ワープロを持っていないと答えるわな。でも、家族にまでそれを徹底しているなんてでけへんはずや。金が絡んでいるからな」

「明日はおそらく三千万要求してきまっせ」

「これまでのように無視することや……。そうや、座っている場合やあらへんな、ちょっと出てくるで」

「どちらへ……」

「銀行や。どれくらい融通できるか、話を聞いといたほうがええやろ」

「校長？」

「もしものことがあるやろ。学校に支店長を呼びつけるわけにもいかへんし、それに実際に金を借りるとなると、事務長にも入ってもらわなあかんしな」

本校の事務長には、今回の事件の内容を伝えていない。

銀行との話がまとまれば、契約の際は彼が手続きをするのだ。

滝川は早速デスクの受話器を取り上げると、関西商都銀行難波支店の支店長につなぎ、学校近くの喫茶店に来るよう伝えた。そして校長室から出ていくとき、鶴本に次のように指示した。

「先生に電話しといてや。該当している十三人の先生方は、誰もワープロを持っていないってな」

滝川がドアの外に消えると、鶴本は豊津の先生に連絡した。

豊津の古びたアパートで、ＡＨＯＵは扇風機の生温い風に当たっていた。

ちゃぶ台の上のケータイに着信があったので、すぐに出てみる。

かけてきたのは鶴本で、残念な知らせだった。犯人と疑っている十三人の教職員はみなワープロを持っていないという。

ＡＨＯＵとしてはかなり自信のある作戦だったので、ショックは大きかった。

ふりだしに戻ってしまったが、それでも事件を投げ出すわけにはいかなかった。

その日の晩は弱虫塾で授業があった。

登校した八名は全員男子だったので、教室はいつもの華やかさが欠け、気のせいか蛍光灯も暗い。

北島弘司はいつもの後ろの席に座り、その前にドンチ、葬儀屋、モント、そして最前列には伸ちゃん、タライ・ラマ、トミやん、若旦那が並んだ。

今晩はいつもの授業と違い、全員にボールペンと紙を配り、両親宛に手紙を書かせることにした。

ところがほとんどの生徒が、何を書いていいのか頭を悩ませていた。

そこで感謝していることとか、それが駄目なら不満でもいいからなどとアドバイスする。

親には絶対に見せへんからというと、それぞれがボールペンを動かしはじめた。

みんなが書きおえるとそれを回収して、ざっと目を通す。

要約すれば、いつまでも子ども扱いをする。兄弟で可愛がり方が違う。小遣いが少ない。親は自分が都合が悪くなるとはぐらかす。期待されても勉強が嫌いだ。

また、的を外れた内容もあった。友だちのM君は金を貸してやったのに全然返してくれない。

いつもいじめてくるT君に仕返しをしてやりたいが、勇気がない。

筆跡からすると、どうも葬儀屋とトミやんのようだ。特にトミやんのほうは普段の言動から照らし合わせても実行する性格ではないので、心配はしていない。

ＡＨＯＵの狙いは、生徒の不満や不安などを把握するとともに、二週間ほど経ってから、それを本人に返し、その反応を確かめることだ。これは生徒が客観的に自分という存在を認識し、そのうえで反省したり、向上心があることをわからせるためだ。

次にそれぞれの家庭の環境は異なるので、自分の家が他のところよりも劣っていたり、また金銭的に恵まれなくても落ち込まなくてもいい。隣の家が立派に見え、家族が幸せそうにしていても、何か問題を抱えているのが普通なのだ。同じ人間がいないように劣等感や貧富の差で自分の境遇を恨んでいても、それを乗り越えなければ進歩がない。

授業も終わりに近づき、八月に東北のほうにボランティアに参加するドンチ、トミやん、若旦那にボランティア活動保険の契約書を手渡し、記入する注意点を教えた。

そして明後日の塾外授業は阪神野田駅前で実施することを伝え、授業は終了した。

塾から出るとき、思いついたことがあり、北島弘司を呼び止め、喫茶店に誘った。

店内の角の席に座り、ウェイトレスにコーヒーとコーラを注文した。

まずＡＨＯＵはカミコウの進路相談特別アドバイザーに就いたことを話し、就職する気はないのか尋ねた。

迷っているんじゃやけん、と北島弘司は水を半分ほど飲み込んだ。

ＡＨＯＵは窓の外にネオンが溢れている往来をちらっと眺めてから、

「夏休みが終わるまでには、進路を決めたほうがええ。わかっていると思うけど、出席日数が足りんと卒業も難しいんや……」

北島弘司は押し黙ってしまった。そこで話題を変えてみる。

「噂を耳にしたんやけどな、誰かが校内でエッチなビデオを撮っているんやて？」

途端に北島弘司の顔は硬直した。

「先生、まずいすよ。おれは関わりたくないけん……」

その声もいくらか裏返り、とても元暴走族のリーダーとは見えなかった。

ウェイトレスがコーヒーとコーラを運んできてテーブルに置いて立ち去った。

ＡＨＯＵは例の犯人につながる小さな手掛かりでもあればと思い、

「それじゃあひとつだけ教えてくれないか。校長や副校長はどうなんや？」

どうかな、と北島弘司はちょっと考え、コーラに手を伸ばす。

「先生もカミコウのことには首を突っ込まないほうがええんじゃ。知らないほうがええ場合もあるけん」

コーラを半分ぐらい飲むと、急によそよそしくなってしまった。

「明日は野球の試合があるんやろ。せめて応援に行ったらどないや」

このように薦めてみたがハッキリした返事ももらえず、二人は喫茶店で別れた。

ＡＨＯＵは阪急梅田駅に向かう。

いつもの帰宅順路を辿り、茶屋町側の駅の階段を上がる。

午後九時半を過ぎているのに、駅構内も電車内も乗客でごった返していた。

特に若いカップルの浴衣姿が目立ち、どの顔にも夏と青春の輝きが満ちていた。

ふと、今日の日にちを思い返してみると、天神祭りだと気づいた。

今晩の授業に女子生徒の顔がなかった理由が、この時わかった。

京都行きの急行に乗り、途中で淡路駅で下車する。普通の北千里行きを待つ。

プラットホームも混雑していた。そのなかに四人ほどの高校生のグループがいて、志望校や模擬テストの話をしていた。しばらくして話題が意外なほうへ移った。

そのうちの一人が、歴史上の人名を口にしたのだ。

「おれは今まで、丹羽長秀《にわながひで》のことをたんばながひでと思っていたんや」

「ほんまに？　でも昔の人名は読み方が難しいからな。特に武将なんかはだいたい二、三個の名前を持っていたから、きっと先祖はいっしょだったかもな」

「そうそう、幼少期と大人では元服を迎えてから、まったく変わってしまうし……」

「徳川家康も松平やし、官位で呼ぶ場合もあるからややこしいんやな」

「出世なんかで名前が変わるのがおもろいな。今は生まれてから死ぬまで、男やったらたいてい同じ名前やろ。芸人や作家などはあくまでも仕事の上で使っているだけや」

今日のテストが歴史だったのかわからないが、このなかに歴女ならぬ歴男が混ざっているように思える。この時期、進学を希望する生徒は連日、模擬テストと格闘するのだ。

この淡路駅は大規模な高架化工事が進行中である。駅の南側に延びる商店街との境界は白い鉄板で仕切ってあった。

その白い壁を見つめてたとき、ふっと問題用紙が浮かんだ。

そうや！

例の犯人がカミコウの先生なら、問題を作るとき、自宅のワープロを使っているな。

自分の教師時代を振り返っても、中間テストや期末テストの問題は自宅で一部作って、学校でコピー機を借りて、生徒の人数分を揃えていた。

千里方面への電車が到着したので乗車した。十分ほどで豊津駅に着いた。ホームの隅のほうに寄り、焦る気持ちを抑えながらケータイを取り出し、滝川にかけてみた。

相手が出たので、期末テストの問題用紙が残っていたら集めてもらえないかと頼んだ。

その文字が脅迫状と同じなら、すぐに犯人を炙りだせる。

ところが意外なことに、滝川の反応は鈍かった。

本校の先生をまだ疑っていまんのか、と不快な声が受話器のなかで響く。

昼間、十三人の先生を調べ上げ、ワープロを持っている者はいないとわかったからだ。

先生が熱心に犯人捜しをしているのを逆らいたくないが、身内から出そうにないので安堵していたのだ。

――いちおう集めてみますけど、期待外れになると思いまっせ。

明らかに滝川はいらついていた。

ＡＨＯＵのほうは自分の考えを貫き通すしかなく、明日十時頃に学校を訪問したいと伝えケータイをオフにした。


二十六日の火曜日、午前九時過ぎにカミコウに速達が届いた。

それはてなもんややすしからだった。昨日は二千万を振り込んでいないので、おそらく別のネタを突きつけてくる、と滝川と鶴本は予想していた。

この速達が配達されるまで、二人は手分けして期末テストの問題用紙を集め、素人探偵が到着するのを待ち構えていた。

滝川は脅迫状の中身が過激になっていないことを祈り、鋏でその封を切った。

『カミコウのアホどもへ。月曜日に二千万振り込まなかったのはどういうわけや。ええか、こっちは本気なんやぞ。明日午後三時までに三千万振り込まなかったら、同封の写真を同じような時刻にネットに載せるからな。これから益々おもろいことになるやろ。ホームページは画像投稿サイト〈写ビオ〉といううんや。若杉先生によろしく』

これまでの二通の脅迫状とはまったく異なり、脅すネタを写真に変更し、具体的に学校の弱みを衝いてきたのだ。

滝川は手紙を鶴本に手渡し、封筒の口を広げ、恐る恐る一枚の写真を取り出す。

「どういうこっちゃ、こんなことあるか……」

それに写っていたのは上半身裸の若い女性だった。ベッドのなかでにこやかな表情をたたえ横になっていて、臍から下は白いシーツで被われていた。

後ろの壁面には抽象画みたいな絵が掛かり、傍の豪華なスタンドライトが柔らかな光で彼女を包み込み、サイドテーブルには飲みかけのグラスが置いてある。

鶴本も脅迫状に目を通してから、その写真を受け取り覗き込む。

「どこかのラブホテルみたいでんな。しかし、この女、メガネはしてませんし、髪形も変えているようですが、紛れもなく若杉先生でっせ」

何故写真なんや、と滝川は混乱していた。

「それに〈写ビオ〉なんて聞いたこともないな。どないする？」

「取り敢えず塾の先生に連絡だけでも……」

「そやな、こっちに向かっている頃やな」

滝川は受話器を外し、相手の番号をプッシュボタンでつなげる。

先生が出たので、手紙の内容を伝えた。

——まさか、写真ですか。ＤＶＤではなかったんですね。

「どちらも脅しのネタになりまんな」

――すると、裏ビデオの件はカマをかけたのかな。それにしてもその写真は本当にカミコウの先生なんですか？

「これから確認しようと思ってまんねん。でも、間違いおまへんな」

――そうですか、弱りましたね。犯人は小出しにして楽しんでいるみたいですね。それと頼んでいた問題用紙の件ですが、どのくらい集まりました？

「その点は大丈夫でっせ。かなり残ってましたさかい……」

――期待できますね、それでは後ほど……。

滝川は受話器を戻す。そして送られてきた写真をデスクに置いておくわけにもいかず、封筒にしまった。

十章　美人教師

鶴本はデスクの上の封筒を裏返しにしてから、

「校長、今度の住所は、大阪市北区曾根崎××××となっていまっせ」

滝川はそれを睨みつけ、恨みを込めて言った。

「ふん、どうせ、でたらめの住所やろ。しかし、ついに来《く》る物が来《き》てもうたな」

やや呑気に構えていたのは鶴本も同じで、

「まさかそれがエッチな写真やなんて……」

「いっぺんサイトを見てみたろか……。〈写ビオ〉やな」

デスクのパソコンを立ち上げ、そのサイトを開いてみる。

それは普通のサイトと変わりなく、画像の他にも動画も見られるようになっていた。

画像をクリックしてみると、さまざまなカテゴリーにまとめられた投稿画像が並び、気に入れば一枚からでも購入できる説明があった。

一口に画像と言ってもそれこそ切りがなく、自然の風景や可愛い動物あるいは電車や航空機、これら以外にも夜景や静物などを多岐にわたって網羅し、登録してダウンロードすればプリンターで印刷して取り出せるようだ。

一見、利用価値のないような写真でも出版関係者などにとっては使い方は無限大で、これらはすでに各種の広告や出版物のなかにも利用されている。

例をあげれば旅行代理店などが有名な観光地の特集を組んだとき、普通ならカメラマンと記者を現地に派遣し、穴場や食べ物などを事細かく取材する。だが、経費をかけないようにすればご当地の素晴らしい風景を撮った数枚をこのサイトで購入し、地元の人に電話取材をし名物や見所などを聞き出して編集すれば、折り込みの旅行チラシを作製できる。

また、スポーツ新聞や週刊誌などの編集者もこれらから転載でき、裸の女性の一部をモザイクなどで隠し、どこかの繁華街の写真をコラージュさせれば読者の興味は引きつけられ、風俗の情報などを書き足せば紙面としての体裁は整うのだ。

滝川は試しに検索する言葉を、〝裸の女性〟と打ち込んでみた。

画面が一瞬にして変わり、素人の被写体がそれこそいろんなポーズで無数に並んでいた。

「どないする？　ここに載せられたら、本校の名声はがた落ちやで……」

鶴本も改めて封筒を見つめなおし、別の懸念を口に出す。

「高瀬理事長に知られたら、かなりまずいことになりまっせ。何よりもこの写真の主を確かめることが大事でんな。えーと、今日は若杉先生は出勤していはりましたな」

「来てたやろ、朝見たで……」

夏休みであってもほとんどの先生方は出勤している。学科担任でさえ、補習や就職試験の個別指導に駆りだされ、またいろんな部活にも関与しているからだ。

それにこの後三時からは野球の4回戦もある。遅くとも試合開始の十分前には、生徒らとともに南港の中央公園野球場に集合していなければならない。

若杉先生はミスコンテストに出てもよいくらいのスタイルをしている。背も高く、豊かな黒髪はセミロングで額も広く、肌も白い。セルフレームメガネが知的な雰囲気を醸し出し、目には絶えず涼しげな光が満ちていて、物言いも柔らかい。
十五、六名の女性教職員のなかでは上位にくる美女で、尚かつ指導力にも優れ、校内でも人気はある。教科は国語を担当し、部活では吹奏楽部の顧問だ。
鶴本は、当人をこの校長室に呼んでもいいものか、ちょっと考えた。

その心遣いは校長の滝川だって同じだ。パソコンを閉じると、

「ここでイヤらしい話はでけへんな」

この部屋の壁の上部には、額縁に入った歴代の校長が七名並び、一点の曇りもない穏やかな目つきで室内を見下ろしているのだ。

鶴本は何を隠そう、若杉先生の大ファンだ。

「誰か来るかもしれまへんから、外で話をしはったらどないでっか。喫茶店かどこか……いや、それもまずいか。そうや、カラオケがええのと違いまっか」

「ほんまやな、ヤバい話には打ってつけや」

カミコウから南へ二百メートルほど離れた国道脇に、そのカラオケ店はあった。

「ついでに世直し先生と合流したらどないです」

「そやな、ちょうどええタイミングや、電話しとこか……」

滝川はすぐに受話器を外し、彼につないだ。受話器から電車の走行音が流れてきたので移動中らしい。落ち合う場所をカラオケ店に変えたことと場所を伝えた。

先生からは、頼んでいた期末テストの用紙を持ってきてください、と返ってきた。

鶴本のほうは早速校長室を出て、他の先生に若杉弥生の居場所を聞き出した。

彼女は体育館で、明新高校のチアリーダーと本校の吹奏楽部の指導をしているという。

そこへ足を運び、若杉先生の背後からそっと近づき、校長から内々の話があるのでカラオケ店に行くよう伝え、その店名をささやいた。

若杉弥生はいきなりの命令に戸惑いながらも、断る立場ではなく素直に頷く。

鶴本はカメラのシャッターを切るように、彼女の上半身を目のなかに収め、あの写真の形のよい胸と重ね合わせていた。

本校の美人教師をランク付けすれば、英語を教えている内山さやかがトップになる。

若い男性教師や男子生徒などの憧れの存在だ。若杉弥生はその次になり、年配の教師などはこちらのほうが上だと評価し、鶴本もそのうちの一人だ。

若杉弥生は生徒らに用事ができたので自由に練習するように言い残し、体育館から出ると通用口を抜け、疑問を抱えたまま国道を南下し、カラオケ店に向かった。

カラオケボックス『歌ってドンドコ』内の一室である。

室内に入るとエアコンが効き、校長の滝川が一人、オレンジ色のソファで待ち構えていた。何か秘密めいた空気に支配されていた。テーブルの上にはA３サイズの水色の分厚い封筒とコーヒーカップが乗っていた。カラオケのマイクは隅に寄せてある。

「すんまへんな、若杉先生、お忙しいところを……」

若杉弥生はやや緊張しながら、滝川と向かい合う席に腰を下ろした。

「教職に就いて初めてですわ。校長とこんなところでお話するなんて」

日々の連絡は職員室で済む。それを学校から離れたカラオケ店まで呼びつけてするほどの内容なのか、まったく想像すらできないでいた。

「何か注文しはったらどないでっか」

若杉弥生は喉は渇いていないが、それよりもテーブルの水色の分厚い封筒が気になる。

「話は長くなるのでしょうか」

「そうでんな、校内で立ち話で済ませる内容ではおまへん」

若杉弥生は店員を呼び、ミックスジュースを注文した。

滝川は店員が出ていくとひとつ咳をして、実はもう一人ここに呼んでまんねんと打ち明けた。

彼は弱虫塾の講師で、鶴本と話し合って本校の進路相談特別アドバイザーに迎え入れたことを簡単に述べた。

若杉弥生は校内の掲示板やメールで、初めて鵜頭修平の名前を見た。その唐突さには不自然で納得できないが、校長の選任事項なのでことさら反対するわけにもいかない。

やがて店員が飲み物を運んできてテーブルの上に置き、どうぞごゆっくりと丁寧に一礼してドアの外に消えた。

滝川は世間話をして、塾の講師の到着を待った。

もしこのまま本校が野球の試合に勝ち進み甲子園に出場すれば、春の選抜と違って楽器演奏もあり、吹奏楽部と明新高校のチアリーダーとの息が合わなければ見栄えが良くない。

「若杉先生も何かと大変でしょうが、よろしく頼んまっせ。次にでんな、まことにぶしつけになるかも知れませんが、若杉先生は今、誰かとつきあっておられまっか」

恐縮しながら問う。あまり突っ込みすぎるとセクハラと勘違いされる恐れがあるが、今日ここに呼び出した目的を少しずつ明かそうとしていた。

本校の教師同士のつきあいは自由だ。だが、これまでの事件の経過から類推すれば、もしかしたら彼女の交際相手が犯人の可能性もあるので、質問しないわけにはいかない。

若杉先生の浮いた話はほとんど聞いたことがないので、その答えに興味が湧く。

彼女は素直に、隠す必要もありませんね、と口を開いた。

「市内の中学校に勤めておられる方です」

「ふむ、ま、それだけ綺麗やったら、いないほうが奇怪しい。失礼とは思いますが、相手の方の年齢を教えてもらえまへんやろか」

これが重要な意味を持つ。普通の男女関係から推し量れば、彼女が五十過ぎの年配者を相手に選ぶことはないだろう。

案の定、はっきりした返答があった。

「二十九です。わたしよりふたつ上の方です」

滝川は世間一般の見方をする。違和感はまったくない。しかし、二十代後半でも今回の犯人になろうと思えばなれるはずで、まだ疑念は消えたことにはならないのだ。

そのとき、ドアにノックの音が響いた。

滝川が、どうぞと返事をすると、塾の講師が登場した。

AHOUは若杉弥生に会釈をし、滝川の側に着席した。

若杉弥生は初老の男が二人並んだので惚《ほう》けた。

「カラオケに集まるメンバーにしては、何かチグハグな感じがしますね」

滝川も塾の先生がハンカチで首筋を拭くのを見て、苦笑いする。

「まあ、汗くさいおっさんが二人もいれば誰だって同席したくありまへんわな」

そこへ店員が入ってきたので、AHOUはコーヒーを注文し、それが届くと、しばらく遠慮してくださいと伝えた。

若杉弥生は直感した。カミコウに何か起きている！

二人ともカラオケのマイクにはまったく視線を向けないのだ。それにどう考えても、弱虫塾の講師がカミコウの就職内定率を上げるために雇われたとは思えない。

滝川は急くようにＡＨＯＵに言った。あの手紙を出してもらえまへんか、と催促し、それを受け取ると、若杉弥生のほうに向き直った。

「実はでんな、本校に重大な問題が持ち上がってまんねん……」

前置きに続き、本校が脅迫されていること、警察に相談できない理由、弱虫塾の先生に助太刀を頼むことになった経緯を述べた。そして今日まで調べ上げた事柄などから犯人をかなり絞り込み、五十代以上の本校関係者に限られることも伝えた。その他にも脅迫状はワープロで作られているみたいなので、それを手掛かりに捜し出そうしていると説明した。

若杉弥生の美しい目が、メガネの奥で開きっぱなしになっていた。

本校が脅されている？

その目が驚きと疑惑の混じり合った複雑な色へと変わっていく。一方ではこのカラオケ店に呼びつけられた理由を見つけようと、頭のなかは想像が駆けめぐっていた。

滝川はＡＨＯＵから返してもらった二通の手紙を、若杉弥生のほうへ差し出す。

「ひとまず、これに目を通してもらえまへんか」

若杉弥生は疑念をいっぱい抱えたままそれを受け取り、さっと黙読した。

感想を言わなければならないと思ったが、あまりにも衝撃的な内容で頭のなかが整理できなかった。

カミコウの校内で裏ビデオが撮影されていた？　学校が要求を断ったので脅迫する金が一千万から二千万に……。もしかしたらこれはオレオレ詐欺の学校版なの？

でも、校長がわたしをここに呼び出したのは、どういう理由なのか説明がない。

滝川は読心術でも会得しているかのように、Ａ３サイズの水色の封筒を開けた。

「わざわざ若杉先生に来てもろたのは、今日届いた三通目の脅迫状のことでんねん」

これまでの二通の手紙には、脅すネタとなる証拠がまったく書かれていないので本校も無視してきたが、今回はびっくりするような内容なので確認したいと続けた。

若杉弥生は滝川校長が刑事のように思え、少し緊張した。

でも、不信感はここに来たときからある。本校が重大な問題に直面しているのなら、直ちに全教職員を集めて適切な対応策を練るのが、危機管理のマニュアルではないのかしら。

おもむろにそれを受け取って読みおえた若杉弥生は、頭をぶん殴られたと錯覚した。

「え、どういうこと……」

本文の最後のほうに、自分の名前が書かれていることに疑念を持った。

明日、午後三時までに三千万振り込まなければ、わたしの写真をネットに載せるんですって！　人目に触れたらまずい写真なの？

対峙する滝川もＡＨＯＵも彼女の反応を窺う。ここで犯人につながる言葉が聞ければ、この後の野球の応援にも集中できるのだ。

若杉弥生は捨て鉢気味に言った。

「わたしには何のことなのか、全然身に覚えがありませんわ」

恋人とは一週間に一度デートをしているが、不倫などもしていないし、どこかで盗撮されたとしても、それが学校の脅しのネタになるとは思えない。

きょとんとしている若杉弥生に、滝川は同じ封筒から写真を一枚取り出し、

「どう見ても、この方は若杉先生でんな……」

刑事が犯人に証拠を示すように断言し、彼女の目の前にそれを差し出す。

若杉弥生はそれを受け取ると、じっくり観察する。

ところがどういうわけか、その美しい顔には驚きの表情は浮かばなかった。形の良い唇も閉じられたままである。

ＡＨＯＵはこのカラオケに来るまでの間、この事件は解決に向かうと読んでいた。むろん滝川にしても、気分は大阪府警捜査二課の部長刑事だった。

二人の思惑とは裏腹に、若杉弥生の美しい顔には奇妙な笑みが滲み出ていた。

どういうことやろ？　滝川は彼女の反応に戸惑う。

ＡＨＯＵも同じく、フルフレームのメガネに吸いよせられたままだ。

若杉弥生は、その写真を滝川に返し、声を軽やかに弾ませた。

「ふふ、よくできていますけど、これはわたしではありません」

写真は滝川からＡＨＯＵの手に渡る。

「こんなに似ていたら、否定はできないでしょう」

滝川は、もしかしたらパソコンで取り入れて修正した物なのかと想像する。

「若杉先生、本校関係者がこれを見たら、みんな先生だと思いまっせ」

ＡＨＯＵは核心に迫りたい。

「女性の人は髪形を変えるだけでも、印象ががらりと変わります……。ですから、そのメガネを外し、この写真の女性の髪形になれば、誰が見ても若杉先生になりますよね」

ベッドの上の女性の髪は少し栗色がかっており全体に短くまとまっていた。前髪にしても額の上部の右半分を隠すように垂れていた。

滝川は一安心するが、まだ疑念は残っている。

「若杉先生、犯人が誰かよく似た女を見つけてきて、今回の脅迫に使うなんて考えられまへん。ですから、ここではっきりと別人であることを証明していただかないと……」

若杉弥生は明快に返答した。

「これは妹です。ふたつ年下のあやめです」

滝川は彼女を直視する。

「妹さん？　ほんまでっか……」

側のＡＨＯＵも、まさか、と意外な展開にびっくりした。

若杉弥生は写真の正体を告げてすっきりしていた。

「小さい頃から、わたしとあやめはよく似ていると言われてきました」

これだけそっくりなら、時には間違いも起きるだろう。

滝川は若杉弥生に妹がいるのはわかっていたが、実際に顔を見たことはなかった。

若杉弥生は遠慮がちに説明する。妹は市営地下鉄心斎橋駅近くの高級ブティック店に勤めていて、生来から行動力があり、男性関係も派手だった。噂によれば二股のときもあったらしく、こんな写真が出回っても不思議ではないそうだ。

ＡＨＯＵはその写真を滝川に返し、

「もし、それが事実なら、だいぶん犯人に近づいたことになりますね。妹さんが今つきあっている相手の可能性もあるし、元彼かもしれない」

この写真を撮った誰かが、若杉姉妹の顔をよく知っていて、それを脅迫のネタに使ったのだ。

それを若杉弥生に質すと、妹の交遊関係までは詳しく知らないと答えた。

妹は大学卒業の後、住吉区我孫子《あびこ》の実家を出て、しばらく安いアパートに入っていたが、現在は阿倍野のあるマンションに移っているようで、お互い干渉しないと約束していた。

「月によっては、その相手が替わっているそうですから一筋縄ではいかないでしょうね」

学生時代を含めると、十数人と関係を持っていたらしい。いくら姉とはいえ、心配だからといって詮索するわけにもいかず、これまで放っておいたのだ。

滝川はここで、AHOUが発見した脅迫状の特徴を持ち出す。

「犯人はこれまでの手紙をワープロで作ったようなんです。先生の知り合いとか妹さんがつきあっている誰かが、今でもそれを使っているなんて話を聞いたことはおまへんか？」

若杉弥生は怪訝な顔つきとなり、ワープロですかと繰り返す。

「久しぶりに聞きました。それに妹は、つきあっている相手や元彼のことはほとんどわたしにはしゃべりません」

妹の恋愛事情は、学生時代の友だちから仕入れているそうで、この分だと姉妹の関係はうまくいっていないようだ。

AHOUは立ちはだかっている壁を一気に突き崩したい。

「こんなへぼな脅迫状で学校が金を払うことはありません。そうですね、校長」

「当たり前でんがな。それに大金でっせ」

若杉弥生はまだ、いくつかの疑問を持っていた。

「そうは言っても、明日の午後三時までが期限なんでしょう。それを過ぎてしまうと、この写真がネットに載ってしまいますよね」

滝川は苦虫を噛み砕く。

「若杉先生ではないので、無視することにしまっせ」

その写真を水色の封筒にしまう。

ＡＨＯＵが、実名や学校名が公表されると、その影響が悪いほうに広がりはじめ、収拾がつかなくなることを付け足す。

「若杉先生、こうなってしまったからにはやることはひとつ。妹さんに事情を聞くことです。良ければわたしが話をつけましょう。連絡してもらえませんか」

滝川も強く頷く。

「そうするのが賢明でんな。妹さんから、この写真を撮られた経緯や相手の素性なりを聞き出せば、事件は解決できるかもしれまへん」

若杉弥生はしばし考えて、テーブルのジュースに手を伸ばし、一口飲む。

「わたしも放っておくわけにもいきませんし、最悪の場合も考えられますから、連絡してみますけど」

ＡＨＯＵとしては、送られてきた写真を手掛かりに、ここから突破口を開き、一歩でも二歩でも犯人に迫りたい。

滝川の思いも同じだ。

「若杉先生、今思いつきましたんですけど、妹さんが本校の先生とつきあっていたことはおまへんか？」

先生の同僚を紹介している例もあるかもしれない。もし教職員の誰かであれば、現在の学校の裏事情なども熟知しているはずで、これまでの脅迫状も簡単に作成できる。

若杉弥生は、そこまではわかりません、と口をつぐんだ。

ＡＨＯＵはこれまでの推理に自信を持っていたが、

「わたしは、今回の犯人を五十代以上の教職員の誰かと決めつけていました。どうも早とちりしたようです。それと校長、期末テストの問題用紙のことです」

ああ、そうでんな、と滝川は持参した封筒からそれらを取り出す。

ＡＨＯＵはテーブルの上を片付け、ほどよい空きを作る。

若杉弥生は黙って、その様子を見つめていた。

滝川の思いは、脅迫状と問題用紙の文字が一致しないことだ。

「鶴本と手分けして、出来る限り集めたつもりでっせ。年齢は度外視してまんねん」

テーブルの上に広げられたそれは、ざっと二十枚は越えていた。

ＡＨＯＵと滝川は、それらの一枚ずつを脅迫状の文字と見比べ、文字の太さや癖が似ていないか、念入りに確認していった。

「どうも、当てが外れたみたいでんな……」

三分ほどの時間を費やして、音をあげたのは滝川だった。

いずれの問題用紙の文字も脅迫状と比較してかなり緻密で、明らかに時代の差を反映していた。現在のパソコンとプリンターの性能は、ワープロの比ではない。

ＡＨＯＵもそれを認めた。若杉弥生のほうに視線を移す。

「こうなったら妹さんに直接お会いして、写真を撮られた経緯を聞くしかありませんね。先生もそのほうがいいでしょう」

若杉弥生もできるだけ早く真相を知りたい。

「でも、あやめはどうかしら……」

妹の性格からすれば、協力してくれるかどうか、確信が持てない。

滝川はやきもきする。

「これを解決しまへんと、先生も生徒もみんなが困りまっせ」

若杉弥生は二人の鋭い視線に根負けしたようにケータイを取り出し、妹に話したいことがあるとメールを送った。

ＡＨＯＵも滝川も、会ってくれることを期待し、その返信を待つことにした。

しかし、何の連絡もないので、三人はいったんカミコウに帰った。

お昼になり、近くの食堂で定食を摂ったが、その後も待ちぼうけの状態が続いた。

時計の針がゆっくりと進んでいく。それでも時刻が午後二時半を過ぎると、野球の応援に行く生徒が校庭に集まりだし、校門前の国道にはバスが八台ほど並んだ。すぐに生徒や先生方も明るい表情で次々にそれに乗り込み、南港の中央公園野球場へと向かった。

カミコウの対戦相手は、和泉市の泉州高専である。

今日は曇り空で風もなく、その分不快指数はかなり高いはずだ。

4回戦の第三試合は、ちょうど午後三時に開始された。

この球場には、AHOUも滝川の姿も混ざっていた。

学校に待機して、若杉あやめからの連絡を待っていたが、若杉弥生のケータイには何も入ってこなかったので応援に駆けつけたのだ。二人の席から三段下の席には、他の先生方に紛れて若杉弥生の体も挟まり、普段どおりの声援を送っている。

AHOUはそちらが気にかかる。

それと試合が始まってからも北島弘司の姿が見つからないので、余計やきもきする。

何と言っても母校の試合であり、高校生活の最後の夏だというのに、チームの応援に参加しないなんてどういう神経をしているのだ。

試合の経過はカミコウの一方的な攻撃が目立ち、大きな見せ場もなく、坂下投手は走者を三塁を踏ませない好投を続け、相手チームを4対0でねじ伏せていた。

試合の後、AHOUは若杉弥生に近づき、妹さんからメールなんかが入っていないかを訊ねたが、良い返事はもらえなかった。

埒があかないので、AHOUは豊津のアパートに戻った。

火曜日は弱虫塾の担当からは外れているので、梅田に立ち寄らなくてもいい。

豊津駅前のコンビニで幕の内弁当とペットボトルのお茶を購入し、いつもの道順を帰った。

部屋に入ると扇風機を回し、テレビを点け、早めの夕食を摂る。

ニュースは中国の高速鉄道事故の続報を流していた。衝突し脱線した車両を地中に埋め、その原因を解明しない当局に、国民がネットで非難しているらしい。

食事を済ませ、これから銭湯に行こうかと横になっていたとき、ケータイの着信音が鳴り響いた。出てみると、若杉弥生からだった。

明日の午後一時に、職場近くのレストランで妹が会ってもいいという知らせだった。

そのレストランは若杉あやめの名前で予約しているという。

ＡＨＯＵはそれを聞いて嬉しくなった。

カミコウの脅迫事件が解決できるような気がした。

十一章　言い訳

水曜日の昼過ぎである。

大阪は午前中に雨が降ったせいか、ミナミの路上には濃い湿気が溜まっていた。

カミコウの野球の試合は今日は組み込まれておらず、5回戦は明日の予定だ。

AHOUは若杉あやめに会う前に、一度浪速区のカミコウに寄り道し、滝川からあの写真を預かると、彼女が予約しているというレストランに向かった。

時計を見るとまだ時間があったので、戎橋筋商店街から少し離れた喫茶店に入り、軽い食事を摂り、新聞に目を通すなどして過ごした。

その店を出る。元の商店街に戻り、北の方向へと進む。パチンコ店などの表を通りすぎるたびにドアが開き、そこから冷気が吹き出してくるので気分がいい。さらに五分ほど歩くと戎橋を過ぎ、心斎橋筋商店街に入った。

時刻を確認すると、約束の一時十分前だった。

商店街の途中で右折し、すぐに指定されたレストランに到着した。店内は奥行きのある造りで、ほとんどの席は客で埋まっていた。

若杉弥生に似た女性を捜したが、それらしい人物はいなかった。

そこでウェイトレスに予約名を伝え、彼女の案内に従ってついていく。

レザークロスの壁には南国風の風景を描いたタペストリーが掛かり、どこか東南アジアみたいな趣が漂っていた。ＢＧＭが微かに流れている。

他のレストランと異なるのは、通路の突き当たりが中二階のようになっていて、階段を六段ほど登ると観葉植物に囲まれたコーナーが設けてあった。

絨毯もソファも豪華で特別席みたいだ。ここならば込み入った話をするにはピッタリだ。

ウェイトレスがおしぼりと水を置いて、ひとまず引き下がった。

腰を下ろすと観葉植物が目隠しとなって出入口は死角となるが、ウェイトレスの声で来店客の動きはだいたいわかる。

水を一口飲んだところで、若杉あやめがウェイトレスに先導されて登場した。

若杉弥生の妹だとすぐに確認できた。シックな黒の洋服で身を包み、あの写真を思い浮かべるまでもなく、美女だった。

颯爽と階段を登ってきた若杉あやめはスタイルも良く、ほぼ八頭身なのでパンツスーツと同じ色のパンプスがよく似合い、高級ブティック店にいそうな顔をしていた。

姉の弥生よりも上背がありそうで、驚いたのは顔つきがそっくりだった。

ＡＨＯＵは今回会ってくれたことのお礼を言い、本名で自己紹介をした。

若杉あやめは接客に慣れているようで、笑みを絶やさなかった。

「初めまして若杉あやめです。姉がカミコウでお世話になっています。何か、大切なお話があるというので参りましたけど……」

仕事の途中なのですっぴんではなく、あの写真よりも化粧は濃いめだった。

第一印象では彼女の人間性など把握できないのだが、普段は遊んでいるという姉の言葉だけで評価すれば、ここで本音を聞き出せるのか不安がないわけでもない。

若杉あやめはエルメスの小さなポーチを側に置いて腰掛けると、ウェイトレスにメロンクリームソーダと冷製パスタを注文した。

ウェイトレスがAHOUのほうにも視線を向けたので、アイスコーヒーを頼んだ。

「お忙しいのにわざわざ時間を作ってもらいありがとうございます。若杉さん、わたしは話が済みましたら、すぐにカミコウに戻りますのでゆっくりしていってください」

ウェイトレスがメロンクリームソーダとアイスコーヒーを運んできた。

若杉あやめがまず、ソーダのほうにストローを差して飲む。

「ああ、美味しい……」

その所作にほのかな色気を感じ、AHOUもコーヒーを口にする。

あらためて彼女を観察する。睫毛や口紅は目立つが、ピアスは小さく、ネイルはしていなかった。

「それにしても、あやめさんはお姉さんとそっくりですね。どちらも綺麗で、かなりもてるんじゃあないですか」

「あのう、お姉ちゃんのメールだけでは、先生がどんな方なのか、ほとんどわからないんですけど」

貧相なので正体が怪しく見えるかもしれない。そこでＡＨＯＵは正直に弱虫塾の講師のことと、カミコウの進路相談特別アドバイザーに就いたのが最近なのだと伝えた。さらに併せて過去の苦い経歴も付け加えた。

十二年も刑務所で……と若杉あやめは愕然とする。

「それは大変な経験をされていますね。それじゃあ今は、塾とカミコウのかけもちなんですね。ご出身は尼崎なんですか」

やや軽蔑しているように聞こえたのは、この市には有名な史跡や名物などはほとんどなく、尼崎ボートや園田競馬には人が押しかけるが、どうしても労働者だけで作られているという印象が強いという。商売柄、お店の顧客が芦屋とか宝塚方面の富裕層が多く、尼崎は片手くらいしかいないらしい。

大阪の店員なのであけすけに話すのはいい。ただ、この妹さんとつきあっているどこかの男が今回の犯人だとすると、案外早く捜し出せるかもしれないと思った。

ウェイトレスが、若杉あやめの前に料理を運んできた。トマトとアボカドの冷製パスタを置き、その横にレシートを並べると一礼して立ち去った。

ＡＨＯＵはその美味しそうな料理を一瞥しておいて、

「早速ですが、ここで話をさせてもらいますね。食事がまずくなるかもしれませんが、大事な内容なので、よろしくお願いします」

若杉あやめは頼に少しだけ笑みを浮かべ、軽やかにフォークを使いはじめた。

「良い話ではないことはわかっていますけど、まさか食べた物を吐き出すなんてことにはならないでしょうね。ここのパスタは雑誌に載るほど有名なんです」

ＡＨＯＵは遠慮しないでぶつけた。

「実はカミコウが脅されていましてね。これはごく一部の者しか知らないんです」

裏ビデオの件は伏せておいて、学校に脅迫状が届き、その犯人があやめさんに関係しているかもしれないと、声を抑え気味にして伝えた。

脅迫状？　若杉あやめの口の動きが止まった。

「でも、わたしとカミコウは何のつながりもないでしょう。その言い方ですと、わたしの友だちとかお店の関係者を疑っているように聞こえますね……」

不信感を拭うよりも、食欲のほうが勝っており、再びパスタを口に運ぶ。

その食べ方はゆっくりで、余裕が感じられる。友だちに嫌疑がかけられているという意識は少ないようだ。

ＡＨＯＵはこの日まで、いろんな角度から探ってきた経過を述べ、

料金受取人払郵便

大阪北局
承　　認

1357

差出有効期間
2020 年 7 月
16日まで
（切手不要）

郵便はがき

553-8790

018

大阪市福島区海老江5-2-2-710

㈱風詠社

愛読者カード係 行

ふりがな お名前		明治　大正 昭和　平成　年生　歳		
ふりがな ご住所	□□□-□□□□		性別 男・女	
お電話 番　号		ご職業		
E-mail				
書　名				
お買上 書　店	都道府県　市区郡	書店名	書店	
		ご購入日	年　月　日	

本書をお買い求めになった動機は？

1. 書店店頭で見て　2. インターネット書店で見て

3. 知人にすすめられて　4. ホームページを見て

5. 広告、記事（新聞、雑誌、ポスター等）を見て（新聞、雑誌名　）

風詠社の本をお買い求めいただき誠にありがとうございます。
この愛読者カードは小社出版の企画等に役立たせていただきます。

本書についてのご意見、ご感想をお聞かせください。

①内容について

②カバー、タイトル、帯について

弊社、及び弊社刊行物に対するご意見、ご感想をお聞かせください。

最近読んでおもしろかった本やこれから読んでみたい本をお教えください。

ご購読雑誌（複数可）	ご購読新聞 新聞

ご協力ありがとうございました。

※お客様の個人情報は、小社からの連絡のみに使用します。社外に提供することは一切ありません。

「つまり犯人は、あなたとお姉さんがよく似ていることを利用し、カミコウを脅すことを考えたと思われるんです。学校にとっては生徒や先生方が問題を起こしたら、大変な迷惑になりますからね。今は高校野球も始まり、さまざまな不祥事にはマスコミが飛びついてきます。ですから、このことを警察に相談するわけにもいかず、わたしに犯人捜しの役が回ってきたということなんですよ」

「おっしゃっている意味がよくわかりませんわ。カミコウに何かまずい物が送られてきたのでしょうか」

その質問のほうがＡＨＯＵとしては好都合で、持参している写真を見せやすい。すぐにズボンのポケットから財布を取り出し、それに挟んでいる写真を彼女の前に差し出す。

「犯人は学校が金を振り込まなければ、これをネットに載せると脅してきました。あなたのお姉さんを人質に取っているつもりです」

若杉あやめはフォークを置き、それを手にしてじっくり見つめた。

「これがカミコウに……」

姉の勤める学校が、異常な状態であることを理解したようだ。しかし、自分の半裸が写っているのに微塵の動揺も見せなかった。

ＡＨＯＵは今の女性はこうなのかと彼女を凝視する。

「今日の三時までに金を振り込まなければ、これがネットで配信されてしまいます。カミコウは絶対に三千万など払うつもりはありませんけどね」

「三千万……。これにそれだけの価値があるのかしら」

「金額はともかく、困るのはお姉さんですよね。その名前まで載ってしまうと学校に勤められなくなります」

若杉あやめはその写真をひらひらさせて、

「わたしとお姉ちゃんはよく似ていますけど、違うところもあります。瞼は二重ですが、わたしのほうが少しぼやけているんです。それに額の上のほうに傷痕があるんです」

そう言うと前髪を上げる。髪の生え際に一センチほどの線が浮きでていた。

「よほど注意して見ないと違いはわからないでしょう」

「で、わたしにどうしろと……」

「ようやく犯人の目星がつきました。この写真を撮った人物が今回の犯人です。それ以外には考えられません。相手の名前を教えてもらえませんか。学校も助かります」

若杉あやめは持っている写真を人差し指でちょんと弾き、

「こんな写真、少し器用な人なら簡単に作れます……。パソコンの画面に入れて、思うように加工すればいいんですもの」

冷めた口調で断言すると、それをＡＨＯＵのほうへ突き返す。

その指摘は大きく外れてはいないが、ああそうですねと引き下がるわけにはいかない。

「ここではっきりさせましょう。この写真を撮った相手は誰なんですか？」

「お姉ちゃんの彼氏とか、その他の同僚の先生とかは……」

いえいえ……とＡＨＯＵはすぐに首を横に振り、

「これまで調べたかぎりではありえませんね」

今朝までカミコウの教職員に疑いを持っていたが、写真が送られてきたのでその可能性はほとんど無くなったのだ。若杉あやめと教職員の誰かが付き合っていたなら、若杉弥生も知っていたはずだ。

「金を払わなければ、一日当たり五百万ずつ増えていくんですよ」

「そんなねちねちした男、いてたかしら」

「若杉さん、この写真を撮った相手に言ってください。今、脅迫を止めれば、こちらも警察に連絡しませんし、学校も無かったことにします、と」

若杉あやめはさまざまな状況を頭に描いているらしく、しばらく食事を中断し、空中の一点に視線を据えていた。やがて、ＡＨＯＵを見つめ返す。

「これを撮られたことは間違いないわ。もう二年ぐらい前になるのかな」

「ほんまですね、それで……」

「でも、その人が犯人とは思えないのです」

「どういうことでしょうか。すると回りまわって、別人の手に渡ったと？」

若杉あやめはメロンクリームソーダをちょっと飲んでから、ゆっくりと頷く。

「撮った相手を明かすことはできません……」

ＡＨＯＵはここで粘る。

「でも、遅かれ早かれ正直に言ってもらわないと……。わたしも手ぶらでは帰るつもりはありませんから」

若杉あやめは、ほんとに困るんです、と言葉に詰まる。

「もし、その名前をばらせば、殺されるかもしれません」

これが真実なのかどうかは、ＡＨＯＵは見破れなかった。

「穏やかではないですね、暴力団関係の方ですか……」

「それも言えません」

「わたしは今日までずっと、カミコウの教職員に絞っていました」

「学校の出入り業者とかは？」

「もちろん、校長も調べているはずですから、該当者が浮上すればすぐわかります。もうひとつ教えてもらえませんか。今、その方とは一切連絡を取っておられないということですか」

「当たり前です。ほんまに気分悪いわ」

そう吐き捨てると、レシートとポーチを摑み、バネのような動きで立ち上がった。

失礼します、と断り、背を向けて階段を降りて出入口に向かう。

待ってください！　ＡＨＯＵは慌てて追いかけたが、彼女は支払いを済ませ、肩を尖らせながらドアの外に消えてしまった。

ＡＨＯＵはレストランから出るとケータイを取り出し、カミコウの滝川につないだ。

「校長、申し訳ありません。妹さんはあの写真を自分だと認めましたが、撮った相手を明かさずに帰ってしまいました」

――でも、そこまでわかれば上出来と思いまっせ。この後は若杉先生に任せて、何とか聞き出してもらうしか手はおまへんな。

「若杉先生は校内におられるんですか」

――もちろんいてはります。この後三時頃に、あの写真がネットに載るかもしれまへんから……。

犯人が警告しているのを無視することはできない。これから重大な局面を迎えることは想像できる。

「その他に何か動きがありましたか」

――あ、そうそう、あの三通目の脅迫状のことですが、差出人の住所を念のために調べてみましたんや。これが大阪のノリかもしれまへんが、あそこは曾根崎北署の住所でんねん。アホらしゅうて話になりまへんわ。

その警察署は阪急百貨店の向かい側にあり、キタの繁華街を取り締まっている。

半年ほど前、ＡＨＯＵもそこへ呼ばれたことがあった。

当時、弱虫塾に通っていた生徒が、観覧車のあるヘップファイブ近くのゲームセンターでプレイをする順番をめぐってお客の一人と喧嘩を始め、相手に怪我をさせてしまった。

その後で双方が警察署に行き、ＡＨＯＵが仲裁役を務め、まず生徒を説得したうえで謝罪をさせ、次に治療代に関して話が進んだ。しかし、被害者が顔から血を流し大げさに痛みを訴え、治療代の他に多額の補償を要求するようになり、話し合いがこじれてきた。

そこで担当する警察官が機転を利かせ、こちらの先生は前に刑務所に入っておられたので幅広い見識を持っておられます、と告げると急におとなしくなり和解に応じたのだ。

今その場面を思い返している状況ではなく、こちらの事件に集中しなければならない。

「犯人は過去に警察のお世話になったことがあるのですかね。それと……妹さんの話からすると、相手とはもう完全に切れているみたいで、もしその名前をばらせば殺されるかもしれないと、はっきり拒否しました」

——昔の男にね。わたしらの感覚からすると、別れた男があの写真を利用して金をゆすりとろうとしているなんて、想像でけまへん。

「大人の男女の仲なんて、こじれる場合は長く尾を引くような気がします」

これから学校に向かうことを伝え、ケータイをしまった。

地下鉄心斎橋駅のほうへ歩きはじめた。

駅に着くと急に尿意をもよおしたのでトイレを探し、すぐに駆け込んだ。用を足し、手洗いの鏡を覗き込むと、白髪の混ざった痩せた顔が映る。

駅のトイレは、ホームレスのとき数えきれないほどお世話になった。

六年前、刑期を務め、出所した日の朝はどんよりと曇っていた。

帰る家もなく、路頭に迷った。

教員時代に住んでいたマンションは阪神淡路大震災で被害に遭い、二年ほど経ってから取り壊されたと聞いていた。もちろん実家の鮮魚店もなく、両親は母方の親戚を頼って、鳥取のほうへ移り住んでいるとハガキが届いた。

刑期を終えたその日、急いで尼崎の実家を訪ねてみた。

震災から十年も経つので、そこはすでに更地となり、十坪ほどの空間には雑草が我が物顔で勢力を競い合い、〈売地〉の看板が斜めに打ち込んであった。

記憶に刻まれていた風景は、ところどころが消え失せ、やたらと空き地が目立つ。

新しく建ったビルや住宅の数は意外と少なく、まだ後遺症があるという感じだ。

昔の鮮魚店の実家は祖父の時代からの二階建てだった。修理を何度も重ねた建物で、間取りは下が店舗と台所と風呂場、それに板の間のダイニングで、上が六畳二間だ。

あれほど鮮魚店が嫌いだったのに、今こうしてその前に行き深呼吸してみると、いろんな魚の臭いに混じって、一瞬親父のだみ声が聞こえた。

「そこの綺麗なお姉さん、活きのいい鰤《ぶり》が入りましたんや。今晩は鰤大根《ぶりだいこん》がええで、買《こ》うてや、買《こ》うてや、早い者勝ちやで！」

頭の鉢巻きを締めなおし、常連のおばさんを呼び止める。

道路に面した売り場には、トロ箱や発泡スチロールなどに入った魚介などを陳列し、横の冷蔵ケースにはパックに入れた切り身や刺し身などを保存し販売する。

売り場も狭いうえに、ほとんどの客は近くのスーパーへ流れてしまい、三人家族がやっと食べていけるほどの売り上げにしかならず、よく暮らせてこれたものだと感心する。

その光景とともに、また別の思い出が蘇る。

高校時代、初めて彼女ができたとき、自宅に連れてくることをしなかった。

大正初期に建てられた家屋は老朽化して自慢にはならなかった。それに売り物の魚介類の臭いなどを考えると、どうしても招待する気になれなかったのだ。

だから、大学に進学するときも、大阪や神戸の学校は選ばず、京都あたりに的を絞り、奨学金とバイトで稼いだ金で卒業した。

わずか十坪ほどの敷地に、自分が過ごしてきた高校時代までの暮らしがあったのだ。それ以後の人生は途中まで良かったのに、あの事件を起こしすべてが狂ってしまった。

何年か後、ここが誰かの手に渡り、新しい家が建つこともあるだろう。いつの日か、再びこの前に立ち、目を瞑れば、魚の臭いも親父のつぶれた声も思い出すはずだ。

それはそれとして、刑期を終えた六十過ぎの男が普通に暮らしていくには、多くの障壁が立ちふさがっていた。

親類を頼るわけにもいかず、それに不景気で仕事も見つからない。仕方なくホームレスになった。当然、出生地の尼崎市には近寄らず、流れ流れて大阪西成の釜ケ崎や天王寺公園辺りをさまよい、ＪＲや私鉄の駅周辺をねぐらとした。

寒さや暑さをしのぐには、駅につながっている地下街や通路がよく、寝床になるダンボールや新聞紙が手に入るからだ。

腹も空いてくると、いっそのこと刑務所に戻ろうかと思ったこともある。

日雇いにしても求人は少なく、あったとしても日給四、五千円で買いたたかれる。それに簡易宿泊所や一泊千三百円の安い宿でも、滅多に空きはない。

日給の良い仕事もたまにある。いつだったか一日八千円で、場所は大阪府と奈良県の県境の山中だった。仕事は測量の補助ということで、リュックに赤い印のついた杭をいっぱい詰め込み、密林のなかを上り下りし、基準点に打ち込んでいくのだ。

軽い仕事だと喜んでいたが、リュックは重く、腰もふらつき、途中で蜂に刺され、刺《とげ》のある植物に引っ掻かれ、斜面を登っていくのは拷問と同じだった。

気を抜くと、頭を木に打ちつけたり、滑って転ぶこともある。二時間ほど経ったとき、体のバランスを失い、崖下に転落し、運良く木の根に受け止められたこともある。

それでもかなりの間放浪していると生きていく知恵もつき、地方よりも都市部の大きな駅の側で暮らしたほうがいいと思った。ホームレスが駅近辺に集まるのはごみ箱に食べ物が捨ててあるからで、それを糧にすれば当分は命をつなげられるからだ。

現金を得るには各駅に設置されているごみ箱から雑誌などを集め、買い取ってくれる古本屋に持っていく。小銭にしかならないがマニア本やエロ雑誌などは一冊百円ぐらいで売れることもあり、当然のこと同業者もわんさかと集まり、ときには激しい争奪戦となる。

今も昔もくず鉄やアルミ缶などを回収している。しかし、それらの保管場所やリヤカー、自転車などを算段しなければならず、この仕事はどうしても地元の者に限られる。

乗降客の多い各駅のプラットホームには雑誌集めのプロがたむろし、列車の到着時間を頭に入れ、破れにくい袋を携えて歩き回り、ある種の緊張感を持ってごみ箱を漁《あさ》る。

特に長距離列車や寝台列車などが狙い目だ。その時間が近づくとホームを移動し、お客が捨てていくごみを奪い合い、なかにはわずかな停車時間を見つけて列車内にまで入り込む者もいる。

要領の良い者はコンビニのバイトほど稼ぎ、ホームレスとは思えないくらいの生活を続け、マンガ喫茶やネットカフェなんかを渡り歩いているらしい。

現金を得るには他にも、マンションやアパートなどのごみ置き場から古着を探し出し、フリーマーケットやリサイクル店に持ち込む方法もある。

稼ぎがないときには、何日も駅や公園の水で過ごさなければならない。

そして体を休めるには、何といっても市役所や図書館などのロビーがいい。開館時間内であればトイレや水の心配をしなくてもいいし、大きな駅の通路や地下道と違って冷暖房も完備しているのだ。ただ、当時も不景気でホームレスもたくさん詰めかけ、そこのロビーのソファが開いているかは運不運がある。

最も辛いのは冬の時期で、市役所なんかの公共建物は祝祭日には閉まってしまう。図書館は月曜日が閉館のところが多く、それをいつも記憶に入れ、場所を変えていくのだ。

季節を問わず駅近くの通路や地下街なども寝泊まりの対象になる。

ＪＲ大阪駅近くの地下通路でいえば、地下鉄西梅田から堂島に延びる堂島地下センター辺りが浮かぶ。ホームレスが何人も顔を隠しながら寝ころがっているので、それを真似てダンボールを敷き、新聞紙を体に巻いて休むのだ。

ＡＨＯＵは尼崎の出身なので、生まれた近辺の駅や公共施設は避けるようにしていた。

経験上、都市部のほうがかなり暮らしやすいのだが、気まぐれに地方へ流れていったこともある。夏には北海道の稚内や釧路、あるいは網走まで放浪し、冬には宮崎や高知などにも足を伸ばしたこともあった。

同じところに留まっていると、何かとトラブルに巻き込まれるからだ。

不良に目をつけられたり、泥棒に間違われることもある。やんちゃな高校生に石をぶつけられたり、悪くすれば寝ているときに小水をかけられたりする。

そんなこんなで三年ほどホームレスとなり、ある日JR大阪駅に戻っていた。

阪急百貨店側のガード下に、ダンボールを敷いて漫然と座っていた。

頭上からは間を置かないほど、列車の通過音が降り注ぐ。

目の前は十三、豊中方面への国道一七六号線である。大阪北部への幹線道なので近くの歩道の信号が変わるごとに、多くの車の流れも一時停止する。その先には阪神百貨店のほうへとつながる歩道橋が見え、大勢の歩行者が階段をひっきりなしに昇り降りしていた。

AHOUの傍らには大きめのビニール袋がある。そのなかにはタオル、歯磨き、カミソリ、下着などが入っていた。これらは古くなるとほとんど捨ててしまう。ときには駅のトイレでそれらを洗うこともあるが、乾すところがないので処分したほうが楽なのだ。

今日も古雑誌を集めようかと思った。所持金が百七十円しかない。

四日ほど前はかなりついていた。北区のあるマンションのゴミ置き場に、普通のゴミに混じってエッチなDVDが大量に捨ててあった。それを古本屋に売り、かなり金が入った。そこで奮発して下着を全部新調し、四日間朝、晩と食事をしたのだ。

ふと、壁際に設置してある金網製のゴミ入れに視線が移った。壁に貼り紙がしてある。

〔講師募集・年齢不問・委細面談――弱虫塾〕

その横に住所と電話番号が並んでいた。興味が湧いた。給与がわからないのが気になるが、いつまでもホームレスを続けているわけにはいかないのだ。元中学校教師なので、もしかしたら前職が活かせるかもしれないと希望を持った。

すぐに腰を上げると、その住所を探し訪ねてみた。

弱虫塾の職員から説明を聞いた。普通の進学塾ではないらしい。給与はないに等しく落胆したが、そのとき年金の話が出て、自分も受け取れる資格があることがわかったのだ。

それよりも前科者でも役に立つ仕事があることにびっくりし、すぐにホームレスに終止符を打ち、講師になることを決めたのだった。

鏡のなかの貧相な顔に戻るまでの時間は、ほんの数秒に過ぎなかった。

十二章　画像投稿サイト

ＡＨＯＵは急いでカミコウに向かった。その通用口を潜って校内に入る。

女性事務員を介さないで校長室のドアをノックする。滝川に会うとあの写真を返し、若杉あやめとの話し合いの内容を伝え、その旨を若杉先生にも説明したいと申し出た。

滝川は少し考えて校舎の端にある実習室で待つよう言った。

そこで待っていると、フルフレームメガネの若杉弥生が引き戸を開けて現れた。レストランでの妹さんとの話し合いの中身を伝えたが、大した反応はなかった。

「あの写真を自分だと認めたのですね。ふーん、でも、相手の名前をばらせば殺されるとは、どういうことでしょう。あの子はいくらでも嘘をつきますからね」

「ほう。お会いした印象では今風の活発な女性に見えたんですけど……」

「でも、外見だけでは騙されますよ」

「そこまではわかりませんでした。ひとつ言えるのは、妹さんはお金持ちが好みのようですな」

「やはりね。どことなく雰囲気でわかってしまいますよね。まだわたしたちが高校生の頃だったかしら。お互いの将来を語り合ったことがあります。家もそんなに恵まれていなかったこともあって、お金に関してはシビアで、計算高いところもありました」

さらに話は続く……。妹のあやめは、もし家庭を持つようになっても、夫婦の会話がほとんど家計のやりくりで占められたり、新聞の折り込みチラシを見比べるような暮らしは嫌だし、もちろん共働きなど考えられないと言っていた。

そして相手の男はイケメンでなくてもいい。つきあうにしても将来を約束するにしても飽きっぽい性格は変えようもなく、大切なのは自分より背丈があり、なによりもその年収だった。

いつのまにか聞き役となっていたＡＨＯＵは、若杉弥生が妹のあやめとの関係がこじれてしまった経緯を、この場で知ることになった。

若杉姉妹の間に亀裂が入ったのは、若杉弥生が大学三年のときで、そのショックは人生をぐちゃぐちゃにされたと言ってもよく、しばらくは学業も疎かになった。

当時、弥生はミナミの居酒屋でアルバイトをしながら神戸の女子大学に通い、あやめのほうは実家近くのファストフード店で働きながら、府立の大学で学んでいた。

弥生にはイケメンの彼氏がいて、いつも自慢していた。あやめのほうにもつきあっている相手がいたそうだ。姉妹の関係が悪化するまでは、双方とも彼氏といっしょに学園祭に参加するほど仲がよかった。ところがあやめのほうが姉の彼氏のケータイ番号を入手したとたん、暇を見つけては連絡を取るようになり、日を重ねるごとに誘惑しはじめた。

いくら姉妹とはいえ、やってはいけないことはある。弥生が疑いを持ちはじめた頃には彼氏はあやめの明るい魅力の虜になり、取り返しのつかない深い関係を結んでしまっていた。

ＡＨＯＵは美しすぎる姉妹の宿命かと同情する。

「それでも若杉先生、赤の他人ならいざ知らず、全然連絡がつかないなんてことはならないでしょう。何とかしてあの写真を撮った相手を捜し出さないと、困るのは先生なんですから」

もしあれがネットで流れたら、カミコウは弥生に辞職するよう圧力をかけるはずだ。

「わたしだって妹の軽はずみな行為で、こんなことになるとは想像できませんでした。血の繋がった妹でも、今はまだ顔を見たくありません」

これが本音だろうが、ＡＨＯＵには姉妹の関係を修復する手助けをする時間はない。

校長室に戻ってみると、鶴本の姿もあった。

「若杉先生はかなり弱気になっていました。姉妹の間に亀裂が入ったのは、学生時代に妹さんが姉さんの彼氏に手を出したからだそうです。それからずっと……」

滝川は立場上、責任者として弱音を吐くわけにはいかないのだ。

「若杉先生が接触できないとなると、完全に行き止まりや……」

鶴本も何か助言しようと頭をひねったが何も浮かばず、壁の時計のほうに視線を移す。

「校長、もうすぐ三時でっせ」

今日は三千万の振込日だが、初めから用意しておらず、あの写真がインターネットに載ることを容認するつもりだ。

そやな、と滝川はデスクのほうに進み、椅子に腰を下ろすとパソコンを立ち上げた。

ＡＨＯＵも鶴本もそちらに引き寄せられる。

ここにいる三人の願いは、あの写真がネットで流れたとしても、その説明文にカミコウや若杉先生の名前が書かれていないことで、どちらかが使われていたら大問題になる。

鶴本は何気なく、若杉先生を呼んでもよろしいでっか、と口走っていた。

滝川はこの場で首実検して、彼女に不快な思いをさせたくない。

「もう呼ばんでもええ。ジタバタせんことや」

覚悟を決めると、画像投稿サイト〈写ビオ〉を開き、画像をクリックしてみた。

それにはさまざまなポーズをした半裸や全裸の女性が載っていた。次に検索する言葉を女性教師とか美人教師などに変え、捜してみたがあの写真は現れなかった。

ＡＨＯＵも滝川もさらに鶴本も、奇妙な安堵感で体の力を抜く。

犯人のほうで何かが突発し、今日の掲載を中止したのだろうか。

それ以後、そのサイトには何の動きもなく、犯人から手紙も送られてこなかった。


ＡＨＯＵは楽な気持ちで、六時前に梅田の弱虫塾に向かった。

今晩の授業は、阪神野田駅前なので、塾からは近いほうだ。

塾でしばらく過ごし、空腹だったので梅田地下街に下りて、食堂でカレーを食べる。その後、阪神梅田駅から電車に乗った。

途中の福島駅を挟んで、五分ほどで野田駅に着く。改札口近くでしばらく待っていると生徒が顔を見せはじめた。いつものガードマンも現れ、五名の生徒が集まった。不思議だったのは常連の北島弘司が参加しておらず、すぐに家に電話をしてみた。

母親とつながり、それによれば今朝から出たきりで行方がわからないという。

「それは心配ですね。帰ったら連絡してください……」

ケータイをしまい、生徒たちにそのことを尋ねてみたが、誰も知らなかった。そんなに親しくしている者もいないようで、何か摑み所のない不安が大きく広がった。

その日の授業は駅周辺を一回りし、何のトラブルもなく終了した。


二十八日、高校野球大阪大会は5回戦に入っていた。

カミコウが戦うのは富田林市の葵《あおい》ケ丘《がおか》高校で、午後一時の第二試合だった。

試合場所は前回と同じ住之江区南港の中央公園野球場になり、雲が多いながらもときおり日も射す。相変わらず蒸し暑いのは仕方ない。

カミコウの応援団は一塁側だ。おおよそ六百名の生徒や先生方が緑色の帽子と黄色のTシャツ姿できちんと並び、各自の手には白い団扇が握られていた。

それは選手が安打や本塁打を放つごとに、応援団席いっぱいにKの大きな文字が浮かび上がるのだ。

目立つのは応援団席の最前列で、団長の高瀬大介が威風堂々と踏ん張る姿だ。白い手袋をはめ、その右手には天下制覇と記された軍配団扇を握りしめていた。また頭には必勝と墨書された鉢巻きを締め、戦陣のなかにいるように三十名ほどの部員を指揮していた。

団長の力強い両手の動きで応援団の声援や団扇も見事に揃い変化する。それに合わせて明新高校のチアリーダーが一糸乱れず華麗なパフォーマンスを披露していた。

二十名ほどの部員ははち切れるほどの若さでピンクのポンポンを自在に操っており、それが鮮やかな二筋の線となって浮き上がっている。

応援団席の最上部には、緑色のなかに金色の千なり瓢箪《ひょうたん》を染め抜いた応援団旗が立てられ、Kと記した校旗とともに西寄りの風を受けてはためいていた。

この応援団旗は、現在の高瀬理事長が有名デザイナーに頼んで作らせた物で、彼が豊臣秀吉を崇拝していることを伝え、五年前に新調したのだ。

カミコウはこれまでの試合結果から評価すれば、まず快進撃と言えるだろう。

それもこれも選手と応援団が強い絆で結ばれているからだ。

試合前とはいえ、高瀬大介の額には汗が光り、軍配は絶えず激しく動く。

ガンバレ、ガンバレ、カミコウ！　ガンバレ、ガンバレ、カミコウ！

グランドでは両校の選手たちが、それぞれの応援団の熱い思いを背にして並ぶ。そしてお互いの健闘を誓い合って一礼し、まずカミコウが守備に就く。

坂下投手が軽く投球練習を終えると場内に選手の紹介アナウンスが流れ、葵ケ丘高校の1番打者が打席に入る。

審判がプレイボールを告げるのと同時に、場内にサイレンが鳴り響く。

両校の応援団からはいっせいに、うおーっとどよめきが起きる。

カミコウの応援団席の一番上のほうには、AHOUと滝川の顔も並んでいた。

ここはいくらか風の恩恵もあるので、暑さはいくぶんか軽減される。

二人の会話はどうしても顔を寄せ合うような形で進められる。

滝川は緑色の帽子を被っている。すでに首筋には汗が流れており、両手には団扇とタオルが握られていた。

「先生、うちはピッチャーの坂下がしっかりしてまっさかい、危ない場面はないと思いまっせ。まあ、打線が早めに援護してやれば、おそらく七回コールドになると違いまっか」

「かなり強気ですね、それを期待しましょう……」

AHOUは試合運びよりも、脅迫事件のほうに気持ちが傾いていた。

犯人は昨日、予告しておきながらあの写真を画像投稿サイトに載せなかった。

その理由まではわからないが、脅すのを止めるとは考えられず、その分不安だけが前よりも増している。

正直なところ、グランドの選手よりも応援団席の若杉弥生のほうに視線が向いてしまう。

二人の座っている席から四段下がったところに、当事者の若杉弥生がいる。どことなく服装が地味に見えるのはどうしてだろう。

滝川は視線をグランドに据えたまま、小声でぼそりと言った。

「先生、今の今まで迷っていましたが、この試合が終わったら若杉先生に話をしようと思ってまんねん。もしものときは覚悟してもらえませんかと……」

まさか、とＡＨＯＵは彼の横顔を睨む。

「校長、本気ですか？」

「いや、まあ、正直言うとこの後の展開が悪くなれば、わたしも責任を取らされることになりまっせ。そうでっしゃろ？　高瀬理事長が黙っているとは思えまへん」

ＡＨＯＵは滝川が来年定年を迎えることまでは知らない。

「もしものときは、警察に行かれるつもりなんですね」

「それはネットに載った写真の説明次第でんな」

カミコウを臭わせる過激な文言だったら、マスコミもハイエナのようにどっと押し寄せ、肉も骨もむさぼるようにあら捜しをし、食い散らかすかもしれない。

従って大阪大会が終わるまでは、この件が外に漏れてはまずいのだ。

試合のほうは坂下投手の出来が素晴らしく、一回表を内野ゴロと三つの三振で片づけていた。

滝川は大きな拍手でそれを讃える。

「坂下大明神、頼りにしてまっせ！」

今回の事件を忘れようとしているのか、生徒よりも声を張り上げ、傍にいるＡＨＯＵのほうが周りを気にした。

一回裏、カミコウの攻撃が始まった。

場内アナウンスの爽やかな声に迎えられて、１番打者の辺見が打席に立つ。

彼は今大会から打率は昇り調子で、四割に届く勢いがあった。

だが、葵ケ丘高校の投手もなかなかの曲者で、長身の左腕から投げ下ろす直球は重く、ときおり落差のある変化球を混ぜて、選球眼の良い辺見を三振に仕留めていた。

５回戦まで勝ち残ってきたチームの投手だけに、持てる力を存分に発揮し、続く２番の田所に対しても頭脳的な投球でコースを絞らせず、１ボール２ストライクの後、ファールフライに誘い、一塁手がベンチ際まで走っていって捕球した。

２死を取ってからも投球は冴え、３番の藤吉を三球三振に片づけていた。

葵ケ丘高校投手もこの回を見事に抑えたので、三塁側応援団も大きな拍手でその力投を褒めたたえる。こちらの応援団の服装は赤い帽子と同じような色のＴシャツなので、まるで広島カープが戦っているかのようだ。

ＡＨＯＵは相手校の投手に肩を持つわけではないが、

「この分だと接戦になりそうですね」

と、三塁側の赤い波がうねっている光景に目を奪われていた。

滝川は、まだ一回表裏が終わったところなので、

「先生は中学校に勤めておられたとき、テニスを指導していたそうでんな。テニスの試合は普通一対一、あるいは二対二で試合を行い、どちらかというと個人プレーになりますわな。それとは違い野球は九対九ですから、見どころはたくさんありまっせ」

ＡＨＯＵは頷き、グランドの選手に視線を移す。

このとき、頭のなかで何か得体の知れない小さな光が炸裂した。

グランドに金属片が落ちていてそれが反射したのかと勘違いしたようだ。

さらにその視線が外野のスコアボードをとらえ、一回を終えたところなので０対０の数字が並んでいた。

考えてみれば今度のカミコウの脅迫事件は、犯人の一方的な要求で推移しているのだ。

学校のほうに弱みがあるので仕方ないが、もしかしたら反撃の機会があるのではないか。

尼崎の中学校でテニス部の顧問をしていたときを回想するまでもなく、自分のコートに打ち込まれたテニスボールは必ず相手側のコートに打ち返さなければ点を取られる。だから試合になると相手の嫌がるライン際やネット近くに落とすテクニックが必要だ。

最も効果的なのは意表を衝くボレーだ。これを成功させるには集中力とタイミングが揃わな

ければならない。

何か犯人をぎゃふんと言わせる方法はないのだろうか。

頭のなかにはゼラチンのような物質が生まれ、反撃のための筋書きを作ろうと固まりかけていた。その輪郭が整うまでにはまだ時間がかかりそうだった。

二回表、坂下投手は打者を迎え、一球目を投げた。ボールと判定された。

その直後、滝川のズボンのポケットにしまってあるケータイがブルブルと振動した。着信音はオフにしているのだ。

「もしもし、滝川です。ああ、鶴本か、どないしたんや？　はあ、何やて！　ちょっと待てや、場所を変えるわ」

左手で口許を隠しながら立ち上がり、急いで応援団の席から離れていく。

犯人は、あの写真を〈写ビオ〉に載せたな！

ＡＨＯＵは直感した。すぐに自らも腰を上げ、滝川の後を追う。

カミコウの応援団は一丸となって声援のほうに集中しており、二人が席を発ったとしても不審を抱く者はいなかった。

そんななか、若杉弥生だけは通路の側に座っていたので、校長と塾の先生が相次いで階段を降りていくのが気になった。

もしかしたら……。

滝川は内野スタンドの一番下の通路まで降りて、その裏側に回り込んだ。人気がないのを確認すると、口許を隠しながらケータイに話しかける。

「鶴本、ほんまにあの写真か？」

カミコウの校長室でパソコンの画面を覗き込んでいる鶴本は、気配を殺していた。

――困ったことに、写真の下に本校を臭わせる説明が書き込んでありまっせ。

「何て書いてあるんや」

――K高校の淫乱女性教師の日常。一昔前の日活のエロ映画みたいでんな。

「アホ、感心するな。それにしてもほんまに載せよったか」

――どないするんでっか。

「慌てるんやない。本校の若杉先生はいつもメガネをかけているし、K高校にしたって、全国にはその頭文字の高校はいっぱいあるはずや」

――校長、そんな悠長に構えていていいんですか。早く対策を打たんと誰かの目に留まることもありまっせ。塾の先生にも話して早く解決してもらいませんと。

「わかっている。これから先生を学校に向かわせるからな」

本人が傍に近づいてきたのを感じ取って、ケータイをしまうとその内容を伝えた。

「あの写真が載ったという知らせでんねん。先生、すんまへんがすぐに学校に戻ってもらえしまへんか。わたしはここに残ることにしまっせ」

ＡＨＯＵは状況を汲み取った。

「若杉先生にはどうされます？」

「もうここまで来たら、わたしのほうから話すことに……」

滝川は急ぎ足で階段のほうに向かう。

ＡＨＯＵはすぐに球場を出てタクシーを呼び、カミコウに走らせた。

試合のほうは、八回表まで両チームとも無得点だった。

カミコウの安打はここまでわずかに二本で、葵ケ丘高校のほうは一本のみであった。

両チームの投手が好投していることもあって、試合が快い緊張感のなかで進んでいく。

それを破ったのは八回裏のカミコウの攻撃だった。先頭打者が右前打で出塁した。しかし、続く二人の打者が犠打失敗と見逃し三振となってしまった。ところが一塁走者が盗塁に成功すると、7番の刈野が適時二塁打を放ち、貴重な1点をもぎ取ったのだ。

終盤になって一塁側のカミコウ応援団は最高に盛り上がった。内野スタンド一面の緑と黄色のなかに大きな白色のKが浮かび上がった。

今日の試合はチームの安打の数が少ないので、この大文字が出現するのは四回目になる。

この歓喜と興奮が渦巻いている状態でも、若杉弥生だけは素直に参加できなかった。

先ほど滝川がそっと近づき、あの写真がネットに載ってしまったと耳打ちしたからだ。

実際は妹のあやめの写真なのに、あたかも弥生本人であるかのように説明してあるらしい。

いくら声を大にして否定しようにもK高校と書いてあったら、カミコウ関係者の誰もが真っ先に若杉弥生を想像してしまうだろう。

カミコウチームが先制したのに、若杉弥生は応援する気持ちも萎えてしまい、隣の同僚に気分が悪いのでと断りを入れ、トイレに行くようなふりをして球場の外に出た。

ケータイを取り出すと、腹立ちまぎれにあやめにメールを送った。

《あの写真が写ビオというサイトに載ったそうよ。どうしてくれるのよ。すべてはあやめのせいだからね。撮った相手にすぐに削除するよう強く言ってよ》

だが、いつまで経っても返信はなかった。

試合のほうは二塁打を放った刈野の次が凡退し、八回裏は1点止まりに終わった。

坂下投手は九回表を抑えれば勝利投手になれる。

ところがここで一波乱あった。葵ケ丘高校の先頭打者が2ストライクと追い込まれながら、三球目を外野スタンドの中段にまで運び、まさかの同点としてしまったのだ。

打たれた坂下投手は一瞬、天を仰ぎ、打者が本塁ベースを踏むのを呆然と見送る。

虎の子の1点を守り逃げきれると確信していた滝川は、

「あかんな、延長戦になるとうちは分が悪いんや……」

グランドに降りていって、強気で押すんや、と坂下を励ましたい。

カミコウは延長戦に持ち込まれると、どうしたわけか勝率が極端に下がるのだ。

今は若杉先生のことよりも、この試合のほうが大事だ。

この裏が残っているとはいえ、汗が引いていくような寒けが生まれる。

スコアボードは1対1のままで、次の打者がバットを振りながら打席に入った。

マウンドの坂下は回も押し詰まり、ひとつのミスも許されないことを肝に銘じる。それだからこそ捕手とのサイン交換にも時間を割き、ようやく頷くと第一球目を投げた。

「ボール！」

球場の隅々にまで響きわたる審判の判定は、坂下の自尊心を容赦なく打ち砕く。

それは自信を持って投球したはずなのに、ストライクゾーンから外へ落ちていた。

打者は余裕を持って見送り、バットの先端がわずかに揺れただけだった。

何や、どないなっているんや、と滝川は席を立ち上がる。

「しっかりせんかい！」

まだ同点なので、動揺しなくてもいい。

坂下はサインを交わすと第二球を投げた。しかし、またもボールだった。

これまでの実績から言えば、滝川もいちいち目くじらをたてなくてもいいのだ。

坂下は下唇を噛み、グラブを強く叩いて捕手のサインに頷き、次の球を放った。

「ストライク！」

得意の内角低めの速球だった。2ボール1ストライクとなり、次の四球目は落差のある変化球が決まった。これで平行カウントに持ち込んでいた。

勝負の五球目は高めの直球を打者が空振りをし、ようやく1死を取った。

続いて二人の打者は、遊撃手へのライナーと三塁ゴロに片付け、追加点は許さなかった。

カミコウ関係者はこの九回裏の反撃を願う。

打者は9番の坂下からで、監督の松田も代打を送らなかった。

応援団の熱い声援は坂下の気持ちを高揚させる。

投手でありながら打率は三割に届くほどの打撃力を備えている。

本人も自分の一撃で試合を決めたいと燃えている。その強い思いで一球目を打ち返したが、打球は三塁側の葵ケ丘高校の応援団に飛び込み1ストライク。次の二、三球目はいずれも空振りに甘んじてしまった。

葵ケ丘高校の投手はわずか三球で1死を取ったので気分が良かった。人差し指を挙げて内外野の選手にアウトカウントを確認する。

カミコウ応援団長の高瀬大介は、ここで次の打者に奮起を促し、名前を連呼する。

「カセカセ、辺見！　カセカセ、辺見！」

その期待を一身に集めて打席に入った辺見は、一球目を見逃し1ストライクを取られた。

続く二球目は高めの変化球が入ってきたので、強く打ち返した。

そのライナー性の打球は一塁手が差し出したグラブに当たり、勢いよくファールグランドのほうに逸れていく。

この適時打にカミコウの応援団も選手も熱狂した。

辺見は駿足を活かして一塁ベースを回り、速度を落とさずに二塁へと疾走する。

右翼手はフェンス際まで打球を追いかけ、それを摑むと必死に二塁へと投げた。

間一髪でセーフになった辺見は、ベース上で右拳を突き上げた。

応援している滝川は、やったーと絶叫していた。

1死二塁ならば勝ち越しの可能性もある。

次に打席に入ったのは2番の田所だ。

ベンチで采配する松田は慎重な策を採り、手堅い犠打のサインを送った。

延長になれば勝率がかなり悪くなるのを経験しており、ここは絶対に加点すべき状況にある。

注意しなければならないのは併殺なのだ。

葵ケ丘高校のバッテリーは当然犠打もあることを念頭に置き、まずは相手の出方を探るため
一球外す。

ここで誤算が生じた。投球が大きく外にずれて捕手が捕り損ねてしまったのだ。

二塁走者の辺見は、余裕を持って三塁に進む。

松田は投手が動揺しているのを見抜き、スクイズよりも打てのサインに変えた。ところが田所は大きな内野フライを打ち上げてしまい、それは実らなかった。カミコウはここで消沈する

わけにもいかず、2死三塁で3番の藤吉にすべてを託すことにした。

葵ケ丘高校の内野陣はマウンドで輪になり、次の作戦を練る。3番を敬遠しても次が4番なので、勝負することに決めた。

外野手は全員がバックホーム態勢を敷く。

投手はサインを確認し、三塁走者を睨み、渾身の力を振り絞って投球した。

一瞬、観衆が度肝を抜かれる金属音が炸裂した。

藤吉の打球は弾丸のように三遊間を突き抜け、左翼手前に到達した。

その間、三塁走者の辺見は笑顔いっぱいで本塁ベースを駆け抜けていた。

カミコウは2対1で葵ケ丘高校を撃破し、明後日の準々決勝に駒を進めたのだ。

対戦チームは優賞経験のある大阪城北高校である。

十三章　心変わり

カミコウの校内は静まり返っていた。

ほとんどの生徒が野球の応援に行っているので、校庭には部活で汗を流す者はいない。

校長室のソファに腰を下ろしているのは、副校長の鶴本と南港の中央公園野球場から抜けてきたＡＨＯＵで、どちらも冴えない表情で向かい合っていた。

少し前、ＡＨＯＵはカミコウに駆けつけるとすぐに校長室に入り、そこで待ち構えていた鶴本から話を聞いた。

鶴本は滝川と共用しているパソコンを立ち上げると〈写ビオ〉を開き、画像をクリックし裸の女性教師で検索してみた。画面をスクロールしていくとあの写真が載っていた。

「これを見なはれ、間違いなく本校の若杉先生でっせ」

「そっくりです……。これだけ似ていると、本人も否定できないですよね」

「美人やから、これを見る男性も多くいるはずや……」

「悪用されなければ問題になりませんが、どうでしょう」

普通に考えれば、これらの色気のある写真は、成人向け雑誌の出会い系サイトや電話ボックスなどに貼ってあるピンクチラシの写真に転用される恐れもある。

ＡＨＯＵがそれを指摘すると、鶴本も弱気になる。

「それを考えるとぞっとしまんな」

「知り合いの者が見たら、学校に電話がかかってくるかもしれません」

「その前に何とかして妹さんを説得しなければ、大騒ぎになりまっせ」

「脅かされていますから、なかなか……」

「もし相手が男なら力ずくで引っ張ってきて、少し痛めつければ吐かせることもできまんねん。しかし、わたしらはチンピラやヤクザではおまへんからな」

「かといって、諸般の事情を考えれば、警察に届けられない」

「先生、この写真を一日遅れで、ここに載せたのはどういうことでっしゃろ」

「まさか、野球の試合の進み具合を見てから……。それは考えすぎか」

鶴本はパソコンを一度シャットダウンし、応接ソファのほうに向かい腰を下ろす。

ＡＨＯＵも同じように座り、しばらく対応策を話し合っていた。

良い考えも浮かばないまま、時計の秒針だけが大きな音で時を刻んでいく。

それを中断するようにドアにノックの音が響いた。

鶴本が慌てて滝川のデスクに歩み寄り、パソコンが起動していないのを確認し、どうぞと返事をした。ドアが開き、姿を現したのは若杉弥生だった。

その顔を見て、鶴本は思わず生唾を飲み込んだ。

「ああ、若杉先生……。試合のほうはどうなりました？」

若杉弥生は、途中で抜けてきましたと告げると、デスクのほうへ体を運んできた。

「校長から聞きました。こっちのほうが気になって……」

鶴本は迷っていた。視線はパソコンに注がれる。

「どないします……」

若杉弥生は冷静に捉えていた。自分の半裸ではないのだ。

「球場で妹にもメールをしましたけど、何の返信もなくって……。身内ですから、載っているのを確認しないわけにもいきませんね」

ＡＨＯＵも静かにデスクのほうに近づく。

鶴本がパソコンを立ち上げ、例のサイトを開き、あの写真を画面に映し出す。

若杉弥生はフルフレームのメガネで覗く。

「本当に載っているわ。イヤらしい説明がついて……」

ＡＨＯＵは直観的な感想しか言えなかった。

「こんなに綺麗やったら、次々に拡散するかもしれませんね。一番困るのはカミコウ関係者の誰かがこれを見たら、間違いなく若杉先生と決めつけてしまうことです」

鶴本は、これが動画でなくてほんまに助かった、と慰めにならない言葉を漏らす。

若杉弥生は画面から目を逸らし、二人を順に見つめる。

「このままだと、わたしは学校にいられなくなります」

この事実が人から人に伝われれば、いくら妹だと抗っても誰が信じてくれるのか。

ＡＨＯＵは素人探偵として、何か解決手段を考えなくてはならなかった。

「校内には誰かパソコンに詳しい先生はおられませんか。工業高校ですからね」

普通に考えれば、サイトの運営会社に申し出れば削除してくれるかもしれない。また専門的な知識を持っている先生なら、処理する方法を教えてくれることも考えられる。

しかし、犯人からすれば別のサイトに載せると脅してくるはずだ。

鶴本は教職員の顔を数名思い浮かべた。

「情報システム科に畑田という先生がいてるのですが、これが口の軽い男なんでとても頼めたもんではありまへん。そうでんな、若杉先生」

ええ、と頷く若杉弥生にしてみれば、まさに泣きっ面に蜂だった。

「他の先生方に相談するとしても、こういう手の写真は恐らく外に漏れてしまうでしょう。そうなると意味がありません……」

室内に陰鬱な空気が漂いはじめたとき、いきなりドアにノックがあった。

その空気が瞬時に凍りつく。

鶴本は素早く反応し、パソコンをＷｉｎｄｏｗｓの画面に戻した。

ＡＨＯＵと若杉弥生は目配せし、急いで応接ソファのほうへ移動した。

二人が着席してから鶴本が、どうぞ、と応えた。

ドアが静かに開くと、顔を覗かせたのは女性事務員だった。

「校長に速達です」

それを携えてデスクのほうへ進んできた。

鶴本は柔和な顔つきで、ごくろうはん、とそれを受け取る。

女性事務員は室内に三名もいたとは予想していなかったとみえ、ちょっと首を傾げた。

尤も今日の野球の試合はまだ5回戦なので、応援に参加しないで別の仕事に精を出している先生がいたとしても不思議ではない。彼女は黙礼すると退室した。

AHOUは、これは犯人からやな、と推理した。

鶴本もそれを予想していたようで、すぐに封筒の裏を見る。

「やっぱりあいつや……」

今回もワープロで手紙を作ったようだ。差出人はてなもんややすしだが、住所は前回の市内北区とは違い、大阪市天王寺区天王寺×××と変わっていた。

AHOUは犯人の心理を自分なりに読み解く。

「写真をネットに載せたので、こちらの動きが気になるのだな」

鶴本は今すぐこれを開封したい。

「おそらく今度は、明日までに四千万振り込めと……」

若杉弥生は自分が脅しのネタにされていることに腹が立つ。

「校長は絶対に拒否しますよね」

鶴本は、もちろんでっせ、と彼女に同情する。

「この手紙にびっくりするような事が書いてあっても、金は払いまへん」

ＡＨＯＵは冷めた見方をする。

「犯人の立場になれば、写真をサイトに掲載したので、カミコウは絶対に金を振り込むはずだと自信を持っているはずです。もう脅迫状を作らなくてもいいとね」

悠長に構えている塾の先生に、若杉弥生は呆れている。

「副校長、こんなに問題が大きくなる前に、何故警察に相談しなかったのですか。それに教職員をすぐに招集し、みんなの意見を聞いたうえで話を進めるべきでしょう」

鶴本は耳が痛い。言い訳に終始する。

常識で考えれば、彼女の指摘するとおりだ。しかし、現状では野球をしている選手や就職する生徒のために表に出してはならない。高瀬理事長からも内々に解決するように厳命があった。

若杉弥生は納得できるはずがない。

「それなら何故始めからきちんとした人を雇わなかったのですか？」

フルフレームメガネの奥からの視線が、ＡＨＯＵに突き刺さる。

「わたしも迂闊でした。少しは功名心があったのかもしれません。やはりここはプロに任せるべきでした」

鶴本は、今更弁解されても、と封書をデスクの上に置く。

「何とかしてわたしらで解決しませんと……。それに本校に限らず、どこの学校でも警察事案を抱えることは、どんな理由があろうと結局マイナスイメージになりまっせ。でも、全然手掛かりがないわけでもない。妹さんがその鍵を握っているんですから……」

そう言うと、パソコンの脇の受話器を取り上げ、プッシュボタンを押す。つないだ相手は、南港の中央公園野球場で応援している滝川だった。

鶴本は、たった今犯人から速達が届いた旨を伝えた。

滝川は開き直っていて、そんなに驚かなかった。

――それより今試合が終わったとこや。2対1のサヨナラで逃げきったからな。まあまあの戦いぶりやったんと違うんか。これから帰るで……。

鶴本は受話器を戻して、顔いっぱいに笑顔を浮かべた。

「本校が2対1で勝ったそうです。校長はまもなく帰って来られまっせ」

AHOUも母校のように嬉しくなった。

「これでベスト8ですか。さすがに名門校だけのことはある」

若杉弥生だってこの勝利を祝福したいが、気持ちがそれを許さない。

「わたしのことはどうなるのでしょうか。あ、そうね、きっとみんなでわたしが辞めるのを待っているのですね。そうすれば本校がマスコミに叩かれることはない」

その美しい切れ長の目は、メガネの奥で粘りつくような光を発していた。

ここにいる鶴本も南港に残っている滝川も、おそらく今回の事件の対応については思惑が一致しているはずだ。なるべく早く彼女を辞めさせ、代わりの教師を雇うことだ。

あの写真がサイトに載った以上、打つ手はこれしかない。そうすれば本校野球部が大阪府の代表として、問題なく甲子園に出場できる。

鶴本は彼女の怒りの籠もった声が、部屋の外へ漏れないかと周りを気にする。

「わたしらには責任がないと言っているのではありまへん。しかし、せめて、せめてですな、カミコウチームが優勝を決めるまでは、何が何でも本件を隠し通さなければ、選手たちがかわいそうでっせ。そのことをご理解していただきまへんと……」

おもむろに壁のカレンダーに顔を向ける。

明後日の三十日が準々決勝、三十一日が準決勝、そして八月一日が決勝となる。

若杉弥生は辞職が現実になりそうなので、頭に血が昇っていた。

どうせ辞めさせられるのなら警察を呼ぼうかしら。

ＡＨＯＵはたまりかねて口を開いた。

「もう一回だけチャンスをもらえませんか。妹さんを説得してみます。あの写真がサイトに載ったので気持ちが変わっているかもしれません」

若杉弥生は妹のあやめと意思疎通を欠き、姉としては何とかヨリを戻したいという気持ちがある。

「きっと先生なんか相手にしませんよ。そういう子なんです」

ＡＨＯＵはこれまでの接し方が生温かったんだと腹をくくる。

「もっと強硬に出たほうがいいのかな……」

二人の議論はしばらく堂々巡りとなり、室内が白々しい空気とやり場のない憤懣で窒息しそうになった。

それから二十分ほど経ったところに滝川が南港から戻ってきた。

頭いっぱいに吹き出た汗をタオルで拭うと椅子に腰をかけた。

「今日の坂下はあまり出来が良くなかったが、まあ、勝ちは勝ちや。次は大阪城北やな、なかなかの強敵やが、一日休んでリフレッシュすれば本来の力を発揮してくれるやろ」

三名の顔を順番に見て、勝利の余韻に浸っている。

デスクの上には、犯人からの速達が置いてあった。

これやな、と滝川はそれを睨みつけ、抽斗から鋏を取り出し、手際よく開封した。

『カミコウのアホどもへ。もうあのサイトを見ていると思うけどな、そっちがいつまでも金を払わないというなら、こっちも次へ進んでもええんやな。実名を公表しようか。明日の午後三時までに四千万を絶対に振り込んでや。若杉先生によろしく』

滝川はその手紙を握りつぶしたい衝動にかられたが、辛うじて抑え、

「人を小馬鹿にしているというか、だんだんエスカレートしてきたで……」

それを傍の鶴本に手渡した。

鶴本は急いで黙読すると、次に若杉弥生のほうへ差し出す。

「四千万か……、明日は金曜日でんな」

若杉弥生も鋭い視線でその文面をなぞる。

「わたしの名前を本当に載せるでしょうか」

募る不安を払拭しようもなく、最後にＡＨＯＵの手にそれを乗せる。

ＡＨＯＵは一読すると、

「この手のサイトは、実名までは載せないと思いますよ」

それだけ言うのがやっとで、手紙を滝川に返した。

〈写ビオ〉に掲載されている色っぽい画像は、動画も含めて、たいてい個人が楽しむためなので、実名を使用すると本人から名誉棄損などで訴えられることになる。

もし、若杉弥生の名前が書かれていたら、本人の執るべき対応は警察に被害届を出し、犯人を捕まえてくれることを望むはずだ。警察は、学校関係者の身辺を探り、本格的な捜査に着手するだろう。そうなれば当然、犯人にも危機が迫り、金どころではなくなる。

滝川や鶴本にとっても、学校名が暴露されてしまうと命取りになりかねない。

最も深刻な事態になりそうなのは若杉弥生で、塾の講師の慰めなんかどうでもいい。

「わたしは今でも、警察に相談すべきだと思います」

滝川は敏感に反応し、それはでけまへん、とはっきり言った。

「若杉先生、百歩譲って警察に行ったとしまっせ。でも、妹さんがこれまでのような態度だったら、何の進展もないのではありまへんか。それに犯人を怒らせてしまった場合、妹さんも危なくなりはしまへんか」

「あやめは男のようなところもありますから、自分で切り抜けられると思います。それに警察にもお願いし、守ってもらうこともできます」

姉としてこのように言い返すのが、精いっぱいだった。

四人の議論が噛み合わないまま、時間だけが無駄に過ぎていく。


翌日の二十九日の金曜日、滝川はカミコウに出勤していた。

脅迫状が届いてからは、昼間のほとんどは自宅で過ごすことはなくなった。高校野球のことはもちろん、本校が脅迫されているとなれば気が休まるはずもない。

十時前、予期せぬことに犯人から速達が届いた。

『カミコウのアホな先生たちへ。どうせ期限の午後三時までに、金を振り込むつもりはないんやろ。それに若杉先生だけを苦しめるのは可哀相やし、写ビオに実名を載せるのは止めておくわ。でも、いつまでも拒否するわけにはいかへんで。そこでな、こっちも本気を出すことにしたんや。明日は高校野球の準々決勝やな。そっちがこのまま無視するつもりなら、試合がどうなっても知らんで。フレー、フレー、カミコウ』

これまでで最も残酷な内容だった。

明日の試合は、舞台を住之江区の南港から此花区《このはな》の舞洲《まいしま》に移して行われる。

この文面からすれば、若杉先生のことはひとまず横に置き、野球の試合のほうに狙いを変えたようにも読める。

だが、実行するには容易ではないはずだ。球場内で騒ぎを起こせば、観客や係員が取り押さえるだろうし、それに確かテレビ中継もされるので条件は悪い。

そんなアホなことができるか、と滝川はバッサリ切り捨て、豊津の先生のところに電話をした。

ＡＨＯＵはアパートで足の爪を切っていた。ケータイに着信があったので手を伸ばす。滝川からだった。

「えっ？　今度は野球のほうに……」

――信憑性はありまへんけど、実行されたらえらいことになりまっせ。

「犯人はまだ金が入らないので、自棄になったんですかね」

――前々からこんな作戦を練っていたとは思えまへんが、それにしても舞洲で何か起こしそうなんて、むちゃくちゃを通り越してどアホですわ。

「明日は舞洲ですか。しかし、何をするつもりなのかな」

――想像でけまへん。

「もしかして選手とかに狙いをつけているのではないですか？」

――それは大丈夫と思いまっせ。特にレギュラーの選手は通いではなくて寮で寝起きし、試合期間は監督が選手のケータイを没収し、夜も外出できないように出入口に見張りを置いて、がっちり管理してまんねん。

「明日からの試合に狙いを絞ってきたとなると、選手にも目を向けなければなりませんね。それと校長、金についてはどんなふうに？」

――それがでんな、五千万に増えていると予想しておりましたけど、一言も無しですわ。おそらく試合の経過を見て、明日には要求してくると思いまっせ。

「土日は銀行が休みですから、決勝までの三日間がヤマになりますね。しかし、どうして野球の試合を邪魔するように考えが変わったんですかね」

――先生、こうなったらわたしらだけで見回るしかないようでんな。

「他の先生方に頼むことはできない……。ま、最悪の場合を想定しても、人を傷つけることはできないはずです。そんな過激な行動を取れば証拠も残り、目撃者も大勢いますから、警察も捜査を始めます。それに犯人には肝心の金も手に入らなくなります」

――先生、明日はどないします。いっしょにバスで行かはりますか？

ＡＨＯＵはそれを断り、早めに球場に入ることを伝え、電話を切った。

校長室の滝川はしばらく考えてから、我孫子の若杉弥生に電話をつないだ。

たった今、犯人から速達が届き、その内容を塾の先生にも連絡したことを話した。

「どうも雲行きが変わってきたようでんな」

若杉弥生はネットに実名が載らないようになってきたので、いくらか楽になった。

――でも、あの写真はそのままなんですよね。それと心配なのは、ほんまに試合を妨害するなんてできるのでしょうか。

「おそらく虚仮威《こけおど》しと違いまっか。取り敢えず明日は塾の先生と見回ることにしたんですわ。ですから、今までのように他の先生方には内緒にしてもらえまへんか」

――わたしのほうは妹に連絡しているんですが、わざと避けているみたいで全然つながらないんです。もう最悪です。

「若杉先生、あの写真をできるだけ早く削除しないと、困るのは先生自身でっせ。まことに言いにくいことですが、悪い噂が広がる前に進退を決めてもらいまへんと……」

――それはわかっています。わたしも学校や生徒、それに保護者のみなさまに迷惑をかけるつもりはありません。

「わたしもですね、高瀬理事長のさじ加減ひとつですから覚悟はしてまんねん」

責任は取るつもりなのだ。ただむざむざと学校を去るわけにはいかない。犯人を捕まえるまでは……。

同じ日の午後七時、ＡＨＯＵは弱虫塾の壇上にいた。

今晩の出席者は男子四名と女子三名で、出欠簿に○をつけてから行方不明の北島弘司の消息を聞いてみた。けれども、誰も良い情報を持っていなかった。

授業の主な内容は、かつてこの塾に通っていたＤという男子生徒のケースだ。

彼は生野区の生まれだった。地元の高校に通っていたときも生徒や先生方とは何も喋らず、自宅でさえ家族とは顔を合わせないで部屋に閉じこもっていた。

両親から彼の暮らしぶりを聞いたところ、中学生の頃から孤独を好み、学校にはほとんど登校せず一日中プラモデルを作ったり、美少女のフィギュアで遊んでいたらしい。

俗に言うとオタクなのだ。たまに外出するときは、コミックマーケットやキャラクターが集まるイベントなどを楽しんでいたという。

Ｄはこの塾に顔を出すようになっても、みんなとはほとんど会話しないし、先生方が意見を求めてもニヤニヤ笑っていることが多い。

ＡＨＯＵも手を焼いていたが、ある日思い切って誘ってみた。

明日の午前十時頃、近くの幼稚園でちょっとしたお遊戯会があるので、良かったら手伝ってくれないかと持ちかけたのだ。

これは幼稚園からの依頼でもあった。D君が動物の着ぐるみのなかに入り、園児や保育士たちといっしょに遊ぶので喋らなくてもいい。一時間ほどだから頼むよ、と話した。

Dはちょっと考えてから頷いた。

当日、AHOUは彼を伴って幼稚園に出向いた。

Dはいつも青白い顔をしており、病人そのものだった。

その日は三体の着ぐるみが用意されていてパンダ、ウサギ、タヌキが机の上に乗っていた。

Dが選んだのはパンダで、残りの二体は保育士が着用した。

園児たちに一番人気があったのはパンダで、それがぎこちない動きで登場すると、すぐに群がってくる。みんなとゲームをしたり、踊ったりして楽しく過ごす。

Dは普段からあまり口を開くことはしないが、この日は園児とじゃれあってわーっとかきゃーっとか声を出し、自らも楽しんでいるようだった。

AHOUは想像をふくらませた。

そのパンダの着ぐるみのなかで、Dはおそらく新しい世界の主人公になっている。

これまでに他人との接触を極力避けて暮らしてきた。しかし今は、否応なく園児たちの小さな手が自分に触ってくる。初めは逃げ回っていたが、ふとしたときにつまずき転んでしまった。

その着ぐるみの上に二人ほど園児がのしかかってきた。

まさに彼らは形の異なるフィギュアであり、その柔らかな感触は自分の求めていた物と一致し、何とも言えない喜びを享受していたに違いない。

というのも、着ぐるみから出た彼の顔が精気を取り戻し、はっきりと紅潮していたのだ。普段の暮らしでも自らの堅い殻に閉じこもり、その小さな世界だけが唯一の住処だと思っていた。ところが今回の体験で、それが一気に砕けたようだ。

その後Dは高校を中退し、某プロダクション会社に勤め、いろんな着ぐるみのなかに入り、各地で開催されるイベントに出向き、キャラクターに変身して活躍している。

AHOUは、この例のように誰でもちょっとしたきっかけで新しい道が開け、自分に合った仕事が見つけられると力説した。

だが、ここに親が参観していたら、この進路指導には愚痴をこぼすかもしれない。

生徒らの反応も鈍く、そもそも自分たちはオタクとは関係ないと言い切った。

やがて授業も終わり、生徒が帰ってしまうとAHOUは事務室に残って事務員と喋っていた。

話題の中心は何といっても高校野球になる。十五分ほど過ごした。

時計を見て駅に向かおうとしたとき、北島弘司の母親から電話がかかってきた。

AHOUは途端に背筋が寒くなった。

もしかして事件でも起こしたのか！

それは思い過ごしだった。母親が説明した。息子の捜索願いを警察に出そうと家族で話し合っていたとき、かって尾道で近所付き合いをしていた奥さんから連絡があったのだ。

それによれば北島弘司は二十七日から生まれ故郷の尾道に新幹線で帰り、友だちの家に泊まらせてもらっているらしい。この二十八日が仲のよかった暴走族の友だちを死なせてしまった日に当たり、その墓前に花を手向け、線香を供えて謝罪した。

バイクの事故を忘れないためにも、安らかに眠ってくれることを願うとともに自分もまともな生き方をすると誓った。側にいる親族にも深く頭を下げた。

応対した相手の親御さんも、北島弘司だけに責任を押しつけることは避け、命日に遠いところから墓参してくれた礼を述べ、静かに見送ったという。

昨日までカミコウの試合に応援に来なかった彼の行動は、普通の高校生と何ら変わりがなく、心のなかはまだすさんではいないと一安心した。

十四章　迷走

三十日の土曜日、午後三時が迫る市内此花区の舞洲である。

大阪湾の埋め立て地にある舞洲ベースボールスタジアムは、難点としては打球が風の影響を受けやすい。正午前にかなりの雨が降った。従ってグランド状態は悪い。

そんななかで高校野球大阪大会の準々決勝の第二試合が始まろうとしている。

カミコウ（上方工業高校）が対戦するチームは大阪城北高校だ。

この球場はそもそも二〇〇八年の大阪オリンピック誘致に伴い建設された。内外野合わせて一万人の観客を収容できる。

外観で目立つのは、シンボルとして半円形の巨大な黄金色のアーチが設置されていることだ。それは球場外の二地点をつなぐ形で、一塁側と三塁側の内野席の上空を跨いでいた。

これはバックネットも兼ねており、未来へつなぐ両チームの友情の懸け橋でもある。

芝生の外野スタンドは閉鎖されていて、内野のほうは六割ぐらいの観客で埋まっていた。

両チームの応援団は試合前から熱い声援を競い合い、選手以上に燃えていた。

テレビで生中継もされ、画面には投手の球速も表示されるはずだ。

一塁側には緑色の帽子と黄色のTシャツのカミコウの応援団が整然と並び、三塁側には大阪城北を現す紫色の帽子の花が、萌黄色の畑のなかでハーブみたいに咲き誇っていた。一塁側の最上段の席には、ＡＨＯＵと滝川が並び、やや緊張の面持ちをしている。昨日届いた脅迫状が試合を妨害するような内容だったので、無視するわけにもいかず、最悪のことを想定して交代で見回ることにしたのだ。

ＡＨＯＵは滝川よりもいくらか楽観視していた。犯人の行動はまったく読めないが、発想を転換して観客が監視していると思えばいい。試合が始まると、一回の表裏はＡＨＯＵが担当し、両チームの応援団席や通路、トイレなどを点検しながら動き回った。二回は滝川が警戒の目を光らせた。

試合のほうは白熱の投手戦といってもよく、五回表まではどちらも無得点だった。その間、騒ぐ客もいなかった。もしそれを発見したら係員に知らせなければならない。手掛かりがひとつもないのに、事前に犯人を捕まえるのは無理だ。だが、何か突発的に事件が発生し、観客に危害が加えられたらすべてが水の泡となってしまうので気は抜けない。

試合に動きがあったのは五回裏で、カミコウの攻撃のとき1死の後、6番の小森が二塁打を放ち、続く7番の刈野も右中間を破る二塁打で貢献し、待望の1点を先取した。応援団も歓喜に酔いしれる。

そのなかに若杉弥生の姿も混ざっていた。本人もいつものように応援しているつもりだが、実際は気持ちが乗っていなかった。

あの写真がインターネットで配信されてから二日目に入ったので、いつ何時本校関係者や知人などからそれを指摘されるかもしれないのだ。

あれは妹のあやめなんです、と言い訳をしても、あまりにも似すぎているため、誰も信じてくれないだろう。それどころか、妹さんのせいにするなんて、あなたはそれでも教育者なの、澄ました顔をしてよく教壇に立てるわね、なんて面罵されるのが予想できる。

試合のほうは結局、カミコウが貴重な1点を守り、大阪城北を負かしていた。

辛口の評価をすれば、接戦なのでこの次の試合を心配する者もいる。いずれにせよ、試合が終わると、応援団は笑顔でバスに乗り込み、帰路についた。

ＡＨＯＵは滝川といっしょにカミコウに戻ってきた。

滝川は留守番をしている鶴本に、内野スタンドを見回った様子などを話した。

鶴本はそれを聞いて安堵したが、明日は準決勝であり、引き続き警戒しなければならないので、滝川に同情する。

「校長、明日は日曜でっさかい、観客も大勢押し寄せるのと違いまっか。そうなると不審者を捜すのも大変でっせ」

「そこが悩みの種や……。でもな、このことを大会事務局に申し出るわけにもいかんやろ。もし球場に警備員があちこちいたら、何事やろと大騒ぎになるで」

ＡＨＯＵは滝川の視線を受け止め、

「そんなことをすれば犯人を喜ばせるだけです」

滝川は推理の網を広げる。

「もしかしたら明日辺り何か事件を起こして、月曜日の決勝戦のときに金を振り込ませる魂胆かもしれへんな」

鶴本は壁のカレンダーに目を向けた。

「ここまで来れば本校が八月一日の決勝に進むのは確実でっしゃろ。犯人はそれを予想し一度は下見をするかもしれまへんな」

ＡＨＯＵは首を傾げる。

「校長、今回の犯人は他校の野球関係者ではないですよね」

「そこまでは考えられまへん。いくら本命になっているとしても……」

滝川はそれを一蹴した。

初めに送られてきた脅迫状のネタは、校内で裏ビデオを撮影していることだった。

ＡＨＯＵはこの場で何も助言できない引け目がある。

「今日は塾の担当ではないので、夕方にでも妹さんを訪ねてみるつもりです。何とかしてあの写真を撮った相手を探さないと、解決には結びつきませんからね」

滝川と鶴本は冷めた表情をしていた。

尚、準々決勝は南港の中央公園野球場でも行われ、その結果カミコウの明日の相手チームは強豪校の履修社と決まった。

夕方の六時前である。それでも気温は三十度を超えているだろう。

ＡＨＯＵは心斎橋筋商店街にある高級ブティック店を訪ねた。

店名は『ル・ミリオン』といい、外から覗き見ると若杉あやめの姿はなかった。思い切ってドアを開け、彼女に会いたいと店員に申し出た。すると彼女は休みという返事だった。交代制らしい。それならばと、直接自宅まで押しかけることにした。

まず滝川に電話をかけた。若杉先生のところに電話をしてもらい、その住所を手に入れ、すぐに地下鉄で阿倍野に向かった。

駅から歩いて十分ほどのところにあるマンションで、見上げると二十階はある。

一人で住むには豪華な住居だった。

通りの先では、あべのハルカスが建設中だった。完成すれば日本一の高層ビルになるという。

そのマンションの出入口はオートロックなので、棟内に立ち入ることはできなかった。

近くの喫茶店で見張ることにした。通りにネオンが目立ちはじめるようになったので、若杉弥生に連絡を取り、建物内にいたら出てくるよう連絡してもらったが、姿を現さなかった。休日なので彼氏とどこかに出かけているのだろうか。

ＡＨＯＵはその喫茶店で九時過ぎまでねばったが、彼女に出会うことはなかった。何の成果もないので、滝川にケータイでそのことを伝え、やむなく引き上げた。

三十一日の準決勝、昨日と同じ舞洲ベースボールスタジアムである。

今日は白い雲間からときおり清々しい陽光が降り注ぐ。若干の蒸し暑さは残っているものの、内野スタンドの上空を跨ぐ巨大なアーチは黄金色に輝いていた。

試合開始が日曜日の午後一時ということもあって、観客は一般人も多く入場し、内野席は七割くらい埋まっていた。

カミコウに挑むのは豊中市の履修社で、これまで何回も甲子園に出場している強豪校である。今日も外野スタンドは閉鎖されている。T字型の黒いスコアボードの上には国旗や大会旗、両チームの校旗などが並び、大阪湾からの風を受け気持ち良さそうに泳いでいた。

内野スタンドの一塁側にはカミコウの応援団が詰め、父兄や子どもの姿がたくさん見られた。こちらは緑色と黄色に染まっている。

相対する三塁側の履修社のほうは青い帽子と半袖のカッターシャツ姿の生徒が並び、チアリーダーも五十人くらい列を作り、男女共学ということで若々しさが溢れていた。

ＡＨＯＵと滝川はいつものように応援団の一番上の席に陣取っていた。

ここからだと球場全体が一望できるので、何か異変があってもすぐに対処できると思ったからだ。

他の先生方は適当に散らばり、階段とか通路の横に腰を下ろしている。そのなかにはセルフレームメガネの若杉弥生も溶け込んでいた。ただ、どことなく顔色は暗く、席もかなり上のほうで他人との接触を避けているみたいだった。

若杉弥生はこの球場に着くなりＡＨＯＵから話を聞いた。昨晩、妹のあやめと会えなかったらしく、事件の解決にはまだ時間がかかりそうなのでストレスは溜まったままだ。

彼女自身、今朝方パソコンを立ち上げ、あのサイトを開き、例の写真を画面に出してみた。説明文も変わりはなく、同類の写真を探してみたが似た物はなかった。

応援団の席では、彼女の傍を通りかかる先生や父兄などからは、普段の美しさがどことなく欠けているのを不思議に思い、ときおり声を投げかける。

「若杉先生、気分が優れないのと違いまっか」

「この暑さでは、誰でもバテまっせ」

若杉弥生は顔を隠すように適当に相槌を打つ。

その席の六段下には、カミコウのアイドル的存在である内山さやかが座っている。太陽はときおり顔を見せる程度だが、やや大げさな日除けのつばの広い帽子を被っていた。

笑顔をふりまく彼女のほうは、応援とはいえ男性の視線を十分に意識しており、ハンカチで首を押さえたり黄色のＴシャツの胸を反らしたり、タータンチェックのタイトスカートでしゅっと伸びた美脚の素晴らしさを見せつけたりしている。

化粧にしてもいつもより濃いめだった。教師は本来は化粧はしないものだ。それに引きつけられた男性教師や生徒の父親などが、階段の脇で並び、順番に挨拶を交わす。

若杉弥生にとってはそのほうが良い。男性たちの視線が彼女のほうに向くので、一種のカムフラージュになる。

それでも突然声をかけられたりすると、心臓がぎゅっと縮む。

もし保護者の一人から、あの写真をネットで見ましたよ、先生も意外とハレンチなんですねなどと話しかけられたら、返事をどうしたらいいのか、それを思うと頭が痛くなる。

こんな状態で応援に力が入るわけがない。

やがて、試合開始のサイレンが球場に鳴り渡る。

その前から、両校の応援団とも声援に熱が籠もっていた。

一回表から坂下投手の投球内容は良かった。球に力が乗り、内角を低めに突く速球と外角に落ちる変化球がほどよく混ざり合い、三人の打者を翻弄し、見事に片づけていた。

マウンドを駆け降りる彼の足も軽やかで、この先も期待が持てる。

一塁側のベンチに近いフェンスの傍では、多くの女子生徒が集まり、声をかけたり、写真を撮ったり、名前を書き込んだ団扇を振って彼の健闘を讃える。

今大会に出場している選手のなかでは、彼が一番人気なのだ。背丈も百八十センチを超え、特に笑顔が爽やかで主将としてチームをまとめている。

一回裏のカミコウの攻撃は、打線がうまくつながった。

履修社の投手も制球力に優れ、球も速く、決して見劣りしてはいなかった。それ以上にカミコウの打者がしぶとく食らいつき、本塁打を含む連続安打で3点を先制していた。

また三回裏にも1点追加した。その間も坂下投手の好投が続いた。二回表には、打球が顔面を襲い、ひやりとしたが、素早く反応しそれを捕球していた。

滝川は内野スタンドを見回らなかった。

「4対0やて……。履修社らしくないな、どないしたんやろ」

かなりもつれると予想していたらしく、相手校を気づかう余裕があった。

一方のAHOUは腰を落ちつけている心境にはなれず、応援よりも監視に重点を置いて歩き回り、両チームの観客の動きに神経を注ぐ。

少しの異変でも見逃してはならないのだ。

それから七回までは両チームともゼロが並び、ある意味では面白味がなかった。

カミコウは八回裏も容赦しないで攻め続け、勝敗を決定付ける3点を追加し、履修社の戦意を完全に粉砕していた。

AHOUはあくまで裏方に徹し、両チームの応援団席を注意しながら巡回した。

試合も終盤になると、大差のためか履修社の応援団からは何度もため息がこぼれるようになり、全体に諦めムードが広がっていた。

それだけ坂下投手の投球が良かったのだ。

気のせいか、ＡＨＯＵが階段や通路を見回っているとき、観客から白い目で睨まれ、どうも不審者に思われているようだった。例えこの監視が無駄になったとしても、カミコウに雇われているからには手を抜くわけにもいかない。

試合が九回まで進むと、ＡＨＯＵは一塁側の滝川の隣の席に戻った。

「校長、こちらが警戒しているのがわかったんですかね」

滝川は勝利が確実になりそうなので見栄を張る。

「正直もう少しもつれると思っていたんやが、何か拍子抜けしてしもうたな」

「スタンドも不審なところはありませんでした」

「この分やと、犯人は始めから入場しておらへんな」

脅迫状を真に受けたのは仕方ない。でも、実際に試合を妨害することなどできるはずがないのだ。

ときたまニュースになるのは、スタンドにいる不審者がレーザーポインターを使って、投手の顔などに青色の光線を照射することだ。

もし今、誰かがそれを実行したとしても被害がなければ試合は続行されるだろう。それどころか後でテレビの録画などを検証すれば、犯人を捕まえることができるはずだ。

試合のほうは結局、カミコウが７対０で履修社を破り、明日の決勝戦に進出した。

ＡＨＯＵも滝川もある意味では安心し、相手校を予想しながら帰途についた。

因みに第二試合は、東大阪市の阪奈《はんな》高校が河内長野市の半井《なからい》高校を9対3で撃破し、初の決勝戦に名乗りをあげていた。


大阪市内の数多のビルの影が東方向に長く伸びている。

ミナミやキタの繁華街ではネオンはそんな点いておらず、東西の通りや南北の筋では生暖かい空気が車の流れに引きずられていた。

ＡＨＯＵは阿倍野の若杉あやめが住んでいるマンションの近くで、本人の帰りを待っていた。

昨日は会えなかったので、今日は絶対に捕まえるつもりでいた。

若杉あやめが、この土日の二日間、彼氏とどこかに遊びに出て留守にしているのは予想がつく。だが、日曜日の晩ならばねぐらには必ず帰ってくるはずだ。

今日の試合では犯人の妨害行為はなかったが、まだ大事な決勝戦は明日に残っており、それを標的にすることは十分に考えられる。

一時間ほど路上で待っていると、ようやく日も落ち、走行する車のライトも眩しさを増し、コンビニや喫茶店のネオンなども鮮明に浮かび上がる。

通行人を眺めていると、歩道の先から若杉あやめがこちらに近づいてくるのが見えた。

彼女は胸元がざっくりと開いた白っぽいワンピース姿だった。二の腕の白さも目立つ。左手でピンク色のボストンバッグを引いていた。

ＡＨＯＵは相手が近寄るまで動かなかった。

「どうも、こんばんは……。昨晩も伺ったんですが、タイミングが悪かったのかこちらには戻って来られなかったようで。ちょっとだけでも話を聞いてもらえませんか」

途端に、若杉あやめの目には不快な影が浮かぶ。

「正直言って、これ以上話したくありません」

言葉はきつかった。彼氏と楽しい一泊旅行をしてきたところなのに、貧相な塾の講師に待ち伏せされて、その思い出がいっぺんに吹き飛んでしまった。

ＡＨＯＵはどやしつけたいところを我慢した。

「何を寝ぼけたことを言っているんですか。お姉さんからあの写真がネットに載ってしまったことを連絡してありますよね。お姉さんの気持ちもわかってください」

歩道の真ん中なので、側に通行人が何名も行き交う。

若杉あやめはしかめっ面をして歩道の脇に位置を変える。言いがかりをつけられているように見せたいのか、顔は逃げてはいない。

「しつこいですね、あなたも……」

おいおい、それはないだろう、とＡＨＯＵは詰め寄る。

「お姉さんが、学校を辞めるようになっても平気なんですか」

「あなたとはこれ以上話したくありません。どいてください」

ＡＨＯＵは今日は話をつけるまで帰らないと決めていた。

「冗談じゃない。事態は深刻ですよ」

「わたしだって被害者です」

「それなら早く解決したほうがいいじゃないですか。あなたの気持ちひとつですよ」

周りの通行人が三人ほど立ち止まって、二人の会話に興味を持ちはじめた。

ここではまずいな。ＡＨＯＵはそれに気づくと、強引に若杉あやめの腕を掴み、少し離れたところにある喫茶店のほうへ引っ張っていく。

「あそこに入りましょう……」

若杉あやめは抵抗するのを諦め、そこに入店すると角の席に対面する形で座った。

「それでも塾の先生なんですか」

言いたいことは山ほどある。それに住居近くの喫茶店ならば、周辺に変な噂が広がるかもしれない。

ウェイトレスが近づいてきて水を置いたが、ＡＨＯＵは注文は後にしたいと告げた。

「このまま若杉さんが無視して帰ってしまうつもりなら、校長に頼んで被害届けを出させることもできるんですよ。そうなれば警察も動き、あなたのところにも参考人として話を伺いに訪ねてくるはずです。困るのはあなたです」

それを聞くと、若杉あやめはきちんと椅子に腰をかけた。

店内は二組の若いカップルと老人がお茶を飲んでいるだけで、天井からはＢＧＭがやや大きめで流れており、客の会話ははっきりとは捉えられない。

ＡＨＯＵは、水の入ったコップをテーブルから少し動かし、小声で質問した。

「あの写真を撮った相手は、誰なんですか？　大阪市内の人間でしょう」

今までの脅迫状の消印は、どれも市内から投函していることを現していた。

若杉あやめは口ごもる。

「本当に困るんです。わたしがばらしたとわかったら……」

まだ決断できないようだ。

「それなら、その該当者の年齢を教えてもらえませんか。五十代から上とか……」

てなもんややすしを名乗る犯人が、二十代の若者とは考えられないから、これまでずっとその線で追ってきた。

「わたしの好みがわかるような言い方ですね」

「犯人は、てなもんややすしと言うんです。どこか古臭い名前でしょう。わたしの推理ではどうしても年配の方に絞られてくるんです。何か思い当たることはありませんか」

若杉あやめは、半裸の写真を撮られた相手を一瞬思い浮かべた。

「変な名前ですね。一度脅迫状を見てみたかったわ」

「こっちが勝手に想像するとですね。小さな会社の社長とかではなく、かなり大きな会社を経営している方ではないかと思えるんです。何故かと言うと、あなたが住んでいるあのマンションですよ。普通のショップ店員が買える代物ではないからです」

「なかなか鋭い勘をしていらっしゃいますね。ですから、その方がカミコウを脅すなんて考えられないと言っているんです」

「……もうここまで絞られてきたら、思い切って話してもらえませんか」

若杉あやめは潮目が変わったと感じたようで、ようやく重い口を開いた。

相手は年配の社長で、彼から誘われたのは勤め先の高級ブティック店だった。

二年ぐらい前、社長が夫人に付き添って来店していたときだった。もちろん上得意のお客さまの一人で、丁寧な対応を心掛け、あやめが夫人の見立てを担当した。

社長のほうはあやめの顔をよく知っており、来店の際は気さくに会話をする間柄で、夫人も気に入っていた。

その社長は関西経済界の大物で、ときおり新聞や経済関係の雑誌に採り上げられることもある。

この夫妻は季節の変わり目に決まったように来店され、いつも合計で五、六十万のブランド物をお求めになるので、接客時には飲み物を用意するほどだ。

しばらく店長がにこやかに応対してからあやめに引き継ぐ。それから夫人が気に入った物を選び、試着室に入る。そのチャンスを見計らって社長があやめの耳元でささやいたのだ。次の日曜日、ゴルフのコンペがあるので冷やかしに来ないかと――。

あやめはゴルフの腕は下手だった。ただ、相手の身分を考えた。これまで芦屋や手塚山あたりのリッチな客を紹介してくれた付き合いもあり、その誘いを受けることにした。

もちろん社長の狙いは若い女の体が欲しいからで、仕事と遊びの切り替えはきちんとする性分だった。

若杉あやめは熱い柔らかな手で社長のそれを握り返し、落ち合う場所を聞いていた。

四日後、ゴルフのコンペが終わってから、二人は梅田の高級ホテルで一時を過ごし、それ以後いろんなホテルで六回ほど楽しんだ。

ところがある日、社長は某ホテルのベッドの上であやめの半裸姿を写真に撮った後、サイドテーブルのライターに手を伸ばし、煙草に火を点けて言った。

「あやめ、今日で終わりにしようか。わしは飽きっぽい性格でな、いつまでも一人の女に執着するタイプではないんや。おまえも不満なんかないやろ」

密会するごとに高価な腕時計やイヤリング、靴や鞄などを贈り、その極めつけはマンションの頭金まで払ってやったのだ。

社長はベッドに腰をかけ、煙草をくゆらせながら念を押した。

「これだけは言うとく……。この先、つまらんトラブルだけは持ち込むな。店に行ったときは今までどおりに接するんや。もし、わしの名前に傷をつけるような真似をすると、写真も公表するし、その綺麗な体が淀川に浮くことにもなるんやで。ええな」

若杉あやめは社長がカメラの趣味を持っていたとは知らなかった。

「お得意様に迷惑をかけるようなことはできませんわ」

契約の印に社長の頬にキスをしていた。

カミコウに送られてきた写真はそのときに撮られた物に間違いはないという。

この話は嘘ではないな。だが、ここで帰ってしまうわけにはいかない。

犯人らしき男との接点が若杉あやめのみだからだ。何か意表を突くボレーが欲しい。

そうだ！　カミコウは犯人の正体を掴んでいることを突きつけてみたら、相手はどう出るのだろう。

「若杉さん、良いアイデアを思いつきました。わたしが相手の方に手紙を書きますから、あなたから匿名で送ってもらえませんか。こうすれば送り主が誰だかわからないでしょう」

「そんなことで犯人がわかるとは思えませんけど……」

「とにかく時間がないのでやるだけです。それと封筒に相手の住所や名前を手書きすると若杉さんとばれてしまいますから、シールか何かを使ってください。差出人はそうですね、むーん、大阪城の主とでもしましょうか。住所は省いてください」

若杉あやめもこれから先も初老の講師につきまとわれたくないようで、

「その方を疑いたくありませんが、お姉ちゃんが困っているなら……」

このように良い返事をもらったので、ＡＨＯＵはすぐに豊津のアパートに帰った。大家さんにパソコンを借りて手紙を書き、まっさらな封筒にそれを入れると阿倍野に向かった。バイク便で届けようとしたが日曜日は営業しておらず、夜遅く若杉あやめのマンションに行き、自分の手でそれを渡し、近くの郵便局は避けるように助言した。

若杉あやめはシールを二枚作った。一枚は社長の名前と住所を印字し、もう一枚は差出人の大阪城の主の分だ。手紙の中身はまったくわからないので、気持ちが楽だった。

翌日の月曜日、それを携えて地下鉄御堂筋線を使い、阿倍野から勤め先とは逆方向の遠く離れた堺市の新金岡駅まで行き、駅近くの郵便局に速達として出したのだった。

十五章　これを読め

『Yは大阪城の主というもんや。おまえがてなもんややすしか。聞いた話では、高校野球で有名なあのカミコウを脅しているんやてな。おまえもえげつないことをするんやないかい。あそこは最近は不祥事は起こしていないが、どんな学校でも細かいところをつけば脅しのネタは見つかるもんや。そやそや、カミコウといえば十数年前、男性教諭らが研修旅行を名目にタイやフィリピンに出かけ、一部の者が現地で買春し、帰国後それを週刊誌に暴かれるという事件があったな。そのとき当時の校長は辞めさせられ、代わりに今の滝川という男になったんや。Yの推理では、恐らく似たようなネタを摑み、例えば不正入学をさせたとか、裏金をため込んでいるとか、どうや、大きくは外れていないやろ。待てよ、もしかしたらおまえ、カミコウの現役教師とかOBではないやろな。多分、何か気に食わないことが身近に起きて、その腹いせに今回の脅迫を思いついた。学校というところは崇高な理念を掲げ、生徒を指導するのはいいが、熱意を持っている先生でも意外と保護者なんかから陰湿ないじめを受けていることもあるからな。言うとくがな、Yの情報網は広いんじゃ。その証拠を見せたろか。カミコウは今は高校野球の時期と重なり、警察が関与するような事件に巻き込まれたくないんや。だから、事件を解決するために弱虫塾の先生に頼んだそうや。でもな、素人やから難しいで。それに警察も舐められたもんやのう。それでも腐っても警察や、間抜けなおまえなんか、本格的な捜査が始まればすぐ捕まるに決まっているわ。その理由を知りたいか？　おまえはかなり証拠を残しているんや。まず脅迫状の消印のことや。速達で出しているからには、郵便局の窓口に行っているやろ。窓口付近には防犯カメラが必ずついているから、おまえの顔もバッチリ撮られているはずや。もうひとつ決定的なミスを残しているから、今教えたるわ。それはな、封筒の宛名や住所をワープロで使って書いていることや。たぶん中身も同じやろ。それにしても今頃ワープロなんてびっくりしたで。ええか、このことを警察に通報すれば、捜査員をリサイクルショップなんかに派遣し、数日のうちにおまえのところに押しかけるはずや。もちろんプロやからインクリボンなんかからも探っていけるわな。Yが何でおまえのような間抜けにこんな手紙を送りつけたのか言うとくわ。大坂城のてっぺんから街を眺めていると、みんな汗を流して一所懸命働いている姿が見えるんや。大阪はほんまに人情にあふれたええ街や。おまえもきっと住人の一人やろ。最後にな、おもろい話をしてやる。カミコウはな、冷酷やで。初めから金を払うつもりはないし、脅しのネタになっている女性教師をクビにするつもりや。女性教師のほうはおそらくどこかのキャバクラでバイトをしているとか、それとも不倫現場を盗撮されたとか、そういうことやな。それと今ではカミコウが無視するので、ついに高校野球を妨害することにしたんやてな。でも、いい加減にこの辺で止めといたらどないや。優勝を目指している選手には何の関係もないんと違うんか。おまえには子どもはいるんか。そうやったらもう脅迫するのは止めときや。わかったな』

ところがこの手紙の受取人は大阪にはおらず、仕事で東京に出張していて、配達された月曜日には読むことができなかった。彼がこれを開封したのは火曜日の夜にずれ込み、帰宅して風呂や食事を済ませ、寝室のベッドに腰を下ろしてからになった。

八月一日の月曜日、午後一時前の市内此花区の舞洲ベースボールスタジアム――。

これから高校野球大阪大会決勝戦が始まる。今回勝ち上がってきたのは大阪市浪速区のカミコウと東大阪市の阪奈高校である。この組み合わせを予想した者は誰もいなかった。

外野スタンドは当初から閉まっているものの、内野席は超満員だった。

最も注目されるのは阪奈高校で、三塁側の応援団は東大阪市の市民はもちろん、市長まで駆けつけ、あたかも甲子園球場に出場しているかのように興奮していた。

関西のマスコミ各社の関心も高く、某新聞の野球担当記者はもし阪奈高校がカミコウに勝利すれば、大阪府の高校野球の歴史も変わると豪語しているのだ。

雲の多いうだるような天気に負けず、どちらの応援団もすでに熱い応援を始めていた。

一塁側のカミコウの応援団のなかには、ＡＨＯＵと滝川の顔も並んでいた。

二人がいるのは監視員の役目もあるので、内野スタンドの一番上の席になる。

ＡＨＯＵは、試合の前で不謹慎かもしれませんが、と滝川に小さな声で伝えた。

「昨晩あやめさんのところに押しかけ、粘った末に説得したんです。わたしが大坂城の主という名前で手紙を書くから、それを相手に送ってくれと頼みました。こうまでしなければ何も進展しませんからね」

「ふむ、先生ならではの奇抜なアイデアでんな。手紙を書く人間と送る人間が別々ならば受け取ったほうもかなり混乱しますわな。すると妹さんもついに折れて……」

「自分の尻にも火が点いていることがわかったみたいで、ほんまに往生しました。あれだけお姉さんと顔が似ているのに、性格のほうはかなり違っているかもしれませんね」

「妹さんのことはさておき、問題は犯人が改心してくれるかどうかでんな……」

「それよりわたしがびっくりしたのは、あやめさんの生き方ですよ。自分の半裸がインターネットで流されているのに、何とも思わないんですかね」

「まあね、最近では自分の部屋をネットで生中継している女もいてますさかい、総じて社会規範が崩れてきているんですな。学校関係のことで話を広げれば、例の脱法ドラッグがだんだん浸透してきて、高校生が手を出しているというニュースもおました」

「ある意味では、いじめや校内暴力よりも怖い……」

「ですから、週の初めの朝礼では、絶対にやったらあかんと注意してまんねん」

「それはそうと、若杉先生の顔が見えませんね」

「そのうち来られると思いまっせ」

「欠席はないか、今日は大事な決勝戦ですから」

ＡＨＯＵはできるだけ早く彼女に会って、犯人らしき相手に手紙を送った件を伝え、少しでも楽な気持ちで応援してもらいたいと心待ちしていた。

時間が来て、試合が始まった。

一回の表は、まずカミコウが守備に就いた。

坂下投手が軽くウォーミングアップをし、場内アナウンスが守備に就く選手を紹介する。

その間、内野手や外野手はそれぞれで球を回す。それが終わると阪奈高校の打者が打席に入る。審判のプレイボールの宣告と同時にサイレンが鳴り響く。

両チームの応援団から、うぉーっという大歓声が挙がった。

坂下投手は捕手とのサインを交わした後、力強く第一球を投げた。

審判はストライクを取った。

球種は直球で内角の低めに決まった。

その判定に、応援団席の滝川はよしよしと頷く。

「完投できそうやな……」

ＡＨＯＵのほうは試合の内容よりも、犯人のことや若杉先生の姿が見えないことのほうが気になる。

「試合どころではないか」

彼女の気持ちになれば、もしあの写真のことを持ち出されでもしたら、言い訳もできないし、人目をはばかるのは仕方がないのかなと同情する。

グランドでは緊張感が漂っていた。坂下投手は監督の松田から、阪奈高校は打撃のチームだから、投球が単調にならないようにと注意を受けていた。

一回表の彼の投球内容は、まず先頭打者を三振に仕留めた。次の2番打者には痛烈な右翼手越えの二塁打を許してしまい、どうなることかと気を揉んだが、坂下自身が落ちついていて牽制球で刺し、3番打者には変化球を多くし二塁手へのライナーで片づけていた。

ここまでの試合経過だけでは結論はまだ出せない。阪奈高校の打率は参加校のなかでトップなので、打者が一巡してからが本当の勝負となる。

投手の坂下が気を良くしたのは意外と早く、味方がその裏に点を取ってくれたからだ。

1番打者が三塁ゴロで1死、次の2番、3番が連打で一、二塁とした。続く4番が凡退したのは痛かったが、5番が外野フェンスに当たる適時二塁打で2点を先制したのだ。

2死二塁でさらに6番打者に願いを込めたが、ピッチャーゴロに終わった。この幸先のよい得点でカミコウの応援団は大いに湧き、白いKの大文字もたびたび浮き上がった。

この良い流れが二回表の坂下投手の投球にも影響し、三振ふたつと二塁手へのファールフライで終えていた。

その後のスコアは2対0のまま動かなかった。

ところが五回表に動きがあった。阪奈高校の先頭打者が一、二塁間を破って出た後盗塁し、次の打者が左中間を抜ける適時二塁打を放ち、1点を返したのだ。

やはり阪奈高校は実力があり、侮れないチームなのだ。

2対1となっても坂下は動揺することなく、それ以後はピシャリと三者凡退に抑えた。

滝川は、さすがエースだけのことはある、と彼を褒めちぎる。

その裏のカミコウの攻撃になって、本来の打線がつながり、一挙4点を奪ったのだ。

阪奈高校の投手はここで交代し、リリーフがその後を完璧に締めた。

AHOUの顔にもようやく笑顔が生まれる。

「6対1やと、もう余裕でしょう」

滝川は恵比寿顔で、頭の汗をタオルで拭う。

「今日は坂下に任せておいても大丈夫と思いまっせ。先生、今晩は軽めの祝勝会をやろうと思ってまんねん。もちろんノンアルコールビールで乾杯になりますが、どうですか、参加してくれはりますか」

「いや、わたしは塾がありますので今回は遠慮させてもらいます。甲子園で優勝したときはお邪魔させてください」

「そうでんな、代金はいりまへん。それに大きな楽しみが秋のドラフト会議でっしゃろ。おそらく坂下はその目玉になるんと違いまっか。在阪球団の阪神やオリックスが絶対指名してくると思いまっせ」

「校長、いくらなんでも早すぎますよ」

ＡＨＯＵでさえ、浮ついた気持ちになる。

六回表と裏は、どちらも無得点だった。

この時点ではカミコウのほうが押し気味で試合を進めていた。

ＡＨＯＵは、ちょっと見回ってきます、と腰を上げた。

両チームとも身動きできないほど観客が詰めかけていたが、事件を引き受けているからには観戦は二の次にしなければならない。

内野スタンドを時間をかけて巡回したかぎりでは、不審者や不審物は見つけられなかった。

もちろん若杉弥生の姿も捜そうとしたが、似た人物もいなかった。

元の席に戻ったときは、上半身が汗みずくでタオルでも足らないくらいだった。

「阪奈高校のほうも凄い熱気でした。試合のほうもこのままでは終わらないと違いますか。それに犯人が紛れ込んでいたとしても妨害はできませんよ」

滝川も同じ意見で、今は脅かされている認識は薄い。

「あれはこっちを攪乱させるためでっしゃろ。それよりこれからが大事でっせ」

試合は七回表に入った。

ここで流れが変わった。この回まで沈黙していた阪奈高校の打撃陣が奮起したようで、目の覚めるような攻撃をかけてきたのだ。先頭打者がいきなり右翼手越えの本塁打を放ったのだ。それに呼応するように三本の長短打で2点を追加した。

スコアが6対4と競ってきて、滝川の頭にも血が昇る。

「うあーっ、どないなっているんや」

カミコウの応援団にとっても事態が急変し、応援団長の高瀬大介も声を嗄らす。

「みんなも死ぬ気で応援してるんか。もっと声を出せーっ！」

この一喝のすぐ後、全員がグランドに向かって、ガンバレ、ガンバレ、カミコウ！　ガンバレ、ガンバレ、カミコウ！　と連呼し、一体感を強調する。

ＡＨＯＵも声援を送りながら、

「ここを凌げば勝てるんや……」

と、両手の拳に力を込める。

阪奈高校は無死一塁なので、依然としてカミコウの危機は続く。

グランドでは捕手の小森が坂下のところへ駆けつけ、何事か話して所定の位置に戻り、サインを交わしている。

坂下は納得できないのか、首を三度ほど横に振り、ようやく頷いた。

このとき阪奈高校はヒットエンドランを狙っていた。普通の作戦ならば、手堅い犠打で走者を進塁させる。ところが打者のミスなのかタイミングがずれて空振りをしてしまい、途中まで進んでいた走者は引き返すことができなかった。

捕手の小森はそれを見て素早く二塁へ送球し、走者を一、二塁間に挟んだ。球を受け取った遊撃手は走者を追い詰めながら、一塁手へ送球する。一塁手は走者にタッチし、まず1死を取った。その後の二人の打者は内野ゴロと中堅手へのフライで仕留めたのだ。

坂下はマウンドを降りるとき、足がもつれたようになりベンチの気を揉ませた。

七回裏、その憂慮を吹き飛ばすように味方が1点を追加した。二塁打の後、次の打者が左中間を破り、走者が好判断でヘッドスライディングで突入し、見事に戦果をあげたのだ。

7対4と突き放したのは練習の賜物だが、その後の攻撃がちぐはぐで、三塁手へのファールフライ、次が三振、最後が一塁手へのライナーで終わった。

残るは八回と九回か……。AHOUはまだ勝利への確信が持てなかった。

「坂下も調子は悪くないようですが、相手もしぶといところがありますね」

滝川もこのままの点差で行くとは思っていない。

「まあ、阪奈高校も創立以来のビッグな出来事でっしゃろ。ここまで来たら死に物狂いで挑んで来ると思いまっせ」

「油断はできませんね」

八回表が始まり、場内アナウンスは打者名を告げる。

坂下はマウンドに立つと、自身に気合を入れるように外野のほうに向かい大声を飛ばす。その後、捕手の小森とサインを交わし、打者を睨みつけ、第一球を投げた。

「ボール！」ストライクゾーンからわずかに外れていた。

それでも二球目は低めの直球でストライク、三球目は変化球の高めでボール、四球目は内角を突く直球でストライクを取った。カウントは2ボール2ストライクである。

ＡＨＯＵは外野のスコアボードに目をやり、坂下に同情の言葉をかける。

「ここが踏ん張りどころや……」

滝川は、マウンドの坂下が慎重のあまり、投球のリズムが狂わないことを心配する。

「もうちょっと内角を攻めてもいいんや。それが持ち味やろ」

観客がコーチのように振る舞うのはよくあることで、五球目で打者をのけ反らせ、最後に変化球で三振に持ち込めばいいと勝手に想像する。

マウンドの坂下は、しっかりと球を握りしめ、度胸を決めて投げた。

打者は強く打ち返す。打球は一瞬で一塁側内野スタンドに飛び込む。

両チームの応援団は、その強烈な弾道の行方に異なる反応を現す。

阪奈高校は1点でも返しておきたいので、ファールとなったとき大きなため息を漏らす。

一方のカミコウはきゃーっと悲鳴を挙げるが、球が逸れた途端胸を撫で下ろす。

カウントは2ボール2ストライクのままだ。

坂下は一度ベンチの松田監督の様子を見てから投球動作に入った。

それは一四一キロの直球で内角を突いたがボールと判定され、３ボール２ストライク。

その次はまたもファールで逃れられ、決着がつかない。

守備に就いている内外野の選手も、ここは油断してはならないところだ。

坂下も忍耐強く、自らの信じる球を投げる。

「ボール！」四球を与えてしまった。

打者のほうに軍配が挙がり、バットを放り投げると一塁へと駆けていく。

終盤になっての四球は無念だ。

無死一塁の状況に、ベンチの松田は不満の視線を坂下に浴びせる。

捕手の小森は立ち上がり、大きな声で坂下を励ます。

まだ依然として３点もリードしているので、落ち込まなくてもいい。

カミコウの応援団のなかには、今の判定に対してブーイングする者もいた。

内野スタンドの上のほうで応援しているＡＨＯＵは、球がコースを外れているかどうかまでは確認できないが、捕手のミットの位置でそれが低めであるのはわかった。

「あの審判は、低めは取らないのですかね」

滝川も同じ心境だ。

「犯人の息がかかっていることはおまへんな」

投手の坂下を贔屓《ひいき》にするのは当たり前だ。

二人は外野スタンドの黒いスコアボードに視線を合わせる。

四名の審判の名前が並んでいた。試合中なので彼らの素性を探るわけにもいかず、ここで抗議しても判定が覆ることは絶対にない。

場内アナウンスが次の打者を告げる。

坂下は気持ちを入れ替えるように外野に向かって、大声で気合を入れた。

無死一塁ならば、阪奈高校は手堅く犠打で攻めてくるだろう。

坂下は一塁走者が少しずつ塁を離れるのを横目で見て、素早い牽制球を投げた。

走者は瞬時に反応し、手から飛び込む形で塁に戻る。

坂下は打者の犠打を警戒し、一球目はストライクゾーンをわざと外した。

阪奈高校は今大会では犠打は四本と少ない。打撃力で勝ち進んできたと言ってもよい。

だが、今は決勝戦の八回表だ。３点差を縮めるためには最低でも1点は返しておきたい局面なので、犠打の可能性も残っている。

カミコウ関係者としては、チームの堅い守りを信じるしかない。

坂下が投球動作に入ると、一塁走者は周りを注意し、すすすっと塁を離れる。

同時に三塁手の千年《ちとせ》は腰を落としながら前進する。

打者はバットをほぼ垂直に構え、鋭い視線で球のコースを読む。

坂下は二球目を投げた。

球が浮き上がるコースとなり、捕手の小森が立ち上がって捕球した。

一塁走者は二塁に進むのを止め、途中で一塁に引き返した。

カウントは2ボールとなって、カミコウ関係者は不安を募らせる。

スタンドで応援しているAHOUは、坂下の心理状態に気をもむ。

「力を抜くんや。ここを乗り越えれば勝てるで……」

滝川ももどかしい。

「坂下、3点リードしているから大丈夫や」

できたらマウンドに行って激励したいのだ。

坂下は捕手からの返球をグラブに収めると肩で深呼吸をした。その後、外野のほうへ向き、両手を大きく広げ、檄をとばす。

右翼手、中堅手、左翼手も守備が鉄壁であることを誇示し、大きな声で応じる。

坂下は一度帽子を脱ぎ、ユニフォームの袖で額の汗を拭う。

打者のほうは今度の球はストライクが来ると予想している。これも一種の読みだから当たり外れはあるが、投手の心理からいえばボールにはできない。

坂下は念入りにサインを交わす。そして一塁走者を睨みつけ、三球目を投げた。

コースは高めだったが、審判はストライクを取ってくれた。

カミコウ応援団はいっせいに大きな拍手を送り、それを讃える。

阪奈高校の打者のバットはぴくりともしなかった。見逃したのか、それとも手が出せなかったのか、本人にしかわからない。

滝川は、今の投球に満足する。

「もっと自信を持ってもいいんや」

カウントは2ボールと1ストライクで、打者は一度ベンチのほうを見てバットを構える。

AHOUはこのとき、ぞくっと身震いした。

「打ってくるぞ……」

坂下はサインを了解すると、一塁走者を気にしながら四球目を投げた。

甲高い金属音が破裂した。

途端にカミコウの応援団は、きゃーっと金切り声を漏らし、瞬時に凍りつく。

白球は三塁側の外野の方に上がり、徐々に左方向へと逸れていった。

AHOUの口のなかは渇ききっていた。

「危なかったですね。これが入っていたらえらいことになる」

滝川だって、その打撃音に思わず目をつむっていた。

「心臓に悪いな。ほんまに冷や冷やさせるわ」

マウンドの坂下だって、この打球の行方には肝を潰していたに違いない。

阪奈高校の一塁走者は、無念の顔つきで一塁に戻る。

坂下は次の投球まで、審判が嫌がるほどの間を取った。

そして一塁と打者のほうを交互に見てから深呼吸し、内角低めに五球目を投げた。

しかし、それはど真ん中だった。打者がこれを見逃すはずはなかった。

非情な打撃者は、カミコウ応援団と選手の思いを粉砕してしまった。

打球は三塁手の上を飛び越えると、三塁線の内側ぎりぎりのところで弾み、ファールグランドへと逃げていく。一塁走者は脚力を活かし、速度を落とさず二塁を駆け抜ける。

左翼手の野井打球は、打球が青色フェンスで跳ね返るのを捕捉していた。

ところがそのは、打球は独楽鼠のように複雑な動きをしていた。

一塁走者は懸命に三塁に向かう。

野井はそれに気を取られ一度視線を外した。それが仇となり、球を掴み損ねてしまった。

カミコウ応援団の誰もが、このミスに唖然となる。

滝川はそのプレイを眺めていて、悲痛な叫びをあげる。

「何をもたもたしてんねん！」

一塁走者は三塁に達していた。

打者は左翼手が慌てているのを目の端で捕らえ、一気に二塁へと疾走する。

左翼手から二塁へ球が返ってくるのと、打者が二塁へ滑り込むのがほとんど同時だった。

「セーフ！」二塁の審判は、両手を大きく広げた。

打者は二塁ベース上で、満面の笑みをたたえガッツポーズをしていた。

マウンドの坂下は、あかん、と今の投球を悔やむ。

カミコウの応援団にも小さなざわつきが起きる。

終盤になって相手チームが無死二、三塁となれば、赤信号が灯ったに等しい。

阪奈高校の次の打者が勢い込んで打席に入る。

坂下は興奮するのを抑えるためか、グラブに球を何度も叩きつけていた。

捕手の小森は見かねてタイムを取り、マウンドに走っていく。

外野手は三名とも目で合図を送り、所定の位置より少し前に進み、バックホームに備える。

小森は話を終えると捕手の位置に戻り、外野手のほうへ大きな声を飛ばす。

坂下はいちおうスクイズを警戒し二、三塁の走者を睨みつけた後、全力で投球した。

「ストライク！」審判の声は冴える。

得意の内角低めの直球だった。

打者はバットを立てたままで、三塁走者も本塁に突入する構えはしなかった。

坂下は少し笑みを浮かべ、サインを交わし終えると次の球を投げた。

外角に沈むシュートだったが、打者は迷いながらバットを突き出し、空振りをした。

どうやらスクイズは考えていないようだ。

2ストライクとなっても、バッテリーは尚もスクイズを警戒していた。

坂下は三球目を思い切りコースから外し、相手の出方を探ってみた。

打者は平然と球を見送った。

カウントは1ボール2ストライクで、坂下のほうがまだ有利だった。

カミコウの応援団もベンチのなかもその一球一球に固唾を呑み、ストライクならば気持ちが楽になり、ボールならば気落ちする。

坂下自身は3点差あれば逃げきれる公算が強く、投球のほうも逃げてはおらず、四球目も低めの直球で勝負をした。

打者はこれを打ち損じてぼてぼてのピッチャーゴロとなり、二人の走者は動けなかった。

阪奈高校の作戦のミスなのか、坂下は随分楽になった。

十六章　適者生存

カミコウを応援するどの顔にも、チームが1死を取ったことで一様に明るさが戻る。続く二人の打者も同じように片づけてもらいたい。

八回表のスコアが7対4で、依然として1死二、三塁の危機は続く。

阪奈高校の次の打者は、二人の走者を返すためにも闘志を剥き出しにする。

坂下と小森のバッテリーは、ここはスクイズを警戒し、慎重にサインを交わす。できたら併殺に持ち込みたいのだが、カウントが悪くなれば満塁策を採るのもやむをえない。

坂下が一球目に投げたのはあきらかにボールで、二球目はストライクに入った。次の狙いは外角の変化球で、これを打者が内野ゴロにしてくれれば確実に併殺は取れる。

阪奈高校にしてみれば伝統の打撃力重視を守り、監督のサインも甘い球が来るまで我慢して待て、でスクイズは考えていなかった。
二、三塁に走者を溜めている坂下にとって、ここが正念場と思っているらしく、サインの交換から神経を注ぐ。ようやくそれが決まった。
狙いは外角への速球だった。

だが、球はコースは外れ、真ん中に入ってしまった。

情け容赦のない金属音が響いた。その打球は一、二塁間を真っ二つに引き裂いた。これに連動して三塁走者は本塁に突入する。同じく二塁走者も三塁コーチがぐるぐる手を回すので、速度を落とさずに三塁ベースを駆け抜け、必死に本塁を目指す。

右翼手の田所は強烈なゴロをすくいあげると、右腕がちぎれるほどの動きで本塁に返球する。

走者は左手を目いっぱい伸ばして、本塁に突っ込んだ。

捕手の小森はその球をがっちり摑むと、走者にタッチする。

「セーフ！」

審判は、走者の手が一瞬早く本塁ベースの上を滑っていくのを確認していた。

その間、右前打を放った打者は走塁にも長け、二塁に到達していた。

うおーっ！　阪奈高校の応援団も補欠の選手も熱い歓喜の声を挙げ、続いて三塁側内野スタンドが、イケイケ阪奈、イケイケ阪奈の大合唱となる。

八回表、スコアが７対６と差が縮まってきた。

カミコウにとっては、この僅差は予想できなかった内容で、現実離れしていた。

滝川は校長の立場を忘れて、ヤジを飛ばす。

「今のはアウトやろ。審判、どこに目をつけているんや！」

まるで阪神甲子園球場の巨人―阪神戦の観客だった。

ＡＨＯＵも試合の流れが変わってきたようなので、余計な心配をする。

「坂下は大丈夫ですかね」

マウンドでは坂下を中心にして内野手が輪を作って、これからの対策を練っている。

1死二塁なので、危機はまだ続く。

阪奈高校の打者が自信ありげに打席に入ったところで、カミコウのベンチに動きがあった。

監督の松田が審判に投手交代を告げたのだ。

この異変に滝川が立ち上がった。

「何やて？　代えるってか……」

どないなっているんや、坂下はエースやろと不満を漏らす。

考えられませんね、とAHOUも眉をひそめる。

滝川は選手以上に熱くなっており、この投手交代劇には納得できないようだ。

「もしものことがあったら、松田はクビや……」

AHOUはまだいくらか冷静だった。

坂下投手の投球内容や球数から勘案すれば、この八回までに6失点では、とてもエースとは言えない。

この後の展開を考えて、坂下には見切りをつけ、リリーフにすべてを託したいのか、それともこの裏に坂下の打席が回ってくるので、代打に期待しているのか、そのどちらかだろう。

ただ、坂下にとって1点リードでの降板は後味が悪い。

場内アナウンスが、選手交代を告げた。

滝川はその名前を聞き、気持ちを切り換える。

「よっしゃーっ、樫山や、まだ二年生やけど、ええ度胸をしてまっせ」

この悪い流れを断ち切ってくれることを信じ、今は彼の腕にすがるしかないようだ。

ほとんどのカミコウ関係者は、松田の采配に疑問を抱いているようだが、監督なので彼に任せるしかない。

坂下は小走りにマウンドから降り、代わって樫山が立ち、投球練習を開始する。

彼は肩幅の広い逆三角形の体格をしており、その投球はゆったりとした動きだった。

八回表、スコアは7対6、1死二塁からの試合の再開である。

リリーフの樫山はカミコウ全員の期待に応え、その投球術を遺憾なく発揮した。

彼の力強い直球は最高一四四キロだが、見た目はそれより速く打者の懐に食い込む。

難点としてはコースが不安定で、捕手が立ち上がって捕球することもあったが、却って打者のほうが的を絞ることができず、球数が多くなるものの最後には凡打に抑えていた。

次の打者も難なく三振に仕留め、見事に火消し役を務めたのだった。

よっしゃ、よっしゃ、ようやったと滝川は彼を褒めたたえる。

ＡＨＯＵも何回も拍手を送る。

「ベンチの坂下も、気持ちは楽になっているはずです」

もし、あのまま続投し運悪く逆転されていたらショックも大きく、勝利投手の権利も失っていたかもしれないのだ。

八回裏、カミコウの攻撃となった。

ここでは追加点が欲しい。打席には7番の刈野が入った。

下位打線であったが、2ボール1ストライクの後、鋭く振り抜き中前打で出塁していた。

カミコウの応援団はこれまで以上に盛り上がる。

無死一塁で、次の打者は8番の野井だ。

ところがこのとき、ベンチが動いた。代打を立てるようだ。

野井は今大会はあまり活躍していないが、犠打ぐらいは決められる器用さはある。

場内アナウンスが爽やかな声で、その名前を告げる。

「バッター野井くんに代わりまして、三矢《さんし》くん、背番号12……」

この名前が呼ばれると、滝川は少年のように目を輝かせた。

「松田の考えがわかりまへんが、三矢くんは足も早いし、なかなかええバッティングをしまっせ」

彼が代打に出れば、チームは絶対に勝つというジンクスがある。

AHOUは外野のスコアボードに目を向けた。

「変わった名前ですね……」

「そうでっしゃろ、何か三ツ矢サイダーを思い出しますわな。あ、そうそう、実家が堺にあってトマトを作ってまんねん。だから、みんなから三矢のトマトの審査ってからかわれるんですわ。上から読んでも下から読んでも同じになりますやろ」

ＡＨＯＵは頭のなかでそれを逆にしてみた。

さんしのトマトのしんさ——なるほど簡単な回文になっていた。

その三矢が打席に入り、バットを振りはじめると、応援団は全員で連呼する。

カセカセ三矢！　カセカセ三矢！

松田の指示は恐らく打てだろう。ラッキーボーイに縋ることはあり得る。

代打になった三矢は、最低でも一塁走者を進めなければならない。

阪奈高校のバッテリーは慎重にサインを交わす。そして一球目を投げた。

それは低めに決まり、１ストライクを取られた。

二球目は内角の高めに入ってきた。

三矢がここぞとばかり打ち返すと、強烈な打撃音が球場内に響きわたる。

うわーっ！　両チームのどの視線もいっせいに白い弾道を追いかける。

それは一塁側のポールの外を通過し、ファールとなってしまった。

滝川は悔しがる。

「あーあ、風がなかったら入っていたところや。ここで点を追加するのとしないとでは、この後の樫山の投球にも影響が出てきまっせ」

今日は終日、大阪湾からの西風に注意しなければならない。

この回がゼロに終わると、1点差をひっくり返される恐れもある。

一塁走者の刈野は投手の挙動に気を注ぎながら、少しずつリードを取っていた。

阪奈高校の投手は目の端でそれを追い、秒速の牽制球を投げる。

刈野はそれを敏感に察知し、両手から一塁ベースに飛び込む。

審判は両手を広げる。

応援団に混じっている滝川は、途端に苛立つ。

「うろちょろすんな！　三矢に任せればいいんや」

阪奈高校の投手は一塁手からの返球を受け取ると、捕手とサインを交わし、一度一塁のほうを見て、三球目を投じた。

三矢は職人技のようにそれを強く打ち返した。打球は外野へと飛んで行く。

カミコウの応援団からは歓声が沸き、阪奈高校のほうは悲鳴が漏れる。

その飛球は中堅手の頭を越えるほどの勢いがある。

一塁走者の刈野は脚力を活かし、二塁ベース近くまで進んでいた。

このとき中堅手は打球を見ながら懸命に背走し、外野フェンスまでたどり着いていた。

白球は空に吸い込まれるほど高く上がってから、ゆるやかな放物線を描く。

中堅手はその落下地点を予測し、グラブの手をいっぱいにまで伸ばし跳躍した。三矢は走りながらそれを見ていた。入ってくれと願ったにも関わらず、どうやら西風に押し戻されたようで、中堅手が捕球した光景を目にし、足を止めて悔しがる。

一塁走者の刈野も、同じくそれを見届けると一塁に引き返してきた。

ところが中堅手はファインプレイの後、体のバランスを失い転倒してしまった。球を離さなかったので1死を取った。ところが立ち上がってから内野に返球するのに手間取っていた。どうやら足を痛めたらしい。

その一瞬のスキを見逃さなかった刈野は、全速力で二塁に向かった。

中堅手は慌てて球を投げ返す。遊撃手はそれを受け取ると走者にタッチする。

刈野は際どいタイミングでセーフとなった。

滝川は、よしよしと彼の好判断を褒めると、次の打者の樫山に願いを込める。

「ピッチャーやけどバッティングもええもんを持ってまっせ」

1死二塁の場面なので、阪奈高校のバッテリーもサインは慎重になる。そして第一球を投げる。ボールだった。続く二球目は甘い変化球で、樫山は見事に打ち返した。

打球は遊撃手を襲った。瞬時に反応した彼は直接捕球すると、すぐ側まで近づいていた二塁走者にタッチした。

カミコウチームは運悪く併殺に取られ、スリーアウトになった。

応援団席の滝川はため息をついた後、へこたれるわけにもいかず強気を押し通す。

「次をゼロに抑えればいいんや。絶対に甲子園に行くぞ！」

グランドではカミコウの選手同士が気合を入れながら、守備位置へと駆けていく。代打が出たので左翼手には守備に定評がある郡司《ぐんじ》が就いた。

リリーフの樫山はここを凌げば甲子園に出場できるので、自分に言い聞かせる。

普通に打たせて取るんや……。

三塁側ベンチを見ると、先発の坂下が大きな声で激励している。

阪奈高校の打者が打席に入る。

樫山は捕手の小森とサインを交わし、球種を決めると第一球を投げた。ボールだった。

続く二球目もボールで彼も固くなっている。三球目でようやくストライクを取った。

気持ちが楽になったのか、四球目は一四〇キロの直球だった。

ここはしかし、相手の打者もしぶとく食らいつき、強く打ち返してきた。

その打球は強烈で三塁手を襲った。

三塁手の千年は果敢にそれに飛びついたが、グラブの先を掠めただけで捕球することはできなかった。その後は左翼手の郡司が追いかけて摑み、必死で二塁へと返した。

結果としてアウトは取れず、走者が溜まってしまったのだ。

無死二塁となれば、カミコウ関係者も不安になる。

この先どうなるかと気を揉んでいた。次の打者がバントの構えから一転、打撃へと変更し、それが平凡な内野ゴロに終わったことで、胸をなでおろす。

一方、阪奈高校応援団は1死二塁でもかなりの期待を持っていた。二塁走者が本塁を踏めば同点となるからで、熱い応援が衰えることはない。

マウンドの樫山は次の左打者を迎えると、投球する前に相手を睨みつけ、意識的に一呼吸置いて二塁に牽制球を送る。そして決意したように一球目を投げた。

ストライクだった。内野スタンドの滝川のほうが安堵する。

「ここを切り抜ければ優勝やで……」

そのわずか六秒後、目を疑うプレイが発生した。

樫山が堂々とした動きで二球目を投じた。ここで狂いが生じた。打者の右腕に球をぶつけてしまい、1死一、二塁の不利な状況となってしまったのだ。

まさかデッドボールとは……。

カミコウの関係者は愕然となった。逆転される可能性が出てきた。

次の打者はずんぐりとした体格で、自信ありげに打席に入ると素振りを始める。

樫山は投球の前に外野手全員をフェンス手前まで下がらせておき、二人の走者を順に睨みつけ、サインの後、全身全霊を傾けて球を投げた。

打者はチャンスとみて、打ちに来た。バットは空を切った。

ＡＨＯＵはその豪快な空振りに舌を巻く。

「一発を狙っていますね。当たったらスリーランか」

滝川は慌ててそれを打ち消す。

「縁起でもないことを言うたらあきまへん。バットと球がだいぶん離れていまっせ」

マウンドの樫山は１ストライクに気を良くして、次の球を投げた。ところがこの球を捕手の小森が捕り損ねてしまった。二人の走者はそれぞれ二、三塁へと進塁する。

この願ってもない好運に、三塁側の阪奈高校応援団は、いっせいに喜びを現す。まるで逆転したかのような拍手と声援が沸き上がり、完全に押せ押せムードになった。

対するカミコウの応援団は、すきま風が吹くように声援がそろわなくなってきた。

滝川はプレイする選手の度重なる失策に、無念やるかたない。

「あかんな、どないなっているんや……。選手の足が地についておらへん」

ＡＨＯＵもこれらのミスの連続に、どうしていいかわからない。

何か悪い物に取りつかれているみたいだ。

周りの観客を見回しても、特別な違いは見つからない。

だからといって、あのてなもんややすしがこの球場で、カミコウの選手を操ったり、球に細工をしているとは考えにくい。

また試合の前に、先発の坂下投手やリリーフの樫山に密かに接触し、阪奈高校が有利になるような投球を強要していたというのは有りえない。

1死二、三塁でカミコウの選手は、バックホーム態勢で臨む。

カウントは1ボール1ストライクで、樫山は相手の出方を探るつもりで一球外した。

そして2ボール1ストライクの後、慎重に四球目を投げた。

途端に打者のバットが火を噴いた。それは強烈なライナーとなって左中間を割った。この適時打で二、三塁の走者は笑顔いっぱいで相次いで本塁ベースを駆け抜ける。

このときの打者はすぐに二塁に向かったが勢いがつきすぎてベースにひっかかり、中堅手からの返球に刺されてしまった。

いずれにせよ、この一撃でカミコウは8対7と逆転されてしまったのだ。

これで球場の空気がまるっきり入れ替わってしまった。阪奈高校の応援団は総立ちとなり、リオのカーニバルを彷彿させるほどの激しい熱気と歓喜が爆発する。

甲子園！　甲子園！　甲子園！

カミコウにとってはこの裏があるとはいえ、悲壮感が漂ってくるのを止められない。

滝川はまだ諦めてはいない。

「何や、あの意味のない球は……。子どもでも打てるわ」

ＡＨＯＵはリリーフの樫山にケチをつけるわけにはいかず、

「1点ぐらいなら逆転できますよ。校長、あれは進化論でしたかね、適者生存という言葉があるように、カミコウの選手の努力やこれまでの実績があれば、これしきのことで引き下がれないでしょう」

心のどこかにあの犯人の影がちらつく。

グランドでは、樫山のところに捕手の小森が寄り添い、気合を注入して守備に就いた。

試合は2死の走者無しで続行される。

次の打者は言うまでもなく、追加点を取るつもりで打席に入った。

樫山は逆転されたのは残念だが、ここは気を引き締めて後続を断ちたい。

ところが一球目は、本塁ベースに当たるほど荒れ球だった。

1点差くらいならこの裏で追いつくこともできようが、このボールでかなり動揺していた。

極度の緊張感は何よりも心理を掻き乱す。

樫山は一度外野のほうに声をかけてから気持ちを落ちつかせ、二球目を投げた。

ストライクの判定にほっとする。

1ボール1ストライクでも、守備に就いている選手は何が起こるかわからないので、白球に集中する。樫山も十分に投球への間合いを取り、三球目を投げる。

一秒も置かずにバットが鋭い音を放った。

強烈な打球は一塁手の右を襲った。

両チームの反応は球場内を二分し、悲鳴と喜びの声が挙がった。

一塁手の藤吉は俊敏に反応すると、体を投げ出してそれを捕球し3アウトにしたのだ。

カミコウ関係者は安堵したものの、逆転されてしまったので喜びも中途半端だった。

外野スタンドの黒いスコアボードに、8対7の電光が鮮明に浮かびあがり、その1点差の重みがプレイする選手に大きくのしかかる。

九回裏、ここは名門のカミコウの名誉にかけて、最低でも同点に持ち込まなければ敗退してしまう。打順は恵まれていて、場内アナウンスの後、まず2番の田所が入った。

マウンドでは阪奈高校の投手が、決意も新たに仁王立ちになる。

アウトカウントを三つ取れば、晴れて大阪府の代表になれるのだ。

投手は捕手とサインを慎重に交わし、大きく頷くと第一球を投げた。

ストライクの審判の声に、阪奈高校の応援団のほうに歓声が沸き上がる。

打席の田所はバットを出しかけたが、体が動かなかった。

二球目は外角の低めに落ち、コースから微妙に外れていた。

1ボール1ストライクとなり、投手は次の投球を決められないで体が固まっていた。

田所はその間を嫌い、一度打席から出て、バットを振りなおしてから入り直した。

投手は深呼吸すると、気持ちを奮い立たせるように胸を叩いた後、三球目を投げた。

田所は待っていたとばかり、強く打ち返した。

球場を揺るがすほどの快音が炸裂した後、白球は右翼の外野スタンドへと上昇していく。

この打球のすべてに、カミコウの命運がかかっていた。

ところがそれはかなり高く上がりすぎた。徐々に失速してくると、青色の外野フェンスぎりぎりに落下し、右翼手のグラブのなかに消えてしまった。

三塁側の阪奈高校の応援団は、勝利が目前に迫り、ほとんどお祭り状態となった。まさか無名の高校がここまで粘るとは考えていなかったのだ。

逆にカミコウの応援団はもう後がなかった。目の前に起きている試合運びを信じることができず、夏なのに冷たい空気に被われているかのようだ。

1死となって次の打者は3番の藤吉である。この大会でも調子はいいのでみんなが期待を寄せる。

阪奈高校の投手も打者の打率のデータを思い返し、慎重に第一球を投げた。

藤吉は豪快にバットを振った。空振りだった。二球目も落差のあるカーブに翻弄されて2ストライクを採られた。それでも3番のプライドがある。次は高めのボールを見送った。四球目は外角の直球で、腕をいっぱいに伸ばし右翼手前に運んだ。

一塁に待望の走者が出たので、カミコウ関係者は躍り上がって喜ぶ。

取り敢えず同点に持ち込めば、まだ望みはある。

応援団席の滝川は、子どものようにはしゃぐ。

「阪奈高校なんかなんぼのもんじゃい。次は4番の千年や。ここでカミコウの恐ろしさを見せたれ！」

阪奈高校の内野陣はマウンドに集まり、その対応策を話し合っている。

1死一塁の状況で勝負をするのか、それとも敬遠策を選ぶのか。

ものの十秒ほどで相談は終わり、内野手は所定の守備位置に戻った。

おそらく内野ゴロの併殺に持ち込むつもりだ。

投手はそれを強く念じ、一球目を投じた。低めの直球が決まり1ストライクとなった。

千年はタイミングが合わず、バットを半回転ほど振ってすぐに引っ込めた。

続く二球目は外れ、1ボール1ストライクとなった。

阪奈高校の投手は一塁走者の動きに神経を配り、速い牽制球を三度ほど投げ、警戒していることを示す。

千年はもちろん長打を狙っていた。

投手はサインを確認し、全霊を傾けて三球目を投げた。

千年のバットは空を切った。

阪奈高校の投手は、1ボール2ストライクに持ち込み、気持ちに余裕ができた。

捕手とサインを交わすと、自信を持って四球目を投じた。

待ち構える千年も4番打者の意地を見せ、執念の一打を放つ。

瞬時に阪奈高校の応援団から悲鳴が挙がった。ところがその打球を二塁手が横っ飛びで捕球したので、大きな拍手でそのプレイを讃える。

いよいよ大詰めとなった。阪奈高校の応援団は「後一人、後一人」の大合唱に酔う。

一方のカミコウは2死一塁の瀬戸際に追い込まれてしまった。ここは次の5番の大池に頼るしかない。今大会でも本塁打を一本を放ち、打率も三割五分と調子がいい。

阪奈高校の捕手はここでタイムを取り、マウンドに上がると投手に耳打ちする。

カウントが悪くなれば勝負を避け、次の打者と対決してもいいのだ。

捕手が所定の位置に戻り、ミットを構えると、投手はそれに頷き一球目を投げる。

大池はそれをすくい上げるように打ち返した。それは外野へと飛翔していく。

同時に両校の応援団は、悲喜こもごもの叫びを発した。

もしその飛球が外野スタンドに突き刺されば、カミコウの大逆転。

白球は驚くほど滞空時間が長かった。だが、それは風の影響なのか秒を刻むごとに失速し、外野フェンスの前で構える中堅手のグラブのなかに落下してしまった。

これでゲームセットとなった。8対7で優勝した阪奈高校の応援団はスタンドが揺れ動くほど狂喜し、熱のこもった万歳が何度も沸き上がる。

反対にカミコウの応援団は、この敗北を受け入れることができなかった。

滝川の顔には、悔しさと失意の色が塗られていた。

「こんな悪夢、初めてや……」

ＡＨＯＵは慰める言葉が見つからなかった。努めて冷静になってみれば、あの犯人が試合を妨害していた形跡もなく、試合自体は素晴らしかったのだ。

少し自虐的に考えれば、カミコウが負けたので今後脅される可能性はなくなったとは言えないか。犯人はどう出てくるのだろう。そして、もうひとつの気掛かりは――。

「若杉先生はどうされたのですかね」

滝川はタオルで頭を拭いてから、

「おそらく後任を捜すことになるんと違いまっか」

と、素っ気ない返事をぶつけてきた。

カミコウ関係者はみな、肩を落として舞洲から引き上げていった。

十七章　新たな決意

カミコウが野球の決勝で敗退した後、ＡＨＯＵはどうするか迷った。

弱虫塾の授業の日だが、開始までには三時間以上も暇ができた。

そこで思いついたことがあって、いったん地下鉄なんば駅まで戻り、そこから南海電車を利用し、関西空港近くのりんくうタウン駅を目指した。

電車を降りると潮風の匂いがする。そこから少し離れたショッピングモールに向かう。というのも半年前、モントの友だちが傷害事件を起こし、危うく虞犯《ぐはん》扱いになるところを何とか回避した。その後仕事に就くよう説得し、このなかの中華料理店を紹介したのだ。

ぽっちゃりした店長に面会し、彼の評判を聞いてみた。勤めだしてから何のトラブルもなく、本人も元気そうにしていたので激励し、安心して梅田のほうに帰ってきたのだ。

空腹だったので梅田食堂街に立ち寄り、食堂でカツ丼を食べた。それから塾に行き、事務員と雑談していると、生徒が顔を見せはじめた。

びっくりしたのは、あの北島弘司が入ってきたことだ。今日の大事な野球の決勝戦には応援に来なかったのに、どういう考えをしているのか後で訊ねてみようと思う。

今日は新人はおらず、全部で七名だった。北島弘司のほかにモント、葬儀屋、伸ちゃん、タライ・ラマ、それに女子はマユカとマーサだ。

AHOUが出欠簿を取り出したとき、北島弘司がいきなり発言した。

「この際、みんなに言うとくけん。おれもちょっと考えたんじゃ。いつまでも遊びほうけているわけにはいかんけんな、東北のほうへ行こうかと思っているんじゃ」

すると全員が、えーっと驚きの声を発して彼を見つめなおす。

AHOUでさえ内心、ほんまか？　と出欠簿を落としそうになった。

「北島、えらい心境の変化やな。自分でそう決めたんなら凄いわ。まさかドッキリではないよな」

そして生徒には、彼がしばらく行方不明になっていたのは、親に無断で尾道に出かけ、昨年事故で死なせてしまった友だちを供養するためだったことを説明した。

AHOUがさらにこだわるのは、ボランティアをした後の進路だ。

「そんなら二学期からは学校に通うんやな」

東北のほうへ行くのを薦めたのは間違いではなかったようだ。

ところが北島弘司はすぐさま、それはまだ決める段階ではないけん、と返答した。

モントは被災地を想像しながら、

「北島さん、仕事の内容がわかって言ってるんですか」

と、その言葉を信じていないらしく、辛辣に語尾を強めた。

続いて発言したタライ・ラマもボランティアには相応しくないタイプと決めつけていた。

「無理して行くことないやん。あっちでトラブルでも起こしたら善意もパーになるで」

北島弘司としては、事故って死なせた友だちに懺悔したい気持ちがある。日頃からまだ十分にそれを果たしていない物足りなさを感じていたのだ。

「生まれ変わると言っては大袈裟やが、ここらあたりでケジメをつけようと思っているけん。これまでさんざん親を泣かせてきたし」

マユカはいつものようにケータイを操作していた。

「うちもな、タライ・ラマの言うように、あっちで喧嘩にならないか心配やねん」

マーサの考えもマユカと同じだ。北島弘司のほうを振り向き、

「明日になったら、やーめた、なんて言わんといてな」

AHOUは、それは言い過ぎや、と北島弘司を擁護する。

「四、五日でも現地で活動してみれば、いろんなことが見えてくるもんや。大阪にいてたら、あっちが酷いことになっているなんてわからへんもんな。みんなもこの際、自分に何ができるかを考えてみる、ええ機会や。それに自分が今、どれだけ恵まれているかを実感できる……」

伸ちゃんはホテルの清掃のバイトを続けているので、東北には行かない。

「北島さんは意志が強そうやから、いったん決めたら途中で投げ出すことはせえへんと思うわ。向き不向きがあるにせよ、おれはバイトをしているときは、いじめられていることは忘れられ

るんや」

その隣の葬儀屋は、クラスのみんなから縁起が悪いから近寄るな、といじめられる。

「おれなんか、生まれた家を恨むこともあるが、これぱかりは変えられないし、できるだけ早く出たいけど、一人で暮らすにはハードルが高い」

かといって、ボランティアに参加する気にもならない。

AHOUは、前々から葬儀屋も脈があると思っていたが、即座に断られた。

「ボランティアの締め切りはないから、みんなも考えといてくれ」

そして改めて出欠を録った。

「よし、それでは授業を始めるぞ。今日はな、いじめや不登校で損しているとは思わないで、逆に得をしているんやないかと、考えを変えてみるんや」

チョークを持ち、黒板に顔を向ける。

板書したのは〈いじめ＝食べ物〉だった。

「これは極端な例やけどな、地球上のどこにも食い物がなかったら、我慢してでもこれに手を伸ばすやろ。違うか？」

出席している生徒はみな、予期せぬ設問に戸惑った。

モントは空腹には耐えられない性分だ。

「まずいなんて言っておられへんな。いじめがどんな味がするのかわからへんけど、ちょっとずつでも口に入れんと倒れてしまうやろ」

北島弘司も嫌いな食べ物はないが、

「おれも我慢して食べるけん。飢えて死ぬなんて最低の死に方やけん」

他の男子生徒も考え方はだいたい同じだ。

だが、女子生徒は賛成できない顔つきをしている。

ＡＨＯＵはそこで助言した。

「想像しにくいと思う者は、いじめや不登校もそれがいずれ体の一部になると思えば、ちょっとは味見するやろ。肉や魚やラーメンなどがなくて、いじめという食べ物しか残っていなかったら、まずいとか嫌だとか言ってられないやろ」

生きていくためには、選り好みをしている場合ではない。命をつないでいくには、少しずつでも味わい、それに慣れていくことだ。

次に再び黒板に向かい〈学校＝食べ物〉と書き足してから振り向く。

「こういう場合はどうする？」

葬儀屋が手を挙げた。

「何か先生の誘導が巧いかもしれへんけど、腹の空き具合で手を出すかもな」

伸ちゃんとタライ・ラマはそれぞれの気持ちを素直に言う。

「学校の味はどんなんやろ。苦いんかな」

「いろんな味が混ざり合っていると思うから、おれは初めから遠慮しとくわ」

マユカとマーサは嫌いなものは口には入れない。

「うちら、はっきり言ってまずい物は食べへん。飢えてもいいやん」

「そうそう、まずい物を食べて長生きしてもおもろないやんか」

ＡＨＯＵは全国を放浪していた頃を思い起こす。

「今は飽食の時代やからよほどのことがない限り飢えて死ぬことはないんや。でも見方を変えたら、ここに通っている生徒はみんな怠け者で遊んでいるように思われているんや」

辛いことを克服して立ち直ってくれと言いたい。

ただ、生徒にしてみればこの指摘は頭に来る。

伸ちゃんは腹の虫が収まらない。

「おれらは学校が楽しくないから行きたくないだけや」

葬儀屋もいじめられなかったら、普通に通学している。

「そうそう、おれらが休むのは仕方ない。休憩時間が迫ってくると、またトイレに連れていかれたり、仲間外れにされることはわかっているんや。だから、授業の内容なんか頭に入らへん」

ＡＨＯＵは少しきつめに言う。

「でもな、それを我慢してちょっとずつでも前へ進まんと、この先独り立ちでけへんと違うか。

この塾に通っているということは、自分にはまだ可能性があるからと諦めてはいないんやろ」

一過性の病気と思えば、考え方次第で治せるのだ。

モントの場合は高校に入学したときから不良だった。

一年のときには通知表を破り捨て、窓から花吹雪みたいにまき散らした。窓ガラスも数えきれないほど叩き割った。二年になると喧嘩も強くなり、下級生に限らず同級生や先輩なども脅し、金品を奪い取っていた。

特にゲームのソフトは売れば高額になり、コミック一冊のそれとは比べ物にならない。

三年になってまもなく、それを脅し取られた生徒の親が弱虫塾に怒鳴り込んできたことがあった。ＡＨＯＵは土下座までし、丁寧に謝罪して帰ってもらった。

その後、説教すると、いきなり殴り掛かってきた。ＡＨＯＵは吹っ飛び、壁に頭を打ちつけ、直後事務員が駆けつけ、彼を取り押さえた。

とにかく塾のなかで、一番煙たい存在だった。でも、最近ではいくらか落ちついてきたようで、暴力を振るうことが少なくなってきた。周りの目も冷たくなるし、彼女からも止めてくれと言われているようだ。

ＡＨＯＵはモントを見て、根っからの悪い人間はいないんや、と言う。

「体が成長する時は、子どもの殻を割らなければ出られないので熱病に罹るんやな。それも何かのきっかけで治る」

教員だった視点で学校教育を慮ると、教えた生徒が何年かして立派になり、各方面で活躍しているのを聞いたりすると嬉しくなるものだ。これが反対に悪事を働き名前がニュースなんかで報道されたりすると、自分も酷く落ち込むことがある。

ＡＨＯＵはまたも北島弘司に向かって、ボランティアの件について両親はどう言うてたんや、と訊ねた。

北島弘司の目は素直な光を放っている。

「母ちゃんのほうは喜んでいたけど、親父のほうは反対してたんや。あっちで悪いことをしないか気になるんじゃ」

モントは皮肉を込める。

「何か、親の顔色を窺いながら決めたようやな。マーサの言ったように、明日になれば心変わりしそうや」

北島弘司は一瞬視線を鋭くしたが、腰は上げなかった。

ＡＨＯＵはもうひとつ質問した。

「北島、午後はどこにいてたんや？　野球の決勝戦があることはわかっていたな」

「あまり気が進まなかったけん、ちょっとＡＳＪに……」

ＡＳＪはアメージング・スタジオ・ジャパンの略号。此花区にある。

ＡＨＯＵはそれを聞き、イラッとした。

「選手は必死に戦っていたのに、おまえは遊んでいたんか」

ＡＳＪと舞洲ベースボールスタジアムとは直線距離にして二キロもないからだ。

生徒たちは、やっぱりな、という呆れた顔をして彼を見つめ返す。

北島弘司はそれを気にして、やや照れくさそうに頭を掻いた。

「あそこでバイトがないかと、ちょっと様子を見に行ったんじゃ」

ＡＨＯＵはわだかまりを解いた。

「どうやった？　何かあったのか」

「今のところは募集してなかった……。それよりも楽しそうにしている客がいっぱいで、びっくりしたんやけん。東北の被災者のことを考えたら複雑な気持ちになった……」

ＡＨＯＵは、これが現実やから仕方ないんや、と言うつもりを我慢した。客のなかには辛いことを忘れるために遠くから来ている人もいる。

これを聞いていたマユカは、ケータイから指を浮かせた。

「みんな入場料を払って入っているんやろ。うちの友だちなんかタダで楽しんでいるという噂やで……」

マーサもその話を知っているらしく、ちょっと微笑む。

「そのＥ君はな、メンテナンス業者の兄ちゃんと知り合いで、夜勤の仕事のときにな、荷物のなかに紛れ込んで入ったらしいやんか」

それからしばらく二人のおしゃべりは続く。

二ヵ月ほど前、E君の彼女がミナミの戎橋のところでその兄ちゃんに声をかけられた。写真付きの女子高生の体操着を探しているらしく、その子は自分の物を売ったという。兄ちゃんはそれをアダルトショップに転売すればかなりの儲けになる。その他にも制服や下着なども売れるそうで、中途退学の女子高生のリストも出回っているというのだ。

ＡＨＯＵはその話に興醒めする。

「E君の彼女もな、いつまでもそんなことが続くわけがないやろ。まともなバイトをするように言ってやることや。マユカもマーサも変な奴にひっかからんように気をつけや。二人の夢は何や……、結構おしゃれやから、自分の店を持ったらどうや」

適当に思いついたことを口に出してみたが、二人は乗ってこなかった。

ところがこのとき伸ちゃんが話をつないだ。家の商売がクリーニング店なので、父親が近所の商店主と金回りについて喋っているのをよく聞くことがある。

「おれらはまだ高校生やし、小さな店をやろうと思ってもまだ無理やん。金を出してくれる者がいないときは、オトンの話ではコッキンがええらしいわ。開店資金や運転資金なんかも担保がなくても相談に乗ってくれるらしいやんか」

コッキンというのは通称で、昔は国民金融公庫と呼んでいた。現在は日本政策金融公庫と名称が変わり、零細企業なんかには重宝されている公的金融機関だ。

ＡＨＯＵも生徒もコッキンなんて言葉は初めて聞いた。それはそれとして二十歳前後の若者に金を融通してくれるところは限定され、まず信頼できる大人の協力が必要となる。

葬儀屋は、今の不況では女性のほうが断然有利だと見ている。

「何をやるにしても今は自営業も難しいんや。男は大学を出たとしても自分に合う仕事には就けない。フリーターやバイトなんかも時給が低い。その点、普通の女性ならば水商売があるし、短期間で金を貯めようと思ったら、もっと下品な仕事もあるんや。でも、それも適性があるから、誰でもやれるわけでもない……」

モントも高校に入る前は実家の運送屋を継ごうと考えたこともある。ただ大手との競争が激しく、このところ赤字続きなのだ。

「今も昔も学歴社会やから、だいたいええ学校を出たら仕事は見つかるやん。企業のほうも無名の学校には目も向けないもんや。若い者は仕事がなかったら、遊ぶ金も足りなくなり、結局は違法なやり方でオレオレ詐欺とか変な薬に手を出すんやな」

これらの犯罪は殺人などと違い罪悪感がほとんどなく、そのうえ電話一本で楽に稼げるから入りやすいのだ。

ＡＨＯＵはここにいる生徒がそちらに興味を示さないことを祈るばかりだ。

「みんなもな、世の中がどんなに便利になろうと、やっていけないことはやったらあかんのや。最近よく聞くのはワンクリック詐欺とかが流行り、エッチなサイトを観たと言って法外な架空請求をしてくる者もいる」

　モントはこのとき、経験の浅い突っ込みを入れる。

「でもな先生。パチンコや競馬なんかでも女性にも人気が出てきたし、それで食っている人もいてるじゃないですか」

「あれは遊びの延長や。ちゃんとした仕事とは言えへん。それ一本で暮らしていけるなんて、まずいないやろ。悪くするとギャンブル中毒やで……」

　先々週の豊中市庄内での塾外授業のとき、パチンコ店の前で賭け事などの弊害を教えようとした。しかし、それは二人の男の喧嘩を仲裁したことで中断され、少し離れた場所に移動して改めて授業をし直したのだ。

「話は変わるけどな、みんなのお父さんやお母さんも中高生の頃はいじめられていた気がするな。親と子はな、だいたい似たような人生経験をして大人になっていくものやねん。それでも学校を出て、仕事に就き、年頃になって恋愛をし、いろんな困難を乗り越えて結婚したんや。そしてみんなが生まれ、今日まで育ててきた。わたしには子どもはいないが、子どもを一人前に育てるのは大変なんやで」

　それからの授業の内容は、いじめる側の視点に移った。

　モントの例を挙げるまでもなく、彼らは勉強はあまり得意ではない。当然普段の授業にはついていけないし、自分より力的に弱い相手を捜し、自分の立つ位置より下に置いておくことを考える。優越感が生まれ、変な自信がつき、それで人気があるように勘違いする。その後モントは自分の経験を話し、オレオレ詐欺なんかには絶対加わらないと断言した。ここで授業が終わった。

今日はカミコウが試合に負けたことよりも、北島弘司がボランティアに参加してもいいと言ってくれたのが何よりの収穫だった。

AHOUが豊津のアパートに帰ってきたとき、待っていたかのようにケータイが鳴った。出てみると滝川からで、午後十時前に帰宅するのを予想していたらしい。

――二時間ほど前になりますが、若杉先生から電話があったんですわ。話があるというので難波の喫茶店で会いましたんや。今日の決勝戦に応援に見えられなかったことを考えれば、ある程度の予想はできていましたけど、やはり辞表を持って来られました。ま、残念ですが写真がネットで流されている以上、こちらも引き止めるわけにもいきまへん。

彼女との会話のなかで、塾の先生が犯人に手紙を送った狙いなども伝えたが、効果がなかったようなので、憮然としたらしい。

AHOUはそれを聞き、若杉弥生に謝りたい。

「わたしも何の力もなくて申し訳ないと思っています」

滝川にも責任がある。

――見方を変えれば、これで本校も助かり、若杉先生にはお礼をしなければなりまへんな。夏休みにあの写真の噂が広がってしまったら、本人どころか本校もイメージが悪くなりまっせ。何よりも理事長や保護者の皆様に迷惑がかかってしまいますやろ。マスコミに叩かれる前に一区切りつきましたさかい、ホッとしてまんねん。

声音がどことなく他人行儀になっているが、校長としての本音が垣間見える。

高校野球も大阪府の代表になれず、それに加えてふしだらな女性教師が勤めていることになれば、名門カミコウはたちまち凋落してしまう。

ＡＨＯＵは若杉弥生に同情する。

「自分の写真ではないのに、悪いくじを引いたではすまされませんね。新しい仕事を探すにしても、弱みを抱えていては勤め先も限られてしまいます」

――それより先生、今日が四千万の振込日でんな。こちらがそれに応えていないとなると明日はどうなると思いまっか？

「どうですかね。野球も負けてしまったのできっと別のネタで脅してくるかもしれません。わたしの手紙を無視するというなら、これは警察にお願いするしかないでしょう」

滝川は最後の手段だけは執りたくない。

――試合の後、高瀬理事長には本校が負けたことと、脅迫事件はまだ解決していないことを正直に報告したんですわ。

「どうでしたか？　癇癪《かんしゃく》でも落ちたんと違いますか」

――思っていたよりは物静かで、警察に相談するなと念押しされました。

「今回の事の発端は、誰かが校内で裏ビデオを撮っていた件ですよね。校長、事実はどうなんですか」

――それは噂でっせ。

「その他にもまだ、マスコミに嗅ぎつけられたら困ることがあるのではないですか」

――先生もきついこと言い張りまんな。そんな目で本校を見ていたんでっか。

「いや、ま、わたしの拙い経験から言えば、昔教えていた尼崎の中学校でも近隣トラブルとか生徒の万引きとか、いろいろありました。早朝のテニス部の練習でも球を打つ音がうるさいとか、運動会や校内放送の音が邪魔だとか……。そんなときは校長や教頭が相手のところまで出掛け、謝罪したり、根回ししたり、どうにか収拾していました」

――本校はご承知のように私立ですから、正直なところ公立よりはトラブルは多いと思いまっせ。と言ってわたしも宮仕えですから、本校を貶《おと》しめるようなことはでけまへんな。

「お気持ちはわかります。でもこちらの感触としては、カミコウはもしかしたら犯人に心当たりがあるのではと思っているのですよ」

――先生、冗談でっしゃろ。犯人がわかっていたらこっちで捕まえまんがな。

その声がどことなく震え気味なのはどうしてなのか。

ＡＨＯＵが不審を抱いたまま電話を切っても、頭のなかには灰色のドロドロした疑念が重く残っていた。犯人はどこかにいるはずで、まだ身を潜めて次の作戦を練っているかもしれないのだ。

一方、滝川は校長として野球の決勝戦で敗退した後、別の悩みを抱えてしまった。

監督の松田の処遇をどうするかだ。続投させるには高瀬理事長の承認が必要だし、後任を捜すにしても適任者がどこにでもいるわけではない。

試合が終わり、舞洲からカミコウに引き上げ、高瀬理事長に報告するべく電話を浪速金属機械につないだ。だが、彼は東京に出張していた。

そこで秘書につなぎなおし、彼の所在を訊ねると、取引先の社長の息子の結婚式に出席しているらしく、宴会は午後六時過ぎに終わるという返答があった。

高瀬理事長の息子の弘明（専務）も別の仕事をしていた。この後、某ホテルで二人が合流することになっていて、午後七時から会社に関連したパーティがあるという。

滝川は会社の事情まで把握していないので、校長室で待つしかなかった。

午後六時半を回った頃、東京に出張中の高瀬理事長から電話が入った。

滝川は受話器を摑む。まず初めに野球の決勝戦の結果を報告し、心から謝罪した。その流れとして監督の松田に責任を取ってもらうことを伝えた。

——そうか、８対７でな。それは惜しかったな。しかし、松田も頑張ってきたんやろ。ここは我慢してもう一年やらせてみたらどないや。坂下を育ててきた実績もあるしな。

「今年は絶対に甲子園で優勝すると公言してましたさかい……」

――それよりあの件はどないなっているんや。本校が脅されているんやろ。

「途中経過を報告しようにも、犯人が無茶な要求を連発するもんで、ここは冷静に対処しなければ踊らされると思ったんです。犯人は、てなもんややすしと名乗り、有りもしないネタを送りつけ、こちらが無視すると一千万円ずつ金額を上げてくるんですわ。今日の試合も絡めて、妨害されたくなかったら四千万振り込めと……」

――ふーん、それでそいつのせいで試合に負けたということはないんやな。

「ありえまへん。わたしも舞洲に行き、みんなと応援しましたんやけど、試合も競《せ》って見応えがあり、犯人が小細工したという出来事もおまへんでした」

――犯人は何をネタに脅してきたんや。

「それがでんな、校内で裏ビデオを撮影している者がいるので、それをばらしてほしくなかったら金を振り込めという内容でんねん。次は本校の女性教師の淫らな写真をネットに載せると書いてきたんでっせ。もし払わなければ学校名や名前を公表するという無茶ぶりで、脅迫状を送ってくるたびに要求金額を一千万ずつ上げてくるんですわ。そんな奴を相手にするわけにはいきまへん」

――今日は野球の試合に負けたから、これからどうするつもりやろ。

「おそらく明日は違うネタで脅してくると違いまっか。金額も五千万とか……」

――大金やな。それで滝川、犯人の目星はついているんか？

「こちらもいろいろと手を尽くしているんですが、まだ今のところは……」

――前にも言うたけどな、警察に相談したらあかんで。わかっているな。

「はい、承知しております。何とかわたしらで解決してみせまっせ」

――頼むで。ほんならな。

滝川は受話器を戻し、大きく深呼吸をした。

高瀬理事長の叱責は覚悟していたのに、意外とすんなりと会話は終わった。いくぶん楽になったが、脅迫事件はまだ解決していないのだ。

十八章　手紙の配達先

高瀬浩三は電話をかけおわると、傍に控える秘書にケータイを返した。カミコウの理事長から浪速金属機械の社長の顔に戻る。

「カミコウが負けたそうや、8対7でな。滝川はせっかちな奴やから松田を代えるつもりになっていたが、もうちょっと我慢せえと諭しておいた……」

秘書は心の内で、これからは高校野球の話は禁物やな、と気を回す。

「そうすると余計にこれからのパーティを盛り上げなくてはなりませんね」

ここは東京都千代田区にある高級ホテルのロビーの一角である。経団連会館に近いこのホテルで、午後七時から会社のベトナム進出記念パーティが予定されていた。

会社が招待しているお客は、ベトナム投資企画省の次官と貿易促進局長、在日大使館関係者、それと日越友好協会の議員や取引先の銀行や関連会社の幹部たちであった。

ベトナム本国での工場起工式は一ヵ月先だが、このプロジェクトの推進にあたっては株主である関西商都銀行から、ほとんどの資金を調達し、併せて国際産業協力銀行からの部分融資も取り付け、すべての契約が滞りなく進捗していた。

浪速金属機械はこれまでにも中国やアメリカ、そしてイギリスなどにも工場を建設し、今のところは何の問題もなく稼働していた。もし、今回の事業案件が実を結べば、東南アジア地域の産業機械や自動車部品などの供給基地として、更なる発展が確約されるのだ。

昨年の五月からコンサルタント会社に企画を持ち込み、ベトナム政府との折衝が始まった。それを踏まえ、候補地を同国南部のホーチミン近くのロンハウ工業団地に決めた。

該当地は日本企業も多く進出している。労働者は総じて勤勉で穏やかなうえにストライキなどの懸念もない。また道路や港湾などのインフラも整い、近くに新空港も開港する。

この日のパーティは二百名ほどの招待客を迎え、仮調印の書類を交換した後、美しいコンパニオンを十数名揃え、和やかな雰囲気のなかで歓談のときを過ごした。

主催者である高瀬浩三の顔には、カミコウが高校野球大阪大会で敗れた影響はまったくないようで、招待客をもてなしていてもそれが取り上げられることはなかった。

長男の弘明（専務）も父親と同じく、試合結果を聞いても落胆しなかった。息子の大介が評判の高い選手ならまだしも、応援団長なので慰めのメールも送らなかった。

二人は招待客の相手をすることに時間を割き、会場内を歩き回った。

そのパーティは二時間ほど続き、最後に三本締めでお開きとなった。

弘明はその後、父親と別れて東京駅に直行し、新幹線で大阪への帰途についた。

翌日の八月二日午前十時前、高瀬浩三は千代田区の経団連会館に赴いた。

実は彼はいろんな団体役員の肩書を持っていて、今日は日本機械部品工業会副会長としての勤めがあり、この会館の一室で開かれる臨時会合に出席しなければならなかった。

これは全国から五十名の理事と企業会員有志などが参集する。会合の意図は東日本大震災の被害についての情報交換と政府に対する要望を取りまとめることである。

この工業会の上には経団連があり、その会長は財界総理とまで尊称される。

経団連会長は傘下のさまざまな業界の意見を集約し、八月五日には経団連会館で記者会見を開き、政府に対して緊急アピールをする予定だ。

我が国の経済は一九九〇年バブルが弾け、次のリーマンショックでさんざん痛めつけられ、未だ不景気の泥沼から脱出できないでいた。また今回の震災や福島原子力発電所事故の終息も見通せない悲劇と重なり、経済界としても強い景気刺激策を求めていた。

日本機械部品工業会としては震災の復興と併せて、円高対策、補正予算の速やかな成立と執行、被災企業の法人税の減免などの要望を列記し、二時間ほどで解散した。

その後、高瀬浩三は会館内のレストランで、他の理事たちと昼食を摂った。

東京での仕事をすべて片付け、午後二時前の新幹線に秘書と乗り込み、大阪に向かった。

車内では昼寝をしようと思っていたが、気になることがあり目をつむれなかった。

隣の秘書のほうが軽くイビキをかいており、何となく車窓の風景を眺めて帰った。

列車は午後五時前に新大阪駅に到着した。すぐにタクシーを拾い本社に走らせた。

浪速区の一等地に拠点を置く浪速金属機械は、来年創業八十周年を迎える。

通称ＮＫＫビルの正面玄関の脇には、創業者である高瀬寛治の胸像が設置されていた。それは険しい顔つきで口を真一文字に結び、歩行者と車の流れを見つめている。

二十五階建てのビルに入る高瀬浩三の顔は、心なしか引きつっていた。

大阪に戻る前のことだった。

昼食を摂ってしばらく寛いでいるとき、当社の会計監査をしているアサヒ監査法人の担当者から予期せぬ電話が入り、それは内々にお会いしたいという申し入れだった。

高瀬浩三はエレベーターで最上階まで上がると社長室に向かう。

その前には担当者が待ち構えていて、やんわりとした物言いで秘書を遠ざける。

高瀬浩三が喉の渇きをうるおす暇もなく、彼の口からは意外な話がついてでた。財務諸表の一部に不明瞭な箇所が見つかり、今後のためにさらに精査したいという。

何やて！

株主総会は七月の初旬に終わっていた。その折、今期から来期への最重要課題はベトナム新工場の稼働と位置づけ、株主配当は一株につきわずか一円にも関わらず、経営陣の顔ぶれについては異議や怒号も飛ぶことなく、すべての議案は満場一致で議決されたのだ。

高瀬浩三はこれまで何度も困難に直面し、その都度ていねいに対応し解決してきた。

数年前にも自動車変速機部品の価格が下落してきたので、業界内でカルテルを結んだ。それを公正取引委員会から指摘を受け、多額の制裁金を払ったこともあった。

高瀬浩三は監査法人の担当者からの申し出に、社内の箍《たが》が緩んできたのかと懸念した。

「金額はどれくらいになりそうなんや……」

「それはまだ何とも……」

「為替も円高に振れて、うちも苦しいときや」

機械部品を輸出している当社にとっては、一円の円高でも何百万円の損失が生じる。そればかりか昨今の不況下では価格競争が激しいうえに、公取委の監視が一段と強化されているため、同業他社との馴れ合いも許されないのだ。

その担当者も高瀬浩三の顔色をちらっと盗み見し、目尻を下げる。

「わたしも社内や工場の何千枚もの領収書を調べなおすには、かなりの時間を割くことになります」

その他のいろんな伝票についても経費積算以上の手間がかかる。ただ、現在では会計処理はパソコンが導入されていることもあって、昔ほどの煩雑さはない。

高瀬浩三が自慢しているのは、これまでに損失の見送りなどの粉飾決算はしたことがなく、本件も税務当局に指摘されるほどの不正が行われていないと信じるしかないのだ。

「今回は目をつむってくれ、ええな、頼むで……」

苦み走った表情でデスクの抽斗から商品券の束を取り出し、それを彼に握らせた。

担当者もこのような気配りをされたら、黙って受け取るしかない。

高瀬浩三はこの話を専務の弘明にもしなければと思ったが、少し考えることがあったので伝えなかった。その後、車で自宅に帰った。

住居は大阪湾を一望できる高台に建ち、住民からは住之江御殿と呼ばれていた。

ここには高瀬浩三夫婦と長男の弘明夫婦が暮らしている。広い四百坪の敷地内に二階建ての洋風の建物が二棟並び、その間に庭を配置し、奥には渡り廊下が架かっている。周囲に高いレンガ塀と樹木を巡らし、玄関の脇には外車が四台駐車できるガレージがある。

高瀬浩三の日課として、帰宅するとまずお風呂を楽しむ。その後、リラックスしている状態で、若い女性のマッサージ師を呼びつけ、一時間ほど体を揉ませるのだ。

別棟で暮らす弘明、由紀子夫婦は、長男の大介と次男の昴と食事を摂っていた。

週に二回は、家族全員で食卓を囲むのだが、今晩は予定に入っていなかった。

高瀬浩三のマッサージが終わるのを待って、夫婦だけの夕食が始まる。

献立は焼き肉だった。毎日うだるような暑さが続いているのに、高瀬浩三はさっぱりとした料理には目を向けず、今年になってまだ素麺や冷し中華なんか口にしたことはない。

その口癖は、夏バテや熱中症なんか、焼き肉を食っていればどうってことないんや、である。

今晩もしきりに箸を動かし、食欲旺盛なところを見せる。

側には妻の美智代が付き添い、まめまめしく肉を鉄板に並べたり、ビールを注いだりする。彼女のほうはときおりソーセージやピーマンなどをつまむくらいだ。

いくらか時間が進んで、美智代は遠慮がちに高校野球の話題を口に出した。

「昨日はほんまに残念な結果になってしもて……」

高瀬浩三は、にんにくをたっぷり漬け込んだ特製のタレにカルビを浸し、

「まあな、それも考え方次第や。こんなことを言っては負け惜しみと取られるやろが、今年は出場しなかったほうがええかもしれん。そやろ、もし東北のチームと当たってみ、選手もこてんぱんにやっつけるわけにもいかへんし、やりにくいと思うで」

美智代は、夫がこんな人情味のある人間だったのかと感心した。

「大介ちゃんも頑張って応援してましたのに……」

「これぱかりは勝負やからな、わしにはどうにもならんのや」

美智代はさらに、弘明が愚痴を零していたことを話した。大介が夏休みにすることがなくなって、別の意味で心配だと。

高瀬浩三は肉を味わった後、グラスのビールを半分ほど飲んだ。

「そうか、大介は勉強するタイプやないし、街中で暴れるようなトラブルでも起こされたら、弘明も由紀子も立つ瀬がないわな」

孫の大介も昴も可愛いが、家柄を考慮すれば血気盛んなところは心配の種になる。

美智代は鉄板の上の肉をひっくり返しながら、

「大介ちゃんにはっきり言えるのはあなたでっせ。四代目がぼんくらでは先代に示しがつき

ませんよ。それとあなた、手紙がたくさん届いていています。全部書斎に置いておきましたけど……」

「そうか……。今日は疲れたし、明日でも読もうか」

美智代は夫のグラスにビールを注ぎたす。

「そのなかに変な名前の速達が混ざっていましたけど、大阪城の主とか……。住所は書いてなかったんでっせ」

高瀬浩三は鉄板の上で煙をあげる肉を、箸で裏返す。

「匿名かいな。わしに文句があれば、堂々と実名を書けばええんや」

新聞や雑誌などで高瀬浩三が採り上げられることがある。その内容が気に入らず、辛辣な悪口を書いて自宅に手紙を送りつけてくる者がいないわけではない。

それが脅迫めいた抗議文となっていることもある。殊に根拠のない業界内の暴露話などは腹が立つ。

高瀬浩三は夕食を摂りおえるとリビングに移り、テレビのリモコンを押す。

そして、ソファの上で思い切り手足を伸ばした後、テーブルの煙草入れから煙草を一本抜き出して火を点ける。たっぷりとそれを味わい、ゆっくりと煙をふかす。

至福のときだ。ヘビースモーカーではないが、別棟で暮らしている弘明夫婦の家族に遠慮しなくてもいい。

テレビではSの司会で鑑定番組をやっていた。

来る八月二十三日、彼が突然記者会見を開き、不適切な団体と関係があり、芸能界から引退すると発表した。おそらく本人も世間も予想できなかったに違いない。

しばらくそれを観ていて、別の番組に切り替えた。

煙草を吸いおえると、急に眠気を催してきたのでテレビを切り、二階の書斎に上がり、その照明を点けた。

机の上には、健康食品や趣味のカメラに関するダイレクトメールなんかが十通ほど重ねて置いてあった。

美智代が不審を抱いていた速達を選ぶと、それを持って寝室に向かう。

入室すると照明のスイッチを押し、ベッドに歩み寄り、その上に封書を放る。

次にサイドボードからグラスを取り出し、ベッド脇のテーブルに置く。その横に並んでいる小型の冷蔵庫から氷を三個ほどつまみ出し、それに入れる。

その上からウイスキーを注ぐ。マドラーでかき混ぜてから、一口味わう。

テーブルにそのグラスを置くと、ベッドに腰を下ろし、匿名の封書を手に取る。

大阪城の主か……。

その封書は市販のありふれた物で、奇妙なのは表の宛先と名前の高瀬浩三、そして裏面の差出人名にシールを使っていることだ。

手書きを避けたのは、送り主の正体を知られたくないからだ。

消印は堺市の金岡となっており、日付は昨日の八月一日。

誰やろな……？

高瀬浩三はベッドの小物入れからレターナイフを取り出し、その封を切った。

二枚のＡ４用紙が見え、それを検《あらた》めると文字がびっしりと並んでいた。

書き出しはいきなり、Ｙは大阪城の主というもんや……からである。

こんな書き方をするなんて、こいつはひねくれた人間かもしれへんな。

文章を読み進めていくにしたがって、頭がこんがらがってくる。

大阪城の主はどういうわけか、わしをてなもんややすしと決めつけている。

昨日の夕方、東京のホテルで滝川と電話で交わした話の内容が思い起こされる。

カミコウを脅している犯人はまだわからないと言っていた。しかし、こいつは手紙の受取人を犯人と断定しているではないか。

手紙の初めのほうではカミコウの内情に触れ、その次は今回の事件を解決するために、弱虫塾の先生に頼んだことなどを書き綴っていた。

さらに一枚目の終わりになると、犯人がワープロを使っていることをからかい、それが証拠のひとつになるので、警察が動けばすぐに捕まえられると言い切っているのだ。

二枚目になると、脅しのネタになっている女性教師はクビになるから金は奪えないと断言している。最後には野球の試合の妨害は止めるように諭していた。

これを読みおえた高瀬浩三は、全人生を否定されたような衝撃を受けていた。

てなもんややすしは、ワープロを使って脅迫状を作ったというのか！

突然、目の前に明かされた驚愕の事実。

文面のワープロという言葉が、カミコウ脅迫事件のすべてを物語り、自分宛に届けられた手紙のからくりが、今はっきりとしたのだ。

二度、三度とそれを読み返す。

てなもんややすし、てなもんややすし……。

この名前を繰り返していると、どうしても息子の弘明の顔が面前に広がってくる。

あいつが今回の事件を企てた？　いや、何かの間違いや……

専務の弘明は英語を流暢に話し、海外事業部統括責任者として得意先との折衝には欠かせない優秀な人材で、これまで自分の補佐役として見事な成果をあげてきた。

高瀬浩三の頭脳は活発に動く。

もう二十数年前になるだろうか。浩三自身が使っているワープロが故障し、新しい物に買い換えようとしたことがあった。まだ弘明が大学に通っている頃だ。その話を聞きつけ、親父、それを直したらおれが使っていい？と修理を持ちかけてきたのだ。

高瀬浩三は自分がそれほど器用ではないので承諾した。すると二日ほど経ってから普通に動けるようにしてしまい、その才能にびっくりしたものだ。

今でもまだ大事に持っているはずだ。

どうやら弘明が何かヘマをして、五千万ほど必要になったんやな。

滝川が電話で言っていた。犯人は日を置いて脅迫の金額を増やしているという。このやり方は昔からの弘明の癖で、小遣いもそうやってねだっていた。

例えば一ヵ月の金額を決める場合でも、月ごとに少しずつ上昇していくのだ。小学六年生の頃だったと思う。こっちが一方的に月に千円と決めていても、通知表の評価が上がったら五十円プラスしてとか、運動会の百メートル競争で三位以内に入ったら十円上乗せしてとか、いつも叶えられそうな条件を出し、いくらかの金額を勝ち取っていた。

それとまさに今日、東京から帰ってきて本社に立ち寄り、監査法人の担当者と密談を行った際、会計処理に関して不可解な点があると告げられた光景はまだ鮮明に残っている。

高瀬浩三は来年あたり会長に退き、弘明に社長の地位を譲る決意を固めていた。その手腕を高く評価しているが、息子が今回の犯人だとしたらそれは絶対にできない。

心のなかに不安という機械油のような液が広がっていく。これが体の全部を占めないうちに食い止めなければ、会社も浩三自身もどえらい損害を被ってしまう。

弘明が跡継ぎやからと甘やかし、このまま見逃すことは親としてまた経営者として失格である。

幸いにも今回の事件は、滝川の対応が適切だったので、学校の外には漏れていないようだ。今なら内々に解決できるかもしれない。

手紙を再び読み返し、疑問点を探すことにした。

犯人は弘明に間違いなさそうだが、その前にこの〈大阪城の主〉はいったい何者で、どうやってこっちの住所を突き止めたのだ。

滝川との会話やこの手紙から推理してみると、どうも教職員の誰かのようだ。

しかし、どうしてでなもんややすし（弘明）の住所がここだとわかったのだ。いや、まったく知らないからわしを犯人だと決めつけ、こんな手紙を送りつけてきたのだ。

それと手紙の二枚目を見つめていると、新たな疑問が生まれる。

弘明の立場になれば、カミコウに勤める女性教師に似た写真を用意しなければ、今回の脅迫状は作れないはずだ。双子くらいの女性を捜さなければばれてしまう。

もし写真を脅迫に使ったのなら、わしとつながりがある。

自宅の書斎は元から鍵を付けていないので、わしが留守のときに忍び込むことができる。いつ入ったのかわからないが、偶然にアルバムなんかを手に取り、そのなかの一枚が女性教師とそっくりなことを発見し、それを利用するのを思いついたらしい。

アルバムに残している写真については、仕事先やゴルフなどで出会った女性をホテルに誘い、一時を楽しんだ後、いろんなポーズを取らせ、シャッターを押したことは数回ある。

相手のほうも遊びだと了解しており、それなりのプレゼントをしてきているので、これまでトラブルになったことは一度もない。

被写体となった女性には、この関係を漏らしたら写真をばらまくと脅している。だから、そのうちの誰かが〈大阪城の主〉にわしの住所を教えたとは考えられないのだ。

高瀬浩三はベッドから腰をあげ、手紙や封筒を持って書斎に向かう。

折しも美智代が室内に入ってきたので、先に休むように言った。

書斎は六畳の洋間を充てていて、まず照明を点ける。

蒸し暑いのでエアコンのリモコンも操作する。

この部屋には建設したときから窓はない。突き当たりの一画を厚いカーテンで仕切っている。暗室として使うからだ。部屋の右側にはガラス戸の本箱が組み込まれている。

反対側にはラックが組まれ、カメラ機材が押し込まれていた。その横に机があり、電話やパソコン、プリンターなどが乗っていた。

高瀬浩三は本箱のガラス戸を開け、十数冊並ぶアルバムのなかから一冊を抜き出す。

若い頃は主に自然の風景を撮っていた。十年ほど前からたまたまカメラ雑誌の撮影会に参加し、女性を被写体に選ぶようになり、以後関係のあった相手のヌードを残すようにしたのだ。

アルバムのページをめくる。いずれの女性も美しかった。

弘明はおそらくこのなかから、カミコウに勤務している女性教師によく似た一枚を見つけ、自分のカメラで撮影し、今回の脅迫の小道具として使ったのだ。

壁の時計を見上げると十一時前で、今から滝川に電話するとしても時間的に遅く、カミコウに向かわせるわけにはいかない。

明朝にでも連絡を取り、美人の女性教師の写真をこちらの住所に送ってもらうことに決めた。アルバムを閉じ、すぐに弘明を呼びつけ詰問しようと思ったが、勇み足にならないようにまず証拠固めを先行させることにした。


翌日はよく晴れていたが、予報では夕方から雨になるそうだ。

高瀬浩三は十時前に出社した。会社までの車は自分で運転する。従って出勤時には弘明と顔を合わせることもなく、ＮＫＫビルに着くと二十五階の社長室に直行する。

彼が着席すると秘書が本日の予定を伝える。社内会議は午後一時からある。その後三時からは経済誌の取材が組まれていた。

秘書が部屋から立ち去ると、目に入ってくるのは決裁箱だ。稟議書《りんぎしょ》や報告書などがかなり溜まっていた。それに目を通す気分になれないのは、昨夜読んだあの手紙のせいだ。

高瀬浩三は意を決し、受話器を取り上げ、滝川の自宅番号のプッシュボタンを押す。

「もしもし、わしや、ちょっと頼みがあるんやけどな」

続けて、カミコウの美人教師を五人ほど選び、その写真を自宅のほうへ送ってくれるように頼み込んだ。

それを聞いた滝川は面食らった。どういう風の吹き回しなんや……。

その理由を尋ねると、社員が合コン相手の先生を捜しているので一役買ったのだと返事があり、疑いを持ちながらも最後には承諾していた。

滝川も相手が高瀬理事長なのでごねることもできず、すぐにカミコウに出向き、職員名簿から思いつく美人教師を五名ほど選び、デジタルカメラで撮影した。そのメモリカードをプリンターにセットして写真を印刷し、速達として高瀬理事長の自宅に送った。

高瀬浩三はその日の仕事を早めに切り上げ、夕方五時前には帰宅していた。妻の美智代はびっくりしていたが、別段問い掛けることはしなかった。

彼は書斎に上がり、アルバムを広げ、滝川が送ってきた速達を開けてみた。

目にする写真の女性教師はいずれも美女だった。五枚の写真の裏には名前も書き込んであり、コギャルのような顔からレースクイーンみたいな女性までいた。高瀬浩三の目に止まったのは、アイドルにしても通用しそうな内山さやかという可愛い女性だが、その顔に似通っている写真は、アルバムのなかには見当たらなかった。

その他の女性教師の写真と、アルバムに保管しているそれを照合していると、ふっとページをめくる手が止まった。

その名前に記憶がある。

「この若杉というのは、もしかしたら姉妹か？」

確かに二人はそっくりだった。

ただし、女性教師のほうはメガネを着用し、髪を上げ額も全部見せている。

どちらも美女だった。背丈や体型までは比べることはできないが、誰の目にも同一人物と映るだろう。

こんな偶然があるんやろか……。若杉弥生が姉で、若杉あやめが妹に違いない。

わしと関係を持ったほうが、こちらの妹だったのだ。

高瀬浩三はこの歳まで理事長の立場を笠に着て、カミコウの女性教師に手を出したことは一度もない。これらの二枚の写真を見比べていると、推理するまでもなく結論は出る。

両方につながりがあるのは、息子の弘明だけだ。

弘明は妻の由紀子の代わりに学校に赴くこともある。また筆頭理事として先生方の顔も知っているはずだ。おそらく何かの都合でこの書斎に入り込み、偶然にこのアルバムを見つけ、自分の不始末を清算しようと今回の計画を練り、実行に移したようだ。

それと……どうやら〈大阪城の主〉はカミコウに勤めている先生の一人で、若杉先生を説得し、妹に会った上でこちらの住所を聞き出し、手紙を送りつけてきたに違いない。

高瀬浩三は机の抽斗からあの手紙を取り出し、再読してみた。

かなり乱暴な文章で、てなもんややすしに脅迫の中止を求めていた。

もしかしたらこの〈大阪城の主〉は、助っ人の弱虫塾の先生かもしれへんな。

手紙を見つめていて、脅かされている学校の立場になってみる。

今日は何か動きがあったんやろか？

受話器を取り上げ、滝川の自宅の番号を押す。

彼とつながったので、まず写真の礼を言う。そして、なかなかの美人揃いやな、うちの社員も喜ぶで、と煽て上げ、次いで犯人から脅迫状が届いていないかを尋ねてみた。

——それがでんな、わたしのところにも本校にも何も送られてきておりまへん。結論を言えば野球も負けたことやし、若杉先生も辞表を提出しはりましたんで、脅すのを諦めたんと違いまっか。おそらくそんなことでっしゃろ。

十九章　親心

高瀬浩三はこのとき初めて、女性教師が辞める話を聞くことになった。

「ネットに写真が載ってしまったんやな……」

滝川の声には、これまでの重荷から開放されたような響きがある。

——若杉弥生と言いまんねん。夏休みが終わるまでは本校の教師やさかい、それに見てのとおり美女でっしゃろ。彼氏もいてますし、辞めてしまうんですが、念のためサービスで同封しておきました。

続けて説明し、〈写ビオ〉というサイトで検索する際の言葉は〝裸の女性教師〟と入力すればいいと伝えた。

高瀬浩三は机に向かうとパソコンを立ち上げた。

そのサイトにつながると画像をクリックし、滝川が教えた言葉を打ち込んだ。

画面が一瞬で変わり、数えきれないほどの女性が現れた。いずれも全裸か半裸だった。真偽のほどはわからないが教職に就いているとは思えず、いろんなポーズをしていた。

高瀬浩三は画面をスクロールしていく。やがて若杉あやめの半裸の写真が画面の下から浮き上がってきた。滝川には、初めて見たような感想を言う。

「なるほどな、こちらが若杉先生の妹になるんやな。ほんまによく似ているわな。けどな、犯人はこれからどうするつもりやろ。金のことは諦めたんやろか」

――向こうの事情まではわかりまへん。まあ、そのほうがこっちも助かりまんな。

「この際、ええほうに考えとこか」

――犯人もネタが尽きたので何もでけまへんわな。それはそうと理事長、この後犯人から脅迫がなければ事件が解決したことになりまへんか。来年の退職時にはよろしく頼みまっせ。

「おまえもがめついな。わしは何でも知ってるで。塾の先生に頼んだんやろ」

――鶴本が知らせたんですか。かなわんな。

高瀬浩三は、ふふふ、と笑って受話器を戻し、息子の弘明の顔を思い起こす。

弘明がこの先もずっと静かにしていれば脅迫は成立しない。

次期社長にふさわしい有能な息子だが、監査法人が指摘していたことと何かつながりがあるのかもな。隠れて商品取引に手を出すとか、それとも投資をして失敗したのか。

もし最悪の事態で、すでに会社が損害を被っているのなら、親馬鹿と非難されようとここは親として手を差し伸べ、それを補填してやるべきだろう。

パソコンをシャットダウンし、アルバムと写真を片づけると、一階に下りた。すぐに入浴を済ませ、マッサージ師に体を揉んでもらい、その後夕食を摂った。

その間もずっと考えつづけていた。そしてリビングで煙草を味わっているとき、息子の弘明に反省させる意味で、一芝居打つことを思いついていた。

翌日の木曜日――。昼過ぎのカミコウの職員室である。

出勤していた滝川のところに、高瀬理事長から電話がかかってきた。

野球の試合では負けたので、室内は先生方の顔もまばらだった。その一角で滝川と鶴本、さらに事務長を交え、若杉弥生の後任人事について対応策を練っている最中だった。

若杉弥生の辞職理由は、表向きには一身上の都合で押し通すとしても、すぐに替わりの先生を見つけることは容易ではない。事務長には〈写ビオ〉というサイトに若杉先生の妹の写真が載っている件は伝えてはいなかった。

滝川はいったん中座すると校長室に向かい、あらためて受話器を取り上げた。

「理事長、お待たせしました」

――滝川、びっくりするんやないで。今な、犯人から会社に脅迫状が来たんや。ある程度は予想していたんやけどな、奴は本丸に襲いかかってきたというわけや。

「ええっ！　ほんまでっか。まさか浪速金属機械に……」

――今週は静かにしていると思ったら、奴は次の計画を練っていたんやな。脅迫状の中身はな、会社内で金を使い込んでいる者がいるから、それをマスコミにばらして欲しくなかったら五千万振り込めということや。

「カミコウのほうを諦め、矛先を会社のほうに……」

——しつこいやっちゃ、ほんまに。

「理事長、ここは正念場でっせ。何か心当たりがあるのならともかく、舌先三寸の奴に操られるわけにはいけしまへんで」

——もちろんや。不正をしている社員の名前も書いていないし、その金額も合っているか調べようもないが、なんぼ何でも五千万なんて考えられへんのや。

「金額はともかく、犯人の目論見に乗ることだけは止めておいたほうが……」

——でもな滝川、いつまでも犯人を野放しにはでけへんやろ。そこでな、ここで犯人に近づくために一、二万でも振り込んで探りを入れてみようと思うんや。

「そんな……。わたしは反対でっせ」

——あまりにも安易な方法かもしれへんが、ここで犯人をおびき寄せ、今回の事件の終止符を打たんとどうにもならんやろ。

「でも、会社を標的にしてきたのなら、警察に届けたほうがええのと違いまっか」

——あかんあかん、ええか滝川、これまでも延ばし延ばしにして金は全然振り込んでいないんやろ。それに警察の連中は、すぐに記者にばらすから信用できんのや……。それでな、これから試しに一万円ほど送ってみるつもりや。そっちに届いた振込先の銀行と口座番号を教えてくれるか。別人ではないと思うが、会社に届いた脅迫状の口座番号と一致しているか確かめるからな。

「理事長がそうおっしゃるのなら……」

滝川はいくらか疑念を抱きつつ、デスクの抽斗から例の脅迫状を取り出し、催眠術にかかったようにそれを読み上げた。

「関西商都銀行本町支店、普通預金口座の892×××ですわ」

——ふむ、こっちと合っているな。わしだってこんなことはしたくないんやが、犯人を怒らせてちょっとしたミスを誘うこともできるかもしれへんからな。もし、これ以上うるさく付きまとうというなら、そのときは警察に相談に行くつもりや。

「捨て金にならんように祈っていまっせ」

——ええな滝川。このことはみんなに内緒やで……。

「それはもう、今までどおりに」

滝川は受話器を戻した。

高瀬理事長の声が頭のなかで反響している。

何故かすっきりしない。会話の筋道は通っている。でも、それなら初めから会社を標的にすればいいのに、こんなにも回りくどい方法を採ったのか。それというのも会社は売上高が千七百億に届くほどの優良企業であり、五千万くらいはすぐに用意できるはずなのだ。

犯人はいったい誰なんや……。

推理していても答えが出そうにないので、弱虫塾の先生に連絡を取ることにした。理事長には口止めされていても、彼には伝えておかなくてはならない。

再び受話器を外し、彼の番号を押す。


ＡＨＯＵは豊津のアパートで寝ころがってテレビを観ていた。

ランニング姿なので、扇風機の風が心地よい。

ケータイが鳴ったのでテレビを消す。

それに出てみると、カミコウの滝川からだった。開口一番、えらいことになりましたんや、と浪速金属機械に脅迫状が届いたことを告げられた。

「ほんまですか？　会社のほうに……」

ＡＨＯＵは〈大阪城の主〉になって、犯人らしき相手に脅迫を止めるよう手紙を送りつけた。それ以後、学校には何も届いていないので効果があったのだと喜んでいた。

それが会社のほうに脅しの銃口が向けられたとなると、事件は複雑な様相へと変わってきたことになる。滝川の話は続き、高瀬理事長（社長）がしばらく対応し、その落とし所が悪くなる場合は警察に任せるという。

ＡＨＯＵは言い訳はしたくないが、

「あの手紙は何の意味もなかったようですね。そうですか……」

力なくケータイを切った。

どうも腑に落ちない。カミコウが野球の試合に敗れたのは、八月一日の月曜日。

それまで脅迫状は日を置いて送られてきていた。それが先週の七月二十九日の金曜日に四千万を振り込めと催促しておきながら、同じ日の午前には野球の試合を妨害するような内容に変わったのだ。

これまでの流れからすれば、三十日と三十一日の土日は除外し、八月一日の月曜日には五千万振り込めと脅してきても不思議ではない。

今日は八月四日の木曜日――。

八月一日の野球の結果を見守ったとしても、次の二日、三日には次の手を打ってもいいはずだ。そこで犯人はこの二日間を使って浪速金属機械の内部を探り、不正となる証拠を摑み、方針を変えて会社のほうに狙いを定めた……。あまりにも出来すぎだ。

それと脅迫状は会社ではなくて、何故社長の自宅に届けられなかったのだろう。

差出人がてなもんやすしという奇妙な手紙ならば、間違いなく社員の目にも止まり、当然のこと不審を抱く者もいるはずで、噂が社内に広がってしまうはずだ。

もうひとつの疑問は、あの手紙を誰が受け取ったのかだ。

七月三十一日に若杉あやめを説得して二人で手紙を作成し、翌日に投函させた。

それがてなもんやすしに届けられ、彼が反省するどころかさらに怒りを募らせ、会社のほうに標的を変えたとはどうしても辻褄が合わない。

何か大きな見落としがあるような気がする。

そのとき、頭のなかにひとつひとつの言葉が並んだ。

ワープロ。五十代から六十代ぐらいの男。学校関係者……。

ＡＨＯＵは一瞬、あっと唸り、これまでの固定観念の鎖がちぎれたように思った。

もしかすると、自分が書いた手紙は高瀬理事長の自宅に届いたのではないのか。彼が犯人なら何もかもぴったり合う。まだワープロも使っていそうだし、学校の事情にも明るく二年ほど前に若杉あやめと男女の関係になっていたことも考えられ、孫の大介が不良グループの番長として裏ビデオを作って売っていることも誰かから聞いているはずだ。

いや、それはないか……。想像力があまりにも飛躍しすぎている。

でも、犯人としての条件が揃っていた。

今日会社に届いた脅迫状は、もしかしたら高瀬理事長の自作自演？

これまでの調査から、カミコウの教職員の誰かが犯人でないことはわかっていた。

かといって校長の滝川に、自分の推理を話すわけにはいかない。

高瀬理事長が会社の金を使い込み、その穴埋めにカミコウから金を奪おうとした。

このありえない結論を出した途端、その滑稽さに笑いがこみ上げてくる。

もし、これが事実だとすると、滝川も自分もうまく踊らされていたことになる。

今日までカミコウの金の被害はないとはいえ、一番損しているのは若杉弥生でこの夏休みが終わる時点で退職することが決まっており、悪いくじを引いたではすまされない。

ＡＨＯＵは滝川に電話しようとしたが、まだためらいがあった。

事件の解決を依頼されたからには敵中を突破する覚悟はしているものの、何の裏付けもない状況で会社に乗り込むわけにはいかない。

浪速金属機械の高瀬浩三といえば有名な経営者であり、周りには補佐する重役などたくさんいるはずで塾の講師が口を出す事件ではないのだ。

ＡＨＯＵは実際のところ、犯人の近くまで迫っていた。

想定できなかったのは若杉あやめのつきあっていた相手が高瀬浩三であり、まさか専務の弘明が会社の金を使い込んでいるとは思いもしなかった。

時間は前後する。

会社の社長室にいる高瀬浩三は滝川に電話した後、次に自分の取引銀行につないだ。

懇意にしている関西商都銀行難波支店の支店長を呼び出し、自分の預金口座から五千万を例の本町支店の口座に振り込むよう依頼した。

彼も一人の親であり、会社の不祥事については責任を取らなければならず、息子の尻拭いになってしまうがこればかりはやむをえない。

その弘明は父親とは違い女遊びにうつつを抜かすことはなかったが、海外へたびたび出張を重ねているうちにギャンブルの味を覚え、会社の金をくすねていた。

遊ぶ金の捻出については、中国の取引先の金属材料メーカーのなかに協力者を作り、その請求書を五分増しに改ざんし、その差額をキックバックさせていたのだ。

これを使ってマカオやシンガポールまで飛び、カジノに出入りしていた。そして、ベトナム進出計画が持ち上がると現地調査を兼ねてハノイやダナンなどを訪れていた。

この国は社会主義なのに外国人専用のカジノは存在し、各国の企業の進出が盛んになったのもそれがあるからだという評論家もいる。

ともかくも弘明は遊びに夢中になり、不正をする感覚が麻痺していった。いつか大儲けをして返せると甘く見ていたが、それが膨らみ四千万ぐらいになってしまった。

今回のカミコウを脅迫することを思いついたのは高校野球の大阪大会が始まる頃で、息子の友だちが家に遊びに来ていていろんな話をしているときに盗み聞きし、不良グループのＫＫＫが裏ビデオで儲けていることを知った。

また同じような時期に父親が留守の日、その書斎に入り込み例のアルバムを偶然見つけていた。カメラに興味はなかったが、中国の瀋陽工場に勤務するある幹部がカメラ機材に執心していることを思い出し、誕生日に何かプレゼントしようと参考になるものがないかと気を回したのだ。

そのとき何気なく一冊のアルバムを手に取った。ページをめくっていると、若杉弥生とそっくりな女性がベッドに横になっている写真を発見した。

若杉弥生とは懇談会などで二、三回は会っていた。そこで数日かけて探っていくと妹もおり、驚いたことに父親がある期間ただならぬ関係であったこともわかったのだ。そこで、この写真を脅迫に使えると思い、別の日に自分のカメラで撮った。

早速カミコウを脅す計画を練り、まず本社ビルから離れた御堂筋本町のレンタルオフィスを借り、ケータイをもう一台入手し、その近くの銀行に普通口座を開設した。

口座名は考えた末、てなもんややすしにした。本名ではバレるので、学生のときの友だちの名前をヒントにした。高東《たかとう》やすしという、その男はいつも会話のなかに、てなわけでと落語家みたいな話し方をしていたので強烈な印象があった。あだ名は、てな男《おとこ》だ。

それと妻の曲紀子がお気に入りのミナミの輸入雑貨店の『一文屋』からもんやを貰い、ふたつを合わせて名字をてなもんやにし、やすしはそのまま使ったのだ。

まず初めに裏ビデオの件をネタに脅そうとした。だが、カミコウはこちらを完全に無視したのだ。二通目も同じような内容で金額だけを増やしたが、それにも反応はなかった。

ここまでは想定の範囲とはいえ、次の三通目にはかなりの自信はあった。

父親のアルバムの写真を利用すれば、絶対に金を振り込むはずだ。写真の女性が若杉弥生でなくても、これをネットに載せられたらカミコウが窮するのは自明の理だからだ。

しかし実行日の朝、妻の由紀子が体調を崩した。病院に付き添うために計画を一日さきのばしし、次の日それを〈写ビオ〉に載せた。けれども金は振り込まれなかった。

どういうわけだ……。弘明は考え直してみた。

学校側に立てば若杉弥生を辞めさせ、サイトに写真の削除を要請すれば済むのでは……

それならばと思い切って高校野球の試合を妨害するほうへ変更した。実際に球場に行くと顔がばれてしまうので手紙だけにとどめた。最終的な計画として考えたのは、どこかのホームレスに頼み、トイレのごみ箱か何かに火をつけてもらうつもりだった。

ところが土曜日は大学時代の友だちが急に尋ねてきて終日つきあい、日曜日と月曜日は東京への出張が一ヵ月前から予定に入っていたので、舞洲には行けなかった。また高校野球の試合が台風で二日間も順延となり、決行日が重なってしまったことも不運だった。さらにあろうことかカミコウが決勝戦で敗れてしまい、脅しのネタも尽きてしまったのだ。

それに追い打ちをかけるように、火曜日の夕方アサヒ監査法人の担当者がいきなり訪ねてきて、専務の自分に会おうとせず社長の帰りを待っていたことだ。そして父親が帰社すると二人して社長室に入っていくのを見た。

慌てて秘書を呼びつけ、来社の目的を問いただしたが何も知らなかった。

一瞬で肝が縮んでしまい、もうばれるなと観念した。

その日の晩、自宅に戻って父親の帰りを待ち雷が落ちるのを覚悟していたが、顔を合わせることもなく一日が無事に終わった。

水曜日に出勤してもわざと外回りに出掛け、意識して父親には会わないようにしていた。

ところが木曜日の午後二時過ぎ、専務室にいたときまさかの嬉しい知らせが届いた。

関西商都銀行の本町支店の担当者から、てなもんややすしのほうのケータイに電話がかかってきたのだ。普通口座に多額の入金があったという。

有頂天になり、すぐにエレベーターで一階に下りた。

NKKビルから少し離れた雑居ビルの一階に、関西商都銀行難波支店がある。

スキップするような足取りでそこへ入り、ATMコーナーへと近づく。

五台並んでいるそれは、奥のほうから順に二人の客が体を密着させて、しきりにタッチパネルを操作していた。

それぞれの正面の壁には、どぎつい赤い文字で『それは振込詐欺やで!』、『還付金は全部嘘や、だまされたらあかん!』などと注意書きが貼られていた。

弘明は三台目のATMに近づき、いつも持ち歩いているポーチから通帳を取り出す。タッチパネルの〈記帳〉を押さえ、投入口にそれを差し込む。

通帳に金額を印字する軽やかな音が響き、心なしか気分が高揚してくる。

やがて投入口のカバーが開くと、それが浮き上がってきた。

弘明はその初めのページをめくり、お預かり金額と残高欄を確認した。
※50,000,000。

通帳の一番上の記入欄に、この数字がくっきりと記入されていた。

やったー、五千万や！

喜びが爆発する。他の客がいなかったら飛び上がっていたはずだ。

これで会社の損害を返すことができる。

あれ……。ここで異変に気づいた。

おれは五千万を要求していない。それに振込人を表す欄にはカミガタコウギョウコウコウではなくて、タカセコウゾウとなっていた。

どういうことや？

浪速金属機械の社内ではもちろん父親の高瀬浩三を社長と呼び、家では親父と使い分けている。

タカセコウゾウ……。

その個人名と振込金額をしばらく凝視していると、首筋から背中のほうへ冷や汗が伝いおりていくような気がした。

そうか、親父はすべてを知っていて、外に漏れる前にこんな善後策を講じたのだ。

ここは冷静にならなければならない。

八月二日の火曜日の夕方、監査法人の担当者が親父に面会し、社内で何か不正があったことを報告したはずだ。その金額が五千万くらいになりそうだ、と。

社長の立場になれば、これが表沙汰になってはまずいことになる。

ただ、この状況になった経過をあれこれ想像しても、自分の口座には現金が振り込まれており、親子の間柄を考慮すれば素直にありがとうと感謝しておくべきだ。

弘明は自分の過ちを反省し、この金で会社に与えた損害を穴埋めすることにした。


一方、弱虫塾では夏休み期間中、ボランティアの希望者が東北の被災地まで赴いた。

八月初旬にサプリ先生が昼間コースの二名を引率し、他のメンバーといっしょに先発した。

ＡＨＯＵのほうは下旬に北島弘司、ドンチ、若旦那、トミやんなどと宮城県の石巻に行き、震災の惨状を目に焼きつけながら、五日間手伝って帰ってきた。

当地に足を踏み入れたとき、目の前にこの世の終末を想像させる地獄が広がっていた。

これを体験してからの最も特筆すべき変化は、あの北島弘司が二学期を待たないで中退し、自衛官に応募したことだ。彼も考えることがあったに違いない。

ドンチとトミやんは二学期から学校に通うとはっきり言い切った。ただ若旦那は大阪に帰ってきても、まだ友だちの家を渡り歩いているということだ。

九月も中旬に入ったところでＡＨＯＵはカミコウの脅迫事件の全容を知ることになった。

浪速金属機械が脅迫されていることも気になっていたが、滝川に訊ねても明瞭な返答はなかった。会社にはもう脅迫状は送られて来なくなったことで終結したらしい。

不可解な成り行きで、ＡＨＯＵのもやもやした気持ちはずっと続いていた。

実はこのとき、若杉弥生のほうが退職させられてから行動を起こしていたのだ。彼氏にカミコウのこれまでの事件の経過やその巻き添えで解雇されたことなどを打ち明けた。八月末に退職した翌日、彼氏の友人が勤める淀川区の大淀川署を訪ね、今回の脅迫事件の顚末をすべて話したうえで、若杉弥生自身が被害者として犯人捜しを依頼したのだ。

警察のほうも初めは躊躇した。進行している事件ならともかく、事件発生から一ヵ月近くも経ち、捜査対象がカミコウと浪速金属機械となれば慎重にならざるをえなかった。

しかし、元教師の強い訴えがある以上、真偽のほどはともかく密かに関係先を調べた。

数日後、警察は別件で浪速金属機械の専務である高瀬弘明を任意で取り調べた。但し、その日のうちに帰宅を許され、マスコミの餌食になることは免れた。

この裏には高瀬浩三の雇った辣腕弁護士の活躍もあり、すでに会社に与えた損害は返済しており、会社も彼を訴えてはいないのだ。もちろんこの間、警察はカミコウの滝川や鶴本、さらにはＡＨＯＵ、そして高瀬浩三からも個別に話を聞いていた。

これらの関係者の事情聴取をひとつにまとめると、専務の弘明氏の不正と結びつき、ここでようやくカミコウの脅迫事件とつながったのだ。

そんなとき、以前弱虫塾に通っていた生徒が家出をし、淀川区の大淀川署に保護されているという情報が入り、ＡＨＯＵを指名してきたので直ちに駆けつけたのだ。

偶然にこの署の前で若杉弥生に遭遇した。教師時代の姿とは大きく異なり、サイドに流れる髪はウェーブし、フルフレームのメガネは薄茶色のサングラスに替わっていた。

若杉弥生がここに何度も足を運んでいたのは、犯人の弘明氏は普段どおりの暮らしをしていることが我慢できず、今日は担当者に不満をぶちまけてきたところだった。

ＡＨＯＵは生徒の家出の件を片付けた後、積もる話もあり彼女を喫茶店に誘った。

二人は入店すると壁際の席を選び、ウェイトレスに飲み物を注文した。

ＡＨＯＵはいつものように冷たいコーヒー、若杉弥生はアイスティを頼んだ。

初めに話題になるのは、カミコウの脅迫事件のことだ。

若杉弥生からはいろんな愚痴がこぼれる。

天罰は妹のほうにくだってもよさそうなのに、その兆しもないという。

ＡＨＯＵは、妹さんの近況を聞いてみた。

それによれば相変わらず男を漁っているらしい。

ネットに自分の半裸写真が載っていても、何も後悔してはいないというから驚いた。

ここは自然と若杉弥生に同情が移り、仕事はどうしているのかと心配になった。

「彼氏と同棲しているんです。もう諦めて家庭に入るのもいいかなとか思ったりするんです……。それとおかしな話ですけど、今でも浪速金属機械に乗り込み、あの家族に復讐してやろうかなんて変な想像をすることもあるんですよ」

「気持ちは痛いほどわかります。わたしが高瀬理事長なら、まず弘明氏を五年ほど無給で働かせますね。会社の金を横領したんですからね」

「それよりも先生が書いた手紙が、高瀬理事長のところに届き、理事長自身も今回の犯人が弘明氏だとわかったんですよね。警察も高瀬理事長に話を聞きに訪ねていったとき、彼が『大阪城の主』からの手紙を差し出し、それで事件のからくりを知ることになったと説明していました」

「あれも適当になぐり書きしたもので、とても見せられる内容ではありません」

「そんなに謙遜なさらなくても……。わたしも初めてお会いした頃は、失礼なことを言ってしまい申し訳ありませんでした。前科がある方なので先入観で先生を見ていました」

「いえいえ、構いませんよ。何しろあだ名がＡＨＯＵですから……」

本名は鵜頭修平であり、手紙のなかでは大阪城の主を名乗り、併せてＹも使った。

これからもＹはＡＨＯＵという意識を持って生きていくことに変わりはない。

十月ももうすぐだというのに、大阪の残暑はいつまでも厳しい。


（完）

三倉　信一郎（みくら・しんいちろう）

昭和24年鳥取県生まれ。
大阪文学学校45期生。「文芸45」同人。
著書　『伯耆国の宇宙船』（近代文芸社、2000年）
　　　『因幡国の珍島犬』（新風舎、2006年）
　　　『剣と砂丘』（文芸社、2010年）
　　　『サムライたちの年表』（文芸社、2013年）

YはAHOU

2019年8月29日　第1刷発行

著　者　三倉信一郎
発行人　大杉　剛
発行所　株式会社 風詠社
〒553-0001　大阪市福島区海老江5-2-2
大拓ビル5-7階
Tel 06（6136）8657　http://fueisha.com/
発売元　株式会社 星雲社
〒112-0005　東京都文京区水道1-3-30
Tel 03（3868）3275
印刷・製本　シナノ印刷株式会社

ISBN978-4-434-26496-2 C0093